催眠　完全版

松岡圭祐

角川文庫
14995

世に言う〈催眠術〉なるものに、いまだに興味を持つ、すべての人へ。
この期に及んでなお〈催眠術〉でも題材にしようかな、と考えている、
すべてのテレビマン、出版編集者、漫画家、作家へ。

目次

テレビ中継

降りしきる雨が、窓ガラスをしきりに洗う。

ひどく蒸し暑い。ひと部屋に大勢がひしめいているのだから、それも当然だった。

「身体の力が抜けて、眠くなる。意識が遠のいて、眠っていく……」

実相寺《じっそうじ》則之《のりゆき》は詩の朗読のように、同じ文脈を繰り返しつぶやきながら、床に据えられたモニターをちらと見やった。

オールバックに固めた黒髪、口のまわりに生やしたひげ。本当はただ近眼なだけだが、鋭い目つき。

客観的に自分の顔を眺めて、威厳を保たねばと認識を新たにした。うっすらと額に汗しているのを、指先で軽く拭《ぬぐ》う。あまり強くこするとファンデーションが落ちる。

ディレクターの声がする。「間もなく中継がきます。五秒前、四、三、二……」

キューがでた。まばゆいばかりの照明が視界を覆い、ハイビジョンカメラに赤ランプが点灯する。

生中継が始まった。

さっさと終わらせてしまおう。終わったらいつものようにビールを飲んで、ウィスキーを飲んで、都合の悪いことは全部忘れてしまうのだ。

実相寺はリハーサルどおりに行動した。もったいをつけた足どりで、椅子に腰かけている女のもとに歩み寄る。

女は眠るように目を閉じて、椅子の背もたれに身をあずけていた。

まだ二十歳になったばかりの、白くほっそりした美しい顔。きゃしゃな身体つき。可憐《かれん》で清楚《せいそ》な白のブラウスとロングスカート姿。この女優がNHKの連ドラで身につけていた衣装に似ている。

その顔を見るうちに、実相寺は戸惑いを覚えた。

まるでテレビを観ているようだ……。

けれども、これは現実だった。俺はいま、妄想のなかでなく、実際にテレビカメラの前に立ち、女優と向き合っている。

ふいに緊張を覚えた。あがっている。そう実感した。

当惑ぎみに黙りこくっていると、視界の端でなにか白いものが振られた。

そちらを一瞥《いちべつ》すると、アシスタント《A》・ディレクター《D》が〝カンペ〟をしめしている。スケッチブックにマジックインキで「あなたは鳥になる」と書いてあった。

思わずため息が漏れる。わかってるよ、といいたくなる。

リハーサルで、その暗示をおこなうことは決められていた。だが、こちらにもタイミングというものがあるのだ。テレビの都合に合わせきれるものではない。

この催眠術師としての典型的なセリフを吐くとき、実相寺はいつも不安に駆られる。いまもそうだった。

言っても何も起きなかったらどうする……。

いや、戸惑っている場合ではない。これがドラマティックな映像になるかどうかは、この俺のひとことにかかっている。

実相寺は思いきって声を張りあげた。「あなたは鳥になる」

背すじに凍りつくような冷たさが走った。声が緊張のせいで裏がえってしまったからだった。

「ぷっ」と女優が吹きだした。

一秒の間をおいて、女ははじけるように大笑いした。

催眠術に対する彼女の反応は、夢遊病者のようにふらふらと両手をはばたかせる、いたいけで純粋なさまではなかった。

四十男のちょっとした失敗を笑いとばして自尊心をずたずたに傷つける、世間でもっともたちの悪い、若い女という生き物。それが目の前にいる。

空気読めよ、こいつ。実相寺は憤りを覚えた。おまえが芝居してくれりゃ、すべては丸くおさまったんだ。

ここからの中継は、ほんの一分足らずだ。いまさら名誉挽回《ばんかい》の機会はない。

ライトの向こうから声がした。「はい、中継がスタジオに戻りました」

照明が消え、赤や緑の残像がちらつく。

スタッフたちは、黙々と後片付けを始めた。

そのさまは、コーナーを台無しにした実相寺に対する、無言の抗議のようだった。

薄っぺらな黒のジャンパーを羽織った、若いディレクターが近づいてきた。「実相寺さん。ちょっとうまくいかなかったみたいですね。やっぱ短い時間じゃ難しい？」

慰めにもなっていない言葉だ。

「あーあ！」女優が伸びをして立ちあがった。「催眠術にかかるっていうから、楽しみに来たのになー。肩凝っただけって感じ。損しちゃった」

「どうも」ディレクターが女優に深々とおじぎをする。「お疲れさまでした」

ほかのスタッフたちも、女優に愛想よく声をかけている。お疲れさん。きょう朝早かったね、だいじょうぶだった？

昼のワイドショーってのはいつもこうだ。コーナーの主役は、催眠術にかかる女優、もしくはタレント。催眠術師は脇役。映像的にも女優が主役。催眠術師はほとんどフレームアウト。

ディレクターが気まずそうにいった。「実相寺さん……。きょうの番組のメインとして、ここからの生中継の催眠術コーナーってのが、ひとつの引っ張りの要素だったわけですよ。スタジオのＭＣたちも興味しんしんだったんですけどね……。あの調子でスタジオに戻ると、ＭＣたちも途方に暮れてると思いますけど」

「ええ……まあ、そうでしょうね」

「番組のエンディングでＭＣたちにフォローさせましょうか？　ええと、なんて言えばいいですか？　彼女は超能力にかかりにくかったってことですか？」

「超能力なんかじゃありません。催眠術です」

「あ、すいません。催眠術でしたね。どうも勉強不足なもので。でも、どうなんですか。彼女は催眠術にかからなかったわけでしょう？」

「いや」実相寺はきっぱりといった。「かかってます」

「そうですか……？　そうは見えなかったんですが」

「いいですか、リハでも説明したように、催眠術というのはかかる、かからないという単純なものではないんです。眠りと同じで、催眠術も浅かったり、深かったりいろいろな状態があるんです。一般にいわれている催眠術にかかった状態というのは、つまるところ非常に深くかかった状態です。踊りだしたり、意のままにあやつられているように見える状態というのは、深くかかる人の反応なんですよ」

「ということは彼女の場合、催眠は浅いけれども、ほんとはかかってるってことですか？」

「そうです。催眠は浅くかかっているんです。だから、もうすこし催眠を深めるようにすれば、ちゃんと効果が……」

女優が部屋の隅で大声をあげた。「あたし、ぜんぜんかかってないよぉ。腰痛いなぁーとか思ってたし」

ディレクターが苦笑に似た笑いを浮かべた。

実相寺は苛立《いらだ》ちながらつづけた。「催眠というのは、眠っている状態ではありません。意識もあるので、自分ではかかっているかどうか、わからないんです。専門家でないと、対象が催眠状態に入っているか、ただ目を閉じているだけなのかは判断できません」

「ふうん。そうですか。なにぶん私たちは専門家じゃないので、認識不足なのは申しわけなく思ってます。でも、それは視聴者も同じです。彼女が催眠術にかかって、催眠術師であるあなたの言うがままに操られているさまを見せないと、視聴者は納得しません」

「まあ……そうでしょうけどね」

わかっている。これはテレビだ、結果がすべてだ。

本当であれ嘘であれ、彼女が鳥のようにばたついてくれたら、なにもかもが成立した。そうならなかった以上、俺は敗者も同じだ。

しかし、本当に悪いのは俺ではない。女優が無能だったのだ。

優秀なタレントなら、自分の出演した番組に傷をつけまいとして、かかってるふりをしてくれるものだが、あの女優はそこまで頭の切れる女ではなかった。あるいは、ディレクターが利口であれば、じゃあ形だけでもやりましょうといって、タレントに演技をしてくれと命じるはずだ。

ディレクターはしばらく考えこんでいたが、やがて意を決したようすで女優を振り返った。「ねえ、このままだとせっかく朝から来てもらったのが無駄になっちゃうんだ。きみが催眠術にかかってるところを撮りたいんだけど」

「でもあたし、かかってないってば」

「だからさあ……」

「まさかあ。かかってるふりをすんの？　やらせじゃん、そんなの」

実相寺は歯ぎしりした。なんて情けないディレクターだ。もっと毅然《きぜん》たる態度で、有無をいわさぬ口調で命じたらどうなんだ。

「だよねぇ」ディレクターはにやついた。「ま、実相寺さん。どうもきょうはお疲れ様でした。また機会があれば、ってことで」

業界特有のあいさつだった。機会などもう二度とない。

「どうも」実相寺はつぶやいた。「お疲れ様でした……」

スタッフたちはもう、実相寺のほうに目もくれなかった。誰もが撤収作業に従事している。

女優に至っては、あいさつどころか目もあわせようとしなかった。

無言の圧力に追いたてられるように、実相寺は部屋をあとにした。

ここは中継のために、スタッフが借りたロケ地、住宅展示場のモデルハウスのなかだった。

うなだれて外にでると、どしゃ降りの雨だった。実相寺は傘もささず、その雨のなかに歩を進めていった。

呼び出し

実相寺は千代田線に乗り、明治《めいじ》神宮前《じんぐうまえ》で下車した。

原宿の竹下通りにある店に向かう前に、駅前のパチンコ店に吸いこまれていく。

ここの客なら誰も、さっきのワイドショーは観ていないだろう。俺の顔を見ても、指差して笑ったりはしないはずだ。

売店で買ったウィスキーの小びんを片手に、実相寺はCRデジパチ「ハイパー波物語」の前に座った。

画面にカラフルな数字と魚のキャラクターたちが三列に並び、周囲のランプの激しい点滅とともにスクロールする。

ほどなく夢中になり、何度かプリペイドカードの販売機と往復して、とにかく玉を打ちつづけた。

不安があるといつもパチンコがしたくなる。そして、しばらく打つうちに、ふしぎと心が休まってくる。

生放送での失敗も、振り返る余裕が生じつつあった。

もともと俺はミュージシャン志望だった。催眠術なんか、できなくたってかまやしない。

高校をでてから上京して、高円寺《こうえんじ》のライブハウスに住み込みの雑用係として雇われた。

それからもう二十年が過ぎた。いまだに実相寺の名は世間に知られてはいない。

きわものだろうとなんだろうと、有名になりさえすればいいとばかりに、占い師のプロダクションに身売りしたり、催眠術師だと名乗って番組にでようとしたり、あらゆる手をつくしたが、どうもうまくいかない。

とはいえ、催眠術師という肩書は思ったよりも功を奏した。

何年か前、バラエティー番組で風変わりな芸をもつ人を募集しているコーナーに、実相寺は思いつきで催眠術師として応募した。

催眠術のかけ方などまったく知らなかったが、それらしく見えさえすればいいと実相寺は思っていた。たとえ笑いものになったとしても、少なくともテレビにでることができれば、高円寺でくすぶっているよりはなんらかの道が拓《ひら》けるだろう。

その番組のスタジオ収録ではゲストのアイドルの女の子に催眠術をかけることになった。実相寺が声をかけると、女の子は一瞬にして眠りにおちた。

いわれるままに、あまりにも反応よく踊りだしたりするので、ほかならぬ実相寺自身がいちばん驚いた。

しかし、そのコーナーの収録が終わって、CM入りますというスタッフの声がかかるや、女の子はぴょこんと起きあがっていった。はい、こんなもんでいいかしら。疲れたー。

一瞬の静寂のあと、野次と嘲笑《ちょうしょう》がいっせいに実相寺に浴びせかけられた。

実相寺はがっくり肩を落として帰宅した。きっとこのようすも放送されてしまうにちがいない。

ところが、後日その回の放送を観ると、なんとそのアイドルが起きあがったくだりはカットされていた。

番組をみるかぎり、実相寺の催眠術は本物のように見えた。

翌日、テレビ局のその番組の担当デスクのもとに、別の番組のスタッフから問い合わせがあった。

テレビは都合よく真実を捻《ね》じ曲げる。そのことを実相寺は知った。

以後はずっと、同じことの繰り返しだった。なるにまかせて催眠術をかけるふりをし、あとは相手のタレントがどうでるか、運まかせ、風まかせ。

それがなんと、うまいほうに転がっていった。現場では軽蔑《けいべつ》されても、編集を経てオンエアに至るころには、なぜか実相寺の技は神がかり的なものに見えるようになっていた。そのほうが数字がとれると踏んだからかもしれない。あるいは、催眠術なんてどうせそんなものだというスタッフ側の軽視ゆえに、面白ければ許されると考えているのかもしれない。

もちろん、いちど現場で一緒になったスタッフからは、二度と出演依頼は来なかった。それでも心配は無用だった。番組は山ほどあり、それらをつくる制作会社は、まさしく星の数ほどあった。出演依頼は途絶えることがなかった。

しだいに実相寺は、この業界のルールに詳しくなっていった。こういうものは「やらせ」ではない。報道では「やらせ」になってもバラエティーなら「演出」として許容範囲とされる。

視聴者を騙《だま》しているという意味では同義なのに、演出を本気と勘違いするのは視聴者のせいだと責任を転嫁する。それが番組の作り手側の常識だった。

なぜ編集という神業によって俺の立場を守ってくれるのか、その理由もはっきりしてきた。

どの制作会社も、テレビ局にVTRを納品する義務を負っている。局の制作費を使って撮ったVTRが、不成立に終わるなどという事態は、是が非でも避けたい。

だから彼らは編集する。あんなエセ催眠術師など二度と使うかと悪態を吐《つ》きながらも、その失敗を隠蔽《いんぺい》し、成立するかたちに編集して、局に納める。

馬鹿がいるとすれば、そいつらだ。俺はただ役割を演じてやっているにすぎない。

きょうの失敗があるとするなら、うっかり生放送の仕事を受けてしまったということだけだ。

まあいい。実相寺はタバコに火をつけた。平日の昼間の番組を観てるやつなんて、ほとんどいない。

一万円ほど飲みこまれちまったか、と思ったそのとき、携帯電話が鳴った。

パチンコ台のレバーを握ったまま、もう一方の手で電話をとりだした。「もしもし」

「実相寺か。店のほうはどうしたんだ」

占い師プロダクションの社長だ。

「ええと、きょう昼間はテレビでしたから、午後五時から開店するとお話ししたはずですが」

「……時計を見ろ。もう六時だぞ」

「え!?　あ、ほんとだ……。すいません、いまから行きます」

「頼むよ。それから、テレビを観たけどよ」

「はあ」

「まあ気にしないことだな、昼間のテレビなんかだれも観ちゃいない」

「そうですね。どうも……」

電話を切る。パチンコ店の喧噪《けんそう》が社長の耳に届いていないはずはない。きょうはなんてついてないいんだ。

笑う女

パチンコ店をでると、実相寺は竹下通りの〈占いの城〉に向かった。

貸ビルの半地階がいくつもの小部屋にわかれていて、それぞれに占い師がひとりずつ店をだしている。占い師はみな、実相寺と同じプロダクションの人間だった。

人気があるのは風水と前世占いだ。女子高生が人だかりしている。手相と十三星座の星占いに客が数人ずつ、水晶玉占いには客がいない。

実相寺は占い師たちとの交遊がなかった。どいつもこいつも、しょせん上京して夢やぶれた芸能人くずれや、親の遺産を食いつぶして生きている道楽息子のたぐいだ。他人の未来を占うより、自分の将来を心配しろってんだ。

いちばん端のシャッターをあげて「催眠術の店　体験されたい方はどうぞ中へ」と書かれた看板を掲げる。

ほかの占い師の店にならんでいる客は、こちらに目もくれない。

こんな店、はやくつぶれちまえばいいんだ。

けれども、占い師プロダクションの社長から月給をもらうためには、言われるままに従うしかない。

開店当初は何人か客も来たが、以降はさっぱりだった。当然だった。本当は俺、催眠術なんかできないのだから。

ここに来る客に対して俺がやれることといえば、ひとしきり催眠術をかけたふりをしたあと、狐につままれたような顔をしている客に「実感はないでしょうがあなたはかかってました」と嘘をつくことだけだ。こんな商売がなりたつわけがない。

きょうも客なんか来ないだろう。七時までひまをつぶせば閉店だ。

傘をさして、店の隣りのタバコ自販機に向かった。財布を開けると、小銭がなかった。千円札をとりだしながら、おやと思った。

福沢諭吉が一枚たりない。パチンコ店では一枚使ったが……あとはどうしたんだっけ。

このところ、二回ほどこういうことがあった。パチンコを終えたあと、なぜか一万円札が足りなくなっている。それとも、俺の計算ちがいか。

首をひねっていると、ふいに後ろから、か細い女の声がした。

「実相寺則之先生ですね」

フルネームで呼ばれたのは、催眠術師になって以来、いや先生までつくとなると上京してから初めてのことだった。

実相寺は振り返った。

白い傘をさした女が、路上に立っていた。

年齢は三十前後。コートはずぶ濡《ぬ》れで、ウェーブのかかった長い黒髪も、なぜかびっしょりと雨に濡れていた。ここまで傘をさしてこなかったのだろうか。

色白でほっそりとした、純日本風な美人だった。切れながで細い目がじっとこちらを見つめている。口もとにはかすかな笑みが浮かんでいる。

いったい誰だろう。妙に思いながら実相寺はきいた。「どこかでお会いしましたか」

「いえ……」

「なぜ私を知ってるんです?」

「テレビで拝見しました」

「ああ。じゃお客さんですか。いつのテレビ番組を観たんですか」

女は沈黙した。能面のようにうすら笑いを浮かべたままぴくりとも動かない。まるで等身大のパネルが立ててあるようだった。

耳が遠いのだろうか。実相寺は声を張りあげた。「私をいつごろテレビで知ったんです」

「……きょう」

やれやれ。また俺を笑いものにする気か。

さっきの醜態をテレビで観て、たまたまここを通りがかり、俺に気づいたにちがいない。

俺は見せものじゃないぞ。

実相寺は女に背を向けた。自販機に千円札を挿入しようとしたが、雨に濡れたせいでうまく入らない。何度も入れなおそうとしたがだめだった。

「あの」

かすかな声で女が呼びとめた。まだ後ろにいる。

まるで亡霊だった。実相寺は腹を立てた。

「なんか用か」

女はまたしても黙りこくった。さっきから表情も、傘をさしたポーズもまったく変わっていなかった。

にらみつけても、女の笑みは消えなかった。

「実相寺則之先生ですね」

さっきとまったく同じ声でいった。DVDをリピート再生したかのようだった。

「俺を馬鹿にするつもりか!」実相寺は怒鳴った。「え、どうなんだ。俺を馬鹿にする気なんだろ。笑いたければ笑え！」

閃光《せんこう》が走った。稲光、間をおかずに轟《とどろ》く雷鳴。日没後の竹下通りが、その瞬間だけ白昼のように照らしだされた。

その瞬間、女は目を大きく見開いた。

口をぽっかり大きくあけていた。その顔は笑っていた。

笑い声が発せられた。

これまで何度となく、実相寺は人に笑われた。しかし、この女の笑いは違っていた。

目は実相寺に向けられていたが、焦点は合っていない。虚空を見つめている。

女はひたすら、甲高い笑い声を発していた。さっきとはまるで別人だった。

雷鳴すらも掻《か》き消すような大声で、女は告げた。

「ワレワレハ、友好的ナ、ウチュウジンデス」

まるで時間がとまったかのようだった。

背すじが凍りつく瞬間とは、まさにこのことだろう。

「え？」と、実相寺はきいた。いま口にできる唯一の言葉だった。

女は満面に笑みをたたえながら、表情筋をびくびくと痙攣《けいれん》させ、目を剝《む》いて叫んだ。

「ワ！　レ！　ワ！　レ！　ハ！　ユ！　ウ！　コ！　ウ！　テ！　キ！　ナ！　ウ！

チュ！　ウ！　ジ！　ン！　デ！　ス！」

突風が吹いた。実相寺の手から傘が飛ばされ、路上をころがっていった。

横なぐりの雨がはげしく顔に浴びせられる。しかし、実相寺は呆然《ぼうぜん》として立ちつくしていた。

女の手は、なおもしっかりと傘を握りしめている。これだけ強い風のなかにいるというのに、身体は揺らぎもしない。

女の声はさらにつづいた。ワタシハ、ファティマ第七星雲ノ、ミナクス座ノ、アンドリア、デス。ワレワレハ、友好的ナ、ウチュウジンデス。

その言葉を何度かくりかえしたのち、この世のものとは思えない、けたたましい笑い声をあげた。稲光に女の白い顔が照らしだされる。激しい雷鳴も、女の笑い声に掻き消された。

からくり人形

「それであんた、名前はなんていうんだね」

入れたてのインスタントコーヒーをテーブルに置きながら、実相寺は女にたずねた。

女はソファに浅く腰かけていた。

まだ髪は濡れたままだ。化粧もほとんど落ちていたが、もともと肌がきれいだったらしく、あいかわらず美人にはちがいなかった。

か細い声で女はいった。「入絵《いりえ》由香《ゆか》と申します」

「さっきはアンドリアとかいってなかったか」

「さあ」

「アンドリアってのは誰だ」

「そんなかたは存じあげませんが。外国のかたですか」

実相寺はため息をついた。いったいこの女の狙いは何なのだろう。

この女がだしぬけに、わたしは宇宙人だとわめきだしたときは面食らった。けれども、時間が経つに従い、実相寺も冷静さを取り戻してきた。

普通の人間なら腰を抜かすか逃げだしてしまうだろうが、突拍子もない話を売りものにするのなら、俺のほうも負けてはいない。海外で十五年修業してきた催眠術師だと名乗っても、本気にする連中が世間には山ほどいる。

女がずっと路上で笑っていたので、周囲に人だかりがしてきた。そこで実相寺は、自分の店に彼女を迎えいれ、シャッターを閉めた。

まだ七時前だが、きょうは仕事どころではなかった。なぜ女を店内に招きいれたか、自分でも理由はよくわからない。おそらく好奇心と、それに美人だったからだろう。

店に入るや、女はまたおとなしくなった。

怯《おび》えているようすもなく、ただうす笑いを浮かべている。疲れもみせないし、自分の行ないを恥じているようでもない。

「俺に声をかけたのは、なんのためだったのかね」

「……お願い事がありまして」

「どんな？」

由香は両手でそっとコーヒーカップをとりあげ、ひと口すすった。きょう彼女が初めてみせた、人間らしいしぐさだった。

「解いてもらいたいんです」

「解く？　なにを」

「催眠術」

実相寺は口ひげを指先でかいた。「あんた、いま催眠術にかかってるってのか」

「はい。かけられています」

「俺が以前、あんたに催眠術をかけたのか」

「いいえ」

「では、ほかの誰かにかけられたのか」

「はい」

「だれにかけられたんだね」

「猿」

しばらく黙って由香の顔を見たあと、実相寺は笑った。

由香はうすら笑いのままだった。

「どんな猿かね」実相寺はきいた。

「全身みどりいろ。身長二メートル」

　実相寺は笑顔でうなずきながらも、内心ばかげた話にうんざりしてきた。

「俺に、その猿にかけられた催眠術を解いてほしいと」

「はい。きょうテレビでお見かけして、こちらで店をだしておられると司会者のかたがお話しになっていたので」

　あのディレクターめ、そんなことまで放送したのか。店の宣伝は、番組での実演がうまくいったときだけでいいのに。

「さっき宇宙人に変身したのは、催眠術をかけられていたせいだというのか？」

「宇宙人？　さあ、存じません」

　なるほど。実相寺はほくそ笑んだ。催眠術をかけられていたので、自分では覚えていないといいたいのか。

　やはり、俺をからかいに来たのだろう。手が込んでいるが、よほどひまな女ならこういうこともするかもしれない。

「申しわけないが、猿がかける催眠術なんてのは専門外なんでね。ほかをあたってもらいたい。動物園とか、獣医とか」

「でも、先生にやっていただきたいんです」

「うちは催眠術をかけるのが専門なんだ。もちろん、帰る前にちゃんと解くがね。それも慈善事業じゃない。お金を払ってくれる客を相手に、商売してるんだよ」

「お金なら、はらいます」

由香はハンドバッグをあけた。細い指が、一万円札の束をひっぱりだした。

少なくとも、三十万円はあるだろう。

実相寺は思わず姿勢を正した。

この女、本気だろうか。

催眠術にかかったまま解けなくなった人がいるという噂はきいたことがあるが、本当かどうかはさだかではない。俺の催眠術にかかる人がいない以上、解けなくなることもない。だからそんな相手には会ったことがない。

たしか催眠術の入門書には、解けなくなるというのはあくまで世間の誤解であって、催眠状態というのは放置しておけば自然に浅くなって解けるものである、そう書いてあったはずだ。それに、催眠中の記憶がなくなるということも、まずありえないという記述もあった。

この店の料金は一回三千円と定められている。それは入り口にも、壁にも書いてある。しかし、この女は札束をちらつかせている。どう解釈したらいいんだ。

実相寺はつとめて冷静にいった。「まあ、そういうことなら。では、あなたの催眠術を私が解く。それだけでいいのかね」

「はい」

それだけでいいのなら、願ってもない話だ。この女が本当に催眠術にかけられているとは、とても思えない。話していることが真実とも思えない。ただ、こういう悪ふざけを好む、金持ちのひま人なのだろう。

「では、さっそくやってあげよう。もうすこし深く座って、身体を楽にして」

「はい、おねがいします」

「目を閉じて、深く息を吸いこんで」

催眠術の解き方なんてものは、どの入門書にもおなじことが書いてある。短い暗示のせりふだけでいい。

「いまから五つ数えたら、あなたの催眠はすべて解けます。いいですね。ひとつ、ふたつ、みっつ、よっつ、いつつ」

実相寺はぱちんと指を鳴らした。

由香は目を開けた。同時に、実相寺はまたしても面食らった。

女はいかにも目覚めたように大きく伸びをした。「おはよう！」

「は、はあ……？」

いままでとはうって変わって、元気で活発な女という感じだった。辺りを見まわし、きょとんとした顔をする。「ここどこ？　あなた誰？」

「……さあ、入絵さん。ご要望にお応《こた》えしましたよ。では、お勘定をいただきますので」

「入絵さん？　入絵って、誰？」

「あなたが自分で名乗ったじゃないですか。わたしは理恵子《りえこ》。入絵由香」

「はあ？　なにいってんの。わたしは理恵子。由香なんて知らないわ」

「わかりました。理恵子さん、催眠術は解きました。お代のほうをよろしいですか」

「なんのこと？　それより、ここはどこ？」

実相寺はいらいらしながら、札束に手を伸ばした。

とたんに女は悲鳴をあげ、それを奪いとった。

「なにすんのよ」

「あなたがご依頼なさったことの報酬をいただくんです。さきほど約束したでしょう」

「ふざけないで。警察を呼ぶわよ」

苛立《いらだ》ちと、憤りがこみあげてきた。

あれは催眠術にかかっていたから、覚えていないというわけだ。どこまで俺をばかにすれば気がすむんだ。

「ふざけるな」と実相寺は怒鳴った。「あんたの芝居につきあうのはたくさんだ。さっき金を払うと自分でいったじゃないか。その金を置いてでていけ」

女は怯えた顔をして、ぼそりとつぶやいた。「猿……」

「え、なんかいったか？」

また芝居を始める気か。

予感は的中した。由香はまたもや目を剝《む》いて、口を発声練習のように大きく開け、抑揚のない声で喋《しゃべ》った。

「ワレワレハ、友好的ナ、ウチュウジンデス」

「いいかげんにしろ！　外へ叩《たた》きだすぞ」

「ワレワレハ、友好的ナ、ウチュウジンデス。アラソウツモリハ、アリマセン」

「なら、はやく金を払え」

「カネ？　カネッテナンデスカ。ワタシワカラナイ」

実相寺は頭をかきむしった。気が変になりそうだ。

「いったい何なんだ、おまえの目的は」

「ワタシハ、ファティマ第七星雲ノ、ミナクス座ノ、アンドリアデス。地球人ト、話ヲスルタメニ、コノ女性ト、テレパシーデ、ムスバレテイマス」

もう話す気にもならなかった。実相寺は苦々しい思いで由香をにらんだ。

由香はさらにつづけた。「コノ女性ニハ、チャネリングノ、能力ガアリマス。ワレワレハ、予知能力ヲ、地球ノ人タチノタメニ、役立テタイ」

「予知能力？　あんた、占いができるってのか」

「ワレワレハ、予知能力ヲ、地球ノ人タチノタメニ、役立テタイ」

しばらく実相寺は黙りこんだ。そして、ふいに笑いがこみあげてきた。

なるほど、そういうことだったか。この女は売りこみに来たんだ。ここで自分の店を持って、チャネラーとして売りだそうというんだ。

実相寺はきいた。「あんた、ここで働きたいのか」

女はこくりとうなずいた。

「わかったよ。あんたのねばり勝ちだ。俺から、社長に頼んどいてやるよ。ただし、条件があるがな。その金を手付金としてもらおうじゃないか。なに、店を開くことになりゃ、その何倍もの収入が得られるさ」

「カネ？」由香はまだ宇宙人の言葉でいった。

「ああ、その紙っきれの束ですよ、宇宙人さん」

さて今度は、どう言いわけするつもりだ。

ところが、由香はあっさりと札束を差しだした。「ドウゾ」

「ああ。……いっとくが、あんたがその、チャネリングが終わって地球人に戻っても、この金は返さないぞ。テレパシーでそう伝えとけ」

「ワカリマシタ。スベテ伝エテオキマス」

由香はいきなりがくんとうな垂れた。

しばらくして、ゆっくりと顔をあげる。ぼんやりした目つきで実相寺を見た。

入絵由香に戻った、そういうことらしい。

「なあ」実相寺は札束をあわてて懐にしまいこんだ。「あんたの芝居はみごとだった。もう充分に堪能《たんのう》したよ。あとは俺にまかせてくれ。このメモに連絡先を書いといてくればいい。きょうは家に帰んな」

本来なら、もっとくわしい履歴をきいておく必要がある。しかしきょうは、これ以上会話を交わす気になれなかった。

もう疲れた。身の上話をきくのは、社長の了承がでてからでいい。

「はい、おねがいします」由香は微笑とともにそう告げて、ボールペンを手にした。

書道の稽古《けいこ》をするかのように背すじをぴんと伸ばして、ゆっくりとメモにペンを走らせる。音もたてずにペンをわきに置くと、静かに立ちあがった。

実相寺はメモを手にとった。03で始まる都内の番号だった。ていねいな字だ。

シャッターを開けて由香を送りだす。由香はもういちど、よろしくお願いしますと言い残し、竹下通りの雑踏に消えていった。

手荒にシャッターを閉じ、実相寺は倒れこむようにしてソファに身をうずめた。まったく、なんて一日だったんだ。

しかしいまになって、きょう起こったことを思いかえすと、憤慨を通り越して入絵由香に畏敬《いけい》の念さえ浮かんでいた。自分のキャラクターを売りたけりゃ、あそこまでやらねえとな。

面接

翌日、実相寺は電話で社長にかけあった。

「きのう、チャネラーを自称する女が売りこみに来ましてね。歳はちょっといってるんですが、そこそこ美人で、なにより宇宙人が取り憑《つ》いたときの迫力といったら、さすがの私も圧倒されましてね。ええ、ぜったいに商売になりますとも。私が保証しますよ」

「きみの保証ねえ」社長は軽蔑《けいべつ》するような口調でいった。「それにチャネラーかね。時代遅れだね」

社長が乗り気でないのはあきらかだった。占い師の売りこみは毎月のようにあるうえに、使いものになるのはごくわずかだ。

カルト教団が事件を起こしたり、図々《ずうずう》しい物言いで知られる占星術師の厳島咲子《いつくしまさきこ》がテレビ出演を独占しているせいで、その他大勢の名もない占い師を抱えるプロダクションは経営に四苦八苦だった。社長が財布の紐《ひも》を固く締めているのも当然だった。

「まあ」社長はいった。「いちど会ってみるか」

実相寺は、入絵由香が残していったメモの番号に連絡をとった。

「はい」電話にでたのは由香ではなく、もっと老けた感じの、しわがれた声の女だった。

「入絵由香さんはおられますか」

「由香ならいま仕事にいってますが。夕方の六時ごろ戻ると思いますが」

母親らしい。年齢は六十すぎといったところだろう。入絵由香はひとり暮らしではなく、都内に実家があるようだ。

「実相寺と申します。そのう、仕事のことで由香さんにお話がありまして」

「ああ、そうですか。いつも娘がお世話になっております。東和《とうわ》銀行のかたですか」

「は?」

「いえ、じゃあ外のかたですか。いまこの時間でしたら、勤め先の東和銀行のほうにいると思いますが」

「そうですか。いや、そんなに急ぎの用じゃないんです。戻られましたら、実相寺まで電話をくださいとお伝えねがえますか」

由香の母親に携帯電話の番号を伝えて、電話を切った。

もうすこし探っておけばよかったろうか。しかし、親にあまり勘ぐられるのはまずい。

おそらく占い師になりたがってると、母親に告げてはいないだろう。邪魔が入るのは避けたい。

それに、同業者のプライバシーを探らないことは、占い業界における仁義でもあった。

だが、少なくとも母親と同居していることと、銀行勤めをしていることはわかった。東和銀行のどの支店だろうか。銀行なら出勤日は月曜から金曜。つまり、土日に占い師のバイトをするつもりか。

実相寺は、あいかわらず客の来ない店でタバコをふかしながら電話を待った。午後六時を五分ほどまわったころ、電話が鳴った。

入絵由香だった。あの妙におとなしい、かなりの間をおいて小声で返事をする話し方だった。

「社長が興味しんしんでね」と実相寺は由香にいった。「ぜひとも会いたがっているんだ。店のほうに来てくれないか」

由香はていねいに礼を述べたあと、土曜日の午後ならおうかがいできますが、といった。このさい、社長に時間を合わせてもらおう。実相寺は承諾して電話を切った。

約束の土曜日。店に社長がやってきた。そして、入絵由香も。

由香は、このあいだとは別のコートを着ていたが、いたって地味なものだった。店に入ってコートを脱いだが、その下も子供の学校の母親参観日に着ていくような、装飾のない紺の上着とロングスカートという服装だった。

チャネラーとして売りだすには個性に欠けている。洋服は隣りの店の女占い師にでもコーディネイトさせよう。

占い師プロダクションの社長は、五十歳すぎのやせた神経質な男だった。

若いころから易者の修業をして、一代で巨額の財をなし、全国からあつまってきた志願者たちを弟子にしてプロダクションを設立したといっていたが、とても真実とは思えなかった。

易者をつづけてきたが、客を相手に嘘八百をならべたてるのに嫌気がさし、ノウハウだけを提供して他人にやらせようとして会社を設立した、実情はそんなところだろう。

社長は由香にあれこれと質問した。年齢はいくつ。結婚はしてらっしゃるの。どこかに勤めてるの。

初めのうち、由香はいつものように返事を遅らせて、社長をいらつかせた。

どうやらこれは、由香の演出らしかった。ひ弱な女性であることを強調しつつ、質問をはぐらかしつづけ、相手がこらえきれなくなって語気を強めるや、宇宙人を憑依《ひょうい》させてみせる。強気だった相手が一転して度肝を抜かれ、絶句するのを楽しむつもりだ。

由香の返答によると、年齢は三十前で、既婚で夫と同居しているという。子供はいない。もっとも、いまは主婦業に専念していて働いていないとも答えたが、これはあきらかに嘘だ。だからほかの受け答えにも嘘が含まれているかもしれない。

自分が銀行員であることを知られてはまずいと思っているようだ。そのうち、なにかの切り札になるかもしれない。社長にも知らせずにおこう。

「ところで」社長はきいた。「さっそくだが、宇宙人とチャネリングする能力があるというんだね？」

「……宇宙人？」由香はうすら笑いとともに答えた。「さあ」

「宇宙人とチャネリングできるんだろ。あんた、チャネラーなんだろ」

「チャネラー。なんのことですか」

「じゃああんた、なにをしにここへ来たんだね」

「さあ」

「占い師として売りこみに来たわけだろ。チャネラーだろ」

「さあ」

社長の忍耐は限界に達した。いよいよくるぞと実相寺は思った。

「きみ！」社長は怒鳴った。「はぐらかすのもいい加減にしたまえ。私は忙しいんだ」

とたんに、由香は目を剥《む》いて甲高い笑い声をあげ、あのぶきみな機械的な声を一音ずつくぎって発した。「ワレワレハ、友好的ナ、ウチュウジンデス。ワタシハ、ファティマ第七星雲ノ、ミナクス座ノ、アンドリアデス」

呆然《ぼうぜん》とした表情で由香を凝視する社長の顔を見て、実相寺は笑いをこらえるのが精いっぱいだった。まさに鳩が豆鉄砲をくらったような顔だった。

「こりゃあ」社長はつぶやいた。「たいへんな迫力だ……」

実相寺は胸のすく思いだった。

しかし、社長が冷静さを取り戻すのは実相寺のときより早かった。店をだすには、演技がうまいだけでは不充分だ。占い師としての能力、言葉巧みに相手を説きふせ、納得させられるだけの会話術を身につけなければならない。

社長は身を乗りだした。「入絵さん、あんた予知能力があるんだってね」

「イリエ？　ワタシハ、アンドリアデス」

「その、宇宙人の、アンドリアさん。あんたの予知能力ってのを試したいんだがね。具体的に、どんなことがわかるのかね」

「ウチノ、電話ガナル直前ニ、ソレガワカリマス」

「どの電話でも予知できるのか。たとえば、私の携帯電話が鳴るのを予知できるのか」

「ウチノ電話ダケデス」

社長は苦笑した。実相寺もそれにならった。これでは商売にならない。

「では」社長はため息とともに告げた。「ほかになにか、わかることはないのかね。たとえば、私はきのう、宝くじを買ったのだが……」

「ウソ」由香が口をはさんだ。

社長は驚いて、たずねかえした。「嘘？　なにが嘘だというんだね」

「タカラクジ」

むっとして、社長は懐の財布から宝くじの券をとりだした。東京都発行の一等一千万円のくじだった。

「ここに、ちゃんとあるじゃないか」

「キノウ買ッタノハ、ウソ」

由香の言葉に、社長は面食らったようすだった。「どういうことか、くわしく説明してくれ」

「キノウハ、ホント。買ッタノハ、ウソ」

「……たしかに、それは買ったんじゃなく、もらったものなんだ。仕事仲間に」

「ウソ」

「ああ、いや。……なんで嘘だというんだね」

「赤イトコロデ、モラッタ。赤イトコロ」

なぜか社長は真っ青になった。

「そんな馬鹿な……。あ、いや、ところで、この宝くじは当たるかね？」

「当タラナイ」

「どこで買えば当たるかね。何番のを買えば当たる」

なにをそんなに興奮しているのだろう。実相寺は妙に思った。いかさま占い師にはゴマンと知り合いがいるはずの社長が……。

「社長」実相寺は冷ややかにいった。「まあ落ち着いてください」

自分しか知らないはずのことをふいにいい当てられると、信じきってしまうのが人間の心理というものだ。占い師はそれを巧みに利用する。

あなたは病気になったことがありますね。人間関係で悩んでおられますね。いずれも占い師の常套句《じょうとうく》だ。病気になったことのない人などいないし、客は悩みがあるから占い師のところへ来るのだし、悩みとはある意味ですべて人間関係だ。けれども客は、それで心を見透かされたと錯覚してしまう。

ただし、今度の場合はちょっと違うようだ。社長のようすから察するに、由香のいったことは真に驚異的だったのだろう。

とはいえ由香は売りこみに来たのだから、なんらかの方法で店の経営者が誰であるかを調べあげ、社長を尾《つ》けまわしたとも考えられる。もし、彼女がそれだけ用意周到ならば、社長や俺の身の上話をテスト材料には使えない。

「じゃあ」実相寺は両手をこぶしにして突きだした。「こんどは俺がテストしよう。どっちの手に百円玉が握られているかわかるかね」

もちろん、わかるわけがない。

二分の一の確率だからいちどは当てられても、二度三度となると難題だろう。

これで社長も冷静さを取り戻すだろう。

ところが、そうはならなかった。

由香は硬貨を握ったほうの手を言い当ててしまった。それも一度や二度ではない。

実相寺は三十回以上、むきになってテストしたのだが、由香はこともなげに左、右といいはなち、そのすべてが正解だった。

困った挙句、実相寺は由香にいった。「ジャンケンならインチキできないはずだ」

だが、これもやはり、由香は勝ちつづけた。背すじを伸ばしたまま、機械的に右手だけを上下させてジャンケンするさまは、まるでからくり人形のようだった。

面接は三時間にも及んだ。最後には社長も実相寺も疲れきっていたが、由香はあいかわらず疲れしらずのようすで宇宙人の言語を発しつづけた。

やがて社長がハンカチで額の汗をぬぐいながら、わかった、あんたを雇おうと言いだすや、またもとの入絵由香に戻り、うすら笑いを浮かべておじぎをした。

由香が帰ったあとで、実相寺は社長から宝くじのことをきかされた。

「赤イトコロデ、モラッタ」という由香の発言は正確そのものだった。

社長は池袋のフィリピンパブで従業員の女の子に宝くじの抽選券をもらっていた。そのパブが、照明から壁紙、じゅうたんにいたるまで、すべて真っ赤という内装だったというのだ。

抽選券はパブでボトルキープした客全員に一枚ずつプレゼントされるものだったが、そのことは店外の看板にも、新聞広告にも書かれていない。社長は接待ではなく、普通の客としてひとりでぶらりとパブに立ち寄り、それをもらったにすぎない。もちろん、誰にも話してはいない。

だから社長をパブのなかまで尾行したか、偶然そのパブに勤める知りあいがいたのでもないかぎり、由香にその事実がわかるはずはなかった。

実相寺は混乱し、社長と由香がつるんで自分を騙《だま》そうとしているのではないかとさえ考えた。しかしそれはあり得なかった。ここまで手間をかけて、俺をだまして社長になんの得があるだろう。

それに、百円玉とジャンケンのテストについてはどう考えてもトリックがあるとは思えなかった。

由香が本当に宇宙人と交信しているとか、超能力者だというのは論外だったが、とにかく占い師としてずばぬけた勘と才能の持ち主であることはたしかだった。

社長はおおいに乗り気になり、どうやって売りだそうかといってきた。

実相寺はいった。「俺の店をたたんで、彼女をデビューさせましょう」

「催眠術の店をか？」

「ええ。催眠術師なんか続けたところで、どうせ有名にはなれませんから」

「そうとは限らんだろ？」

「また冗談を。テレビのオンエア観たでしょう？　催眠術ってのはね、かかる芸能人が主役なんです。女優の誰々、催眠術に挑戦！　新聞のテレビ欄にもそんなふうにしか書かれない。世紀の催眠術師、実相寺則之！　ってな表題は見たことがない」

「ああ。まあ、そうかもな」

「映像もその女優ばっかり映って、俺は映らない。いいですか、社長。俺は催眠術をかけるすごい人のはずですよね。そして女優はただ催眠術にかかって操られる人。ところがその主従関係が、テレビでは逆転するんです。受け身の立場のはずの女優がメインで、俺は添え物。ただ番組を成立させる都合上、そこにいなきゃいけないという意味で、AV男優と役目はまるで同じです。ギャラとか現場の扱いもそんな感じです」

「やったことあんのか、AV男優」

「誰がです。たとえ話をしてるんですよ。とにかく、彼女なら客ももっとたくさん集まりますよ」

由香のマネージャーになれば、彼女めあてに来るマスコミと関わりをもつことで、芸能界や音楽業界にコネができるかもしれない。上前をはねて懐をこやすことも期待できそうだった。

「よろしい」と社長は実相寺の提案を受けいれた。「その代わり、きみが責任をもって彼女に仕事をさせることだ。もし店に損害がでるようなら、きみにかぶってもらうからな」

「わかりました」と実相寺は快諾した。

今後は俺が笑いものにならずにすむ。それだけでも有り難い話だった。

幸運の女神

平日の午後五時半以降と、土日の終日が〈占いの城〉のチャネリング店の営業時間だった。

新しい看板をかかげただけで、好奇心旺盛《おうせい》な女子高生や若いOLたちが店を訪ねてくる。そして一様に、店をでてくるときには顔を輝かせ、友達と嬌声《きょうせい》をあげて竹下通りの雑踏に消えていった。

目新しいものが口コミで広まるのも早かった。二週めの平日には夕方の開店までに店の前に人だかりがするようになり、週末には行列ができるほどになった。

気をよくした社長は、不評だった水晶玉占いを都内の別の場所へ移し、店二軒ぶんをチャネリングの店のスペースにして〈占いの城〉の目玉にしようと考えた。もともとそれぞれの小部屋は薄いベニヤの壁で仕切ってあるだけだったから、改装は容易だった。

たった三週間で、入絵由香は竹下通りで最も流行《はや》っている店の女主人となった。

実相寺は経営を円滑にするための知恵を絞っていた。

店の入り口に、入場券の自動販売機を置くことにした。駅前の定食屋の店先にある食券の販売機と同じ物を、業者から安くリースした。三千円を挿入してからどのボタンを押しても〈チャネリングの店〉と書かれた小さな入場券が吐きだされるよう設定した。

由香のプライバシーを守ることにも注意した。本来なら、なにかそれらしい芸名を名乗らせるのがいいのだが、これも由香には難しそうだった。社長が考えた芸名を由香に伝えたのだが、何度リハーサルをしてもわたしは入絵由香ですと答えてしまう。

結局、名なしの女占い師でとおすことにした。

実相寺は竹下通りから一本入った住宅街にある高級マンションの部屋を与えられ、そこでマネージャーとして売り上げ金の管理を行なっていた。収益はどんどんふくれあがり、雑誌や新聞の記者も取材に来た。実相寺は由香の顔と名前をださないことを条件に取材を了承した。銀行の上司や同僚に知られてはまずいからだ。

美人チャネラー、驚異の占い能力。マスコミがはでに書きたてたおかげで、客足はさらに伸びていった。こんどはテレビ局もやってきた。VTR撮影においては由香の顔にモザイクをかけさせ、音声も変換させることにした。

客にしてもマスコミにしても、本当に宇宙人が由香に乗り移っているとは誰も信じてはいないようだった。ただ、その異様な変身ぶりと、たしかに心を読まれているという不可思議さが、人々の興味を強く掻《か》き立てたらしい。

そのうちに、実相寺は店のなかで由香がどんな客あしらいをしているのか、気になってきた。

秋葉原の電気街でUHF波の小型カメラを買い、それを店内の隅に仕掛けた。これを、離れたマンションの部屋のテレビで受信できるようにした。

由香は毎日、決められた時刻どおりに店に出勤していた。最近では店をあけるや、行列を作っている若者たちが拍手したり黄色い声援を送るようになっていた。

接客はひとり十分ほどで、基本的な流れは社長と会話したときと同じだった。間のびした返事で客をいらつかせ、客が激昂《げっこう》したところで宇宙人に変身、客の心のなかを見透かすようなことを口にして驚かせ、最後に質問に応じて単純なアドバイスを与えていた。

実相寺はひとりマンションで、由香が宇宙人に変貌《へんぼう》した瞬間の客の顔を見ながら、腹をかかえて笑いころげていた。

そのうちに、実相寺は由香のテクニックには一定の傾向があることに気づいた。

彼女はすべてを言い当てているのではない。しかし、嘘についてはほぼ確実に見破るすべを持っているらしい。

また、客がなにかを行なったときの状況を回想していると、そのとき深く印象に残っていることを察することができるらしかった。それも、色や温度や、体感的なことについてのみ漠然と知ることができるらしい。

たとえば、客が海外旅行できれいな海に潜ったことを回想していると、青イトコロデ、涼シイトコロデスネという。海岸で水平線に沈む夕日を見た思い出なら、黄色ノトコロデ、暖カカッタデスネと答える。

百円玉やジャンケンの能力はテレビでも放送されたから、やってみせてくれという客の申し出も頻繁にあった。これらについては、いちども外れたことがなかった。

実相寺は閉店後、由香とレストランで軽い食事をとることが日課になっていたので、なんとか能力の秘密を探ろうとしたが、いつも会話をはぐらかされていた。

それでも、日が経つにしたがって由香は打ち解けたようすで、会話も間のびせずに応じるようになり、話し方も女らしくなってきた。

レストランの席で由香はいった。「きょうはいつにも増してお客さんが多くて、うれしかったわ」

やはりすべては、意図的な芝居なのだ。しかし、なんて入念につくりあげられたキャラクターなのだろう。占い師になったのも、これが初めてではあるまい。

サラダを頬張りながら、実相寺は尋ねた。「宇宙人の喋《しゃべ》り方は、家で練習したのかね」

「宇宙人？　なんのこと？」

「では、ジャンケンは子供のころから強かったのか？」

「ジャンケンねえ。わたし、ジャンケンはとても弱くて。鬼ごっこはいつも鬼ばかりさせられていたわ」

実相寺は苦笑しながら、ジャンケンをしようと持ちかけた。

ところが、三回つづけて実相寺が勝ってしまった。

「どうしたんだよ」実相寺はいった。「宇宙人とコンタクトしていないと、予知能力がはたらかないとでも？」

「はあ……？　宇宙人？　コンタクト？」

思わずため息が漏れる。「入絵さん。俺たちはビジネス・パートナーだろ」

そういっても、由香はきょとんとした顔で見返すだけだ。

そのくせ、週にいちど支払われる給料は嬉々《きき》として受けとっている。

つまり、商売の秘密は同僚にさえも打ち明けないつもりらしい。

いざとなれば、銀行の件をもちだして口を割らせるのはたやすい。だが、実相寺はまだ、その必要性を感じていなかった。

貯金はこのところ毎日ふくれあがっていた。帳簿をごまかして、社長にも三割ほど少なく申告しているからだった。社長も入絵由香も気づいてはいない。

振り返れば奇妙ないきさつだったが、あいつは幸運の女神だった。ようやく俺にも運がめぐってきた。そう思った。

白のカローラ

そんなある日、ひとりの男の客が店にやってきた。

店の客はほとんどが女で、男の客といえば渋谷のセンター街にたむろしているような茶髪の若者ぐらいだった。だが、この男は一見して異彩を放っていた。

年齢は二十代後半から三十歳ぐらい、薄いグリーンのダブルのスーツをきちんと着こなしている。

ほっそりと痩《や》せていて、それなりに長身だった。顔は色白、面長で、やや神経質そうな顔つきをしていた。それでも角度によっては柔和に見えたり、精悍《せいかん》な顔に思えることもある。

口もとはしっかりと結ばれ、鼻すじが通り、目は切れ長だった。髪はやや長く、ウェーブがかかっている。

端整な二枚目。あれなら女には不自由しまい。占いの客にしてはルックスが上等すぎる。

何者だろう。

実相寺はマンションの部屋でモニターを通じ、この珍客を観察していた。

ふつう客は店に入るや、おどおどと辺りを見まわし、由香がどうぞと椅子をすすめるまで一歩も踏みださない。しかし、男は軽く頭をさげて、すぐに由香の向かい合わせの席に腰をおろした。

そのまま数分が過ぎた。まるでスチル画像のように、双方ぴくりとも動かない。

この男、いったいどういうつもりだ。

やがて、沈黙を破ったのは由香のほうだった。

「なにか……」

男は身をのりだして、おだやかな口調でいった。「ええ。じつは、相談ごとがありまして。お尋ねしてもいいですか」

いつもの間をおいてから、由香は答えた。「どうぞ」

「ファティマ第七星雲というのは、地球からどれくらい離れているのですか」

「ファティマ。なんのことです」

「宇宙人のお友達を、お持ちなんですよね」

「さあ。宇宙人とは、なんのことですか」

宇宙人についてばかり尋ねる客だった。ミナクス座とは、どういう星座なんですか。アンドリアというのは、男ですか女ですか。年齢はいくつぐらい。ミナクス座の、なんという星にお住まいですか。

由香はすべての質問に「さあ」と答えていたが、男のほうもまったく口調を変えず、静かに語りかけていた。

実相寺は苛立《いらだ》ちを募らせた。これでは由香が変身するきっかけがつかめない。

「宇宙人の声をだしちまえ。そいつの度肝を抜いてやれ」実相寺は画面に向かってつぶやいた。

かなりの時間が過ぎた。

竹下通りに面したガラス戸を、通りすがりの若者が手荒に叩《たた》いていった。

ここではよく起きる悪戯《いたずら》だ。だが今回の由香の変身は、その音がきっかけだった。

甲高い笑い声をあげて、由香はいった。「ワレワレハ、友好的ナ、ウチュウジンデス」

さあどうだ。

ところが、唖然《あぜん》としたのは実相寺のほうだった。

客の男は無表情のままだった。あの身の毛もよだつような由香の変貌《へんぼう》をまのあたりにして、男は眉《まゆ》ひとつ動かさなかった。

由香はなおも、こけおどしの宇宙人の高笑いをつづけていた。

男はさっきとおなじく、静かな語り口でいった。「このあたりは若者が多くて、にぎやかですよね」

すると、由香の笑い声がぴたりとやんだ。

「ただ」男はいった。「ファーストフードばかりで、食べるところがなくて不便ですよね」

何秒かの間をおいて、由香が小さな声で答えた。「はい、そうですね」

実相寺は衝撃を受けた。

客の前で、予知能力を発揮しないまま元の入絵由香に戻ってしまうのは初めてだった。というより、占い師としての職務上ありえないことだった。これではどうやって客を納得させることができるのだ。

しかし男は不平もいわずに立ちあがった。

「じゃあまたお会いしましょう」そう告げて男は店をでていった。

なんだったんだ、あいつは。

すぐにでも外へ駆けだして、男をふんづかまえて事情をききたい衝動にかられる。だが、思いとどまった。次の客が入ってきた。マネージャーとしては、監視の任務を怠るわけにはいかない。

その夜、閉店後、実相寺はあの妙な男の客について、由香にたずねた。隠しカメラのことは由香には秘密にしておいたが、きょうはどんな客が来たのかね、という質問からはじめて、遠まわしに探っていった。

由香は男とは面識もなく、たしかに変わったお客さんだったが、どんな会話を交わしたかよく覚えていないといった。

いつも客の顔は覚えていても、なにがあったかはよく記憶していない、由香はそう返答する。

実相寺は釈然としなかったが、トラブルがあったわけではないのだからと自分を納得させた。長くやっていれば、いちどぐらい変な客も現れて当然だろう。

ところがそれはいちどではすまなかった。

翌日のほぼおなじ時刻に、その男はまた店を訪ねてきた。

こんどはデニムを基本にした趣味のいいB系ファッションだった。前よりもずっと若く見える。

「こんにちは」と男は明るい声でいった。「初めまして」

モニターを観ている実相寺は首をかしげた。初めましてとは、どういう了簡《りょうけん》だ。きのう来たことを、由香が忘れていると思っているのか。

由香は小声でいった。「昨日は、どうも」

しかし男はそれを無視してつづけた。「原宿は不案内でして。どこに店があるのか、探すのがたいへんでしたよ」

まさか双子か。いや、そんなことはないだろう。きのう来たのも、たしかにこの男だった。

違っているのは、その態度だ。きのうの慇懃《いんぎん》な立ち居振るまいから一変して、きょうは若者らしい軽快な話し方で、椅子にも足を組んで座っている。

「ひとつご相談したいことがありまして」

男はそういったが、口調はきのうよりずっと早口だった。

「きょうもいい天気ですね。こんな日には、ゴルフにでも行きたくなりますね。スポーツは好きなんですが、出かける機会がなくて。最近は近場でボウリングとか卓球とか、あるいはビリヤードとか、そのていどです。郊外にレジャー施設が増えたのは嬉《うれ》しいですよね。ああいう施設にはカラオケもありますね……。あ、カラオケには行かれるほうですか」

それまで黙っていた由香が、ふいに口をきいた。「ええ。でも、女性ボーカリストの歌はあまり得意じゃないの。わたしの声、ちょっと低いでしょ。だから男性の曲のほうがキーが合って」

またしても実相寺は面食らわざるをえなかった。

由香の声はいままでになくハスキーで、落ち着いた低音を響かせていた。

男がきいた。「どんな歌が好きですか」

「そうね、ミスチルとかマッキーかな。よく歌うの」

いったいどうなってるんだ。由香が、こんなにはきはきと答えるとは。

謎の男と由香の会話はつづいていた。カラオケはどこで歌われるんですか。そうね、以前はよく友達とカラオケボックスに行ったけど、最近はスナックが多いわ。

「そこのママがとても誉めるのがじょうずなのよ。理恵子さんは、ぜったい歌手になるべきだっていうの」

理恵子。

初めて由香に会ったときにもたしか、急に人が変わったように勝気な女になった。わたしは理恵子、由香なんて知らないわといっていた。

ひょっとして理恵子のほうが本名なのか。いや、電話にでた母親はたしかに由香といっていた。

しばらく他愛のない会話を楽しむと、男はふいに別れを告げて、立ち去った。

次の客が入室してきたが、由香はうすら笑いと小声で応対をするロボットに戻っていた。

たまりかねて、実相寺は部屋を駆けだした。

マンションの外にでて、店に急ぐ。

何者なんだ。どういう意図で由香に会いに来てるんだ。

竹下通りにでたが、人通りが激しかった。それでも原宿駅前通り付近にまで来たとき、人ごみにまぎれているB系ファッションを発見した。

必死で男に追いつこうと躍起になったが、そのとき男は、明治神宮の鳥居前の駐車スペースに停めた白いクルマに乗りこんだ。いまでは廃車置き場ですら見かけないようなしろものだ。あの男、高そうなものを着ているわりには貧乏なのか。

クルマは急発進して走り去った。近眼の実相寺はナンバーを確認することさえできなかった。

その夜、レストランで食事中に、実相寺は由香にたずねた。「理恵子ってのは、あんたの芸名のつもりか」

「さあ。理恵子ってだれ」

実相寺は腹がたった。あの得体の知れない男と楽しげに会話しておいて、俺には知らんぷりを決めこむつもりか。

「前に名乗ったろう。初めて俺の店に来たときに、わたしは理恵子といったじゃないか」

「さあ」

「いいかげんにしてくれ！　俺はあんたのマネージャーなんだ。隠しごとをするな！」

その怒鳴り声をきっかけにして、由香は宇宙人に変身して笑い声をあげた。

レストランの客や従業員の視線が、いっせいにふたりに注がれた。

「わかった、もういい」実相寺は弱り果てていった。「やめてくれ、たのむ」

由香は笑うのをやめた。なにごともなかったかのようにスプーンを手にとり、スープをすくい、品よく音もたてずにすすった。


その翌日、男はまたしても現れた。

今度は落ち着いたグレーのスーツ姿だった。

金持ちを装いやがって、貧乏人め。実相寺はモニターで男の姿を確認するや、すぐに駆けだそうとした。

ところがきょうは、男は椅子に座ろうとしなかった。由香に歩み寄ると、どうも、とお辞儀《じぎ》をした。そして懐から名刺を一枚とりだすと、礼儀正しく言った。

「私は、こういうものです。ご用がありましたら、いつでもご連絡ください。では、また縁がありましたら」

由香が無表情のまま名刺を受けとると、男はくるりと背をむけ、店をでていった。

実相寺はあわてて玄関に走った。

いったいなんだ。スカウト行為か。どちらにしても捨て置ける状況ではない。

きょうもまた外に駆けだして、原宿駅前通りに急ぐ。きょうこそは正体をあばいてやる。

明治神宮の鳥居前、きのうと同じ場所に、年代ものの白のカローラが停めてあった。

あの男はまだ来ていない。実相寺は車に走り寄った。

車内を覗《のぞ》きこむと、助手席にノートパソコンが投げだしてあった。こんな車に乗ってるわりには、新しい物を持ってやがる。

「それは私の車ですが」

いきなり後ろから声をかけられ、実相寺はあわててふりかえった。

あの男だった。画面で見るより長身だが、頭部が小さいせいか、それほど威圧感はない。

「あんた」実相寺はいった。「いいか、あんたにいっておく。あの店は占いの店だ。運勢をみてもらう気がないのなら、来ないでくれ」

「……さて、どういうことですか。あなたは誰です。私が占いの店に行っていたと、どうして知ってるんです」

実相寺は困惑した。隠しカメラが仕掛けてあったとはいえない。

とはいえ、ここで引くつもりはなかった。

「とにかく、見てのとおりチャネリングの店には毎日大勢の客が来てるんだ。あんたのやってることは、営業妨害なんだよ」

「ははあ。するとあなたは、あの店の経営者ですか」

「厳密には違うが、事実上の経営者と思ってもらって結構。俺は、実相寺則之というものだ。知らんのか」

どうしても自分を誇示したくなって、名乗りをあげた。この男は〈占いの城〉に来たのだから、以前に店をだしていたプロ催眠術師の名を知っているかもしれないからだ。

ところが男は顔色ひとつ変えなかった。まったく耳にしたことがないですね。そういいたげな態度だった。

むかつく男だ。実相寺は怒鳴った。「もういちどいうぞ。俺の店に来て、勝手な振るまいをするな」

「あなた、お酒をよく飲まれていますね。とくにウィスキーを」

ふいに話をはぐらかされ、実相寺はきょとんとして男を見つめた。

酒のにおいが残っていたのか？　いや、そんなはずはない……。

「家で飲むにはいいんですが、昼間はあまり飲まないほうがいいですね。あなた、パチンコをおやりですね？　このあいだもやったんですか。負けたんですね。パチンコをやるなとはいいませんが、あなたの好きなハイパー波物語はもう、やらないほうがいいですよ。時間が経つのも忘れて、仕事をすっぽかして、雇い主に怒られることになりがちです。それから、いつの間にか財布の一万円札が何枚か減っていたこともあるでしょう。気をつけたほうがいいですよ。では」

男がカローラに向き直るのを、実相寺はただ呆然《ぼうぜん》と眺めていた。

どうしてわかるんだ。

これこそ、由香の能力よりはるかにふしぎだ。ずっと俺を尾《つ》けまわしたのだとしても、一万円札をなくしたことまでは、俺以外にわかるはずがない。

「もうひとつだけいいですか」男はカローラに乗りこみながらいった。「彼女をあのまま働かせるのはよくありませんよ。取り返しのつかないことになりかねませんから。では失礼」

ばたんとドアが閉まった。クルマは外見に似合わず元気なエンジン音とともに発進し、道路の流れにスムーズに溶けこみ、彼方《かなた》へと走り去っていった。
実相寺は、クルマの消えていった方角を見つめ、立ち尽くした。
ふしぎなことばかり起きる……。あいつは何者なんだ。宇宙人か？

同僚たち

翌週の月曜、東京には澄みきった青空がひろがった。朝八時、新大橋通りの混雑もあいかわらずだった。

嵯峨《さが》敏也《としや》は慎重に年代もののカローラのステアリングを切っていた。あまり激しくまわすとタイヤの向きとのずれが生じる。

昭和四十一年に、いまは亡き嵯峨の父親が購入したこの白のカローラは、当時はありふれた大衆車にすぎなかった。しかし二十一世紀のいまは希少車種になっている。

そのせいか、交差点にいた知人が気づいたらしい。同僚の鹿内明夫《しかないあきお》が、まるでタクシーをつかまえるように歩道から飛びだし、手をあげた。

ブレーキを踏んで、嵯峨はカローラを急停車させた。

三十一歳、嵯峨と同じ歳の鹿内は、飄々《ひょうひょう》とした態度で助手席側のドアを開け、乗りこんできた。「朝からついてる。ちょうどいま地下鉄を降りたところでね。職場まで乗っけていってくれや」

「勘弁してくれよ。急ブレーキはシャーシを傷ませるんだ」

「嵯峨。こんな穴居人の乗り物は売っ払って、新しいの買えよ」

「鹿内こそ、自慢のBMWは？」

「車検だよ。通勤電車に乗りなれてなかったから、時間を読みちがって遅れちまった。文京区の臨床心理士会事務局に通ってたころが懐かしいよ。この汐留界隈《しおどめかいわい》ってのは馴染《なじ》みがなくてな」

「なんなら事務局勤務に戻れば？」

「冗談いうなよ。レクサスに引き抜かれたのにトヨペットに戻れっかよ」

嵯峨は苦笑しながらカローラを走らせた。「なんだそれ」

「連れのトヨタ系ディーラーに勤務してる奴が言ってた。高級車ブランドのレクサスができたとき、トヨペットのほうで試験があって、合格者がレクサスに引き抜かれたんだとよ。そいつは滑ってトヨペットに居残り。臨床心理士の俺らも、特別なブランドに異動したわけだからさ。古巣にゃいまさら戻れねえってことだよ」

「ブランドねえ……。東京カウンセリング心理センターが臨床心理士勤務先のブランド的存在かい？」

「当然だろ？　精神科医に脳外科医、診療内科医、それに臨床心理士が詰めてる心のケアの最先端施設。海外よりも立ち遅れていたカウンセリングと心理療法に特化した初の民間機関で、病院のようであって病院でない。なんかかっこいいじゃんか」

「べつに……。臨床心理士資格自体が狭き門だから、どこに勤めようと誇りには違いないよ」

「まあな。猛勉強して指定大学院をでて、何年も臨床に参加したうえに、筆記試験と面接を経てやっとIDカードをゲットしたってのに、期限がたった五年とはね。そのあいだには論文やらなにやら、一定の研究の成果を挙げないと除籍になっちまう。ここまでシビアな資格はほかに聞いたことがない」

「文句があるなら医者になればいいだろ。そっちなら一生ものだよ」

「やらかしても地方の病院に転勤になれば、過去の不祥事は隠蔽《いんぺい》されるしな。でも駄目なんだ。俺、血を見るのが苦手でね」

「外科医にならなきゃいいのに……」

「医師免許取得のためには外科や内科の知識も必要じゃねえか。俺、内視鏡も覗《のぞ》きたかねえんだ。あんなおぞましいもの見たかねえ」

「臨床心理士として病院に行くこともあるだろ。あれはいいのか」

「精神科と心療内科以外はノーサンキューだな。俺の派遣先、NGが多いんだよ。精神保健福祉センターやリハビリテーションセンターはいいけど、スクールカウンセリングは原則、受けない。内気な若者の質問なんてぞっとする」

「おい……。科長職にある者がそんな発言……」

「堅いこというな。俺は家族療法科じゃねえんだし。なにしろ、箱庭療法科なんてものは気楽でさ。いつも人形の手入れだけしてりゃいいからな。このあいだもよ、箱に砂入れて準備してたら、猫がトイレと間違えやがって……」

「児童相談所や少年鑑別所もNGだってのか？　どちらも臨床心理士にとっては重大な職域だろ？」

「ハローワークで職探ししてる人の適性検査とかがいちばん楽で、エンジョイできるよ。おまえも催眠療法科なんてところからこっちに移ってきたら、手を抜き放題な現状に驚くだろうぜ」

「あいにく俺も科の長を務めてるから、しばらく異動するつもりはないな」

「よくいうぜ。今じゃ認知心理学が研究の主流になってきてる。いにしえのフロイト先生の意識・無意識理論ですべてを説明するのはちと時代遅れだろ？　催眠療法を毛嫌いする臨床心理士も増えてるしな。神秘主義の精神世界ってやつと混同されたくないって、みんな言ってるぜ」

「催眠はいまでも有効な療法だよ。説明の仕方とやり方を間違わなければね」嵯峨は減速しながら、交差点の先を見あげた。「着いたぞ」

電通ビルや日本テレビタワーと競うように建つ、円柱形の瀟洒《しょうしゃ》なインテリジェントビル。それが東京カウンセリング心理センターだった。

鹿内はふんと鼻を鳴らした。「立派すぎるよな。地価だけでも半端じゃないし。どっかの英会話学校みたいな顚末《てんまつ》にならないことを祈りてえな」

嵯峨はクルマを駐車場へのスロープに乗りいれながらいった。「臨床心理士は文部科学省から公益法人格を持つ財団法人の資格として認められてるけど、まだ国家資格に至ってないしな。一日も早く医師と並ぶ地位にしたいって岡江《おかえ》所長が熱心なんだよ」

「それででっかい施設作って存在を見せつけようってのか？　社会問題にもなってる、こいらのヒートアイランド現象にひと役買ってどうする？」

「さっきは誇り高い職場だって言ってたじゃないか。もう心変わりかい？」

「雑居ビルみてえな事務局で出向先を聞くよりはましってだけだよ。レクサスもしょせん中身はトヨタ、俺らも結局はただの臨床心理士。そういうダブルミーニング的なユーモアでな。自嘲《じちょう》気味の皮肉だよ」

「わかりにくいな。箱庭療法科長さんの心理は」

「なんなら催眠で分析してくれや」と鹿内は吐き捨てた。

嵯峨は鹿内とともに、エントランスからロビーに入った。受付の女性が、おはようございますと頭をさげる。カウンターで職員名の入ったバッジを受け取る。

東京カウンセリング心理センターを初めて訪ねた相談者《クライアント》は、この受付で相談内容を説明し、最適と考えられる療法科のカウンセラーを紹介されることになっている。

警備は手薄なようで、実はきちんと行き届いていた。相談者は記帳したうえに入館証を受け取る。職員バッジか入館証を胸につけていない者は、速やかに警備員に連れだされる。部外者が建物のなかをうろつくことはできない。

ロビーはいつもながら清潔そのものだった。壁は真っ白で、カーペットにはうすいピンク色が使われ、余分な装飾はいっさいない。ホテルで見かけるような抽象画や彫刻も置かれていない。重度の精神疾患に悩んでいる人には、それらが不安や緊張を引き起こすきっかけにもなりうるからだった。

エレベーターホールに向かうと、ちょうど扉が開いた。

小学校低学年ぐらいの女の子と、その母親らしい女性がエレベーターからでてきた。いましがたカウンセリングを終えたところのようだ。

ふたりに付き添っているのは二十九歳の女性だった。やせてはいるが肩幅があり、腕や脚もひきしまっている。水泳の選手を思わせるが、肌は白かった。瞳《ひとみ》が大きくてやや童顔ではあるが、大人っぽいメイクとスーツのせいでずっと年上に見える。

嵯峨は微笑してみせた。「おはよう、小宮《こみや》さん」

小宮愛子《あいこ》は上司の嵯峨に笑いかえした。「嵯峨先生。けさはお早いですね」

鹿内が口もとを歪《ゆが》めた。「こいつのボロ車がエンストしなかったんでね。じゃ、先に行くぜ」

閉まりかけた扉に鹿内が身体を滑りこませた。

嵯峨はホールに居残り、愛子に告げてきた。「竹下《たけした》みきちゃんとの話は弾んだ？」

「はい、とても」愛子はそういってから、母子に向き直り頭をさげた。「けさもお疲れさまでした。じゃあ、みきちゃん。またね」

「うん……」とみきは力なく返事をすると、母の手に引かれて去っていった。

まだ元気がないようだ。リラクゼーションを促すだけでは、症状はなかなか改善しない。

「悩みをきいたかい？」と嵯峨がたずねた。

「ええ。小学二年生で、緘黙症《かんもくしょう》のようです」

「緘黙症……。明瞭《めいりょう》な言語反応が欠如した状態か。ずっと無口ってことかな？」

「みきちゃんは場面緘黙症です。家庭ではふつうに喋《しゃべ》れるのに、学校では受け答えができなくなるんです」

「ふうん」嵯峨は真顔になった。「医師にはもう診てもらったのかな？」

「ええ。統合失調症ではないし、自閉症スペクトラム障害でもありません。知的発達の遅れもしめしてない。たぶんストレスがきっかけになっている心因性のものです」

「アスペルガー症候群でもないんだな？」

「はい。発達障害とは思えないんです」

「じゃあ、僕たちの領域だな。みきちゃんは引き籠《こも》りでもあるのかい？」

愛子はうなずいた。「帰ってくるなり自室に閉じこもってしまうことが多いみたいです。それで母親が心配して、ここへ連れてきたんです。原因はまだはっきりしませんが、どうやら友達にいじめられているらしくて」

「いじめ問題か……。そのあたりのことは、詳しく聞いたかい？」

「本人は話したがってませんけど、母親からは……。どうやら、一輪車に乗れないのが原因らしいんです」

「一輪車？」

「最近では、小学校の体育の教材に一輪車が使われることが多いんです」

「ああ。そうだな。子供にとって一輪車はたんなる遊び道具や移動手段じゃなく、友達づきあいの面で死活問題だ。学校の体育でほとんどの生徒たちができるようになると、子供たちは連れだって一輪車でどこかへ出かけようとプランをたてる。それに参加できなくなる」

「ええ……」

「ところで、催眠のほうは勉強してる？」

「なんとかテキストを読み進んでます。難しいですよね……」

「そうでもないよ。まあ、あわてずにしっかり学ぶことだね。まだ入ったばかりなんだし」

チャイムが鳴って、アナウンスの音声が厳かにロビーに響いた。「催眠療法科の嵯峨先生。嵯峨先生。倉石《くらいし》室長がお呼びです。至急、室長室においでください」

「おや」嵯峨は眉《まゆ》をひそめた。「急ぎでなんの用だろう？　じゃあ、行くよ。頑張ってね」

「はい。嵯峨先生も……」

ポーンと音がして、エレベーターの扉が開いた。

嵯峨はそのなかに入っていき、ボタンを押した。閉じていくエレベーターの扉の向こうに、嵯峨は消えていった。

やさしく、頼りがいがある上司を、愛子は見送った。

心が弾む。この科に配属されて、本当によかった。彼から学ぶことのすべてが明日の礎になる。愛子はそんな気がしていた。

解離性

嵯峨はエレベーターで二十階に昇った。

この階には職員の執務室が連なっている。長い廊下のいちばん奥、室長室の前まで来ると、嵯峨は深呼吸してから静かにノックした。

「どうぞ」低い男の声が応じた。

ドアをあけて部屋に足を踏みいれると、デスクについていた倉石勝正《かつまさ》が顔をあげた。

「おはよう、嵯峨。まあ座れ」倉石は低い声でいった。

嵯峨はデスクの手前にある椅子に腰をおろし、倉石と向かいあった。

剣道と空手の有段者でもある倉石は、その居住まいにも厳格さを貫いていた。背すじをしゃんと伸ばし、顎《あご》をひいている。ネクタイはまっすぐで、上着にも皺《しわ》ひとつ見あたらない。身体を鍛えあげているせいか、五十代とは思えないほど若々しかった。白髪のまじった頭髪と、やせこけた頬からかろうじて年輪が読みとれる程度だった。

倉石は、鋭く射るような目で見つめてきた。「知ってのとおり、私は臨床心理士として、この施設のカウンセリング業務すべてに責任を持つ立場にある。私が室長になってから、相談者からの苦情件数も激減した」

「存じあげております」

「現在わずかに寄せられる苦情については、ほとんどが誤解によるものであるし、誠意をもって応対すればすぐに解決できるものだ。しかし、けさかかってきた電話については、きみに事情をきかねばならん。入絵由香というのは、きみの相談者か？」

「いえ。きいたことがない名です」

「では実相寺則之という名はどうだ」

「知っています」

やはり、あの件か。いつかは室長の耳に入ると思っていたが、こんなに早くそのときが訪れるとは。

とはいえ、嵯峨はうろたえたりはしなかった。僕は間違ったことなどしていない。責任をとる覚悟はできている。

そう思うと同時に、倉石がいった入絵由香という名が誰を指しているのか、おぼろげにわかってきた。

あの占いの店の女性だ。入絵由香という名前なのか……。

倉石はきいた。「実相寺氏と会ったか？」

「はい。彼が事実上の経営者だという、原宿の店で」

「その人から苦情の電話がかかってきた。きみは営業妨害をしたそうだな」

「いいえ、そのつもりはありません。実相寺氏がそう感じたのだとしたら、それは誤解によるものです」

「先週、きみは彼の店を訪ねて、入絵由香さんという女性に対して勝手な振る舞いをした。そのうえ実相寺氏を脅した。彼女を働かせるなと」

「脅したりはしていません。彼女、つまり店で占いをしている入絵由香という女性ですが、その女性を働かせるのは賢明ではないと忠告しただけです」

「きみの個人的な意見でか」

「いいえ。カウンセラーとしてです」

「だが、ふたりはきみの相談者ではないんだろ？　カウンセラーは相談者の依頼を受けて忠告や示唆を行なうものだ。いくら正当な理由があろうとも、独断で他人の生き方に口をはさむことは慎まなければならない」

「……正当かどうかはわかりませんが、私のとった行動には明白な理由があります」

「どんな理由だ？」

「医師は急患を見捨てることはできません。現に、精神医学の分野でも、自殺や暴力を引き起こす例のほかに、救急疾患の対象となる患者のタイプがあります。迅速な治療を要する思考、感情、行動面の障害を発症している人を見つけたとき、精神科医は無視しません」

「私もきみも精神科医ではない」

「そうです。でもこの東京カウンセリング心理センターには精神科や心療内科の医師も勤めています。病院という側面を持つ以上、私たちも病院職員の役割を負っているのでは？急患の治療にあたるのは医師でも、救いの手を差し伸べるのは職員であってもかまわないはずです」

「すなわち一方的に助けようとしたわけか？　無償でか？」

「カウンセラーはボランティアではありませんが、相談者から金をとることを前提にしているわけでもありません」

倉石は唸《うな》った。「所長が聞いたら反対するだろうが、私はそうでもない。だが、その女性の意思も尊重せねばならん。聞こう。ただちに救済せねばならないその女性の症例とは？」

「解離性同一性障害。すなわち、多重人格障害の疑いがあります」

倉石は無言でじっと嵯峨を見つめていた。

分厚い窓ガラスを通して、首都高を往来するクルマの音がきこえる。ここが二十階であることを考慮すると、いま室内がいかに静寂に包まれているかがわかる。

やがて、倉石がため息まじりに沈黙を破った。「多重人格……」

「聞いてください。日本の精神医学界では正式に認知されていない症状であることは知っています。欧米でも本当の症例は極めて稀《まれ》とされてきました。でも、そうでもありません。精神科患者の五パーセントにみられ、青年期から成人初期に発症しやすく、女性の患者数のほうが男性よりも多い。最も重く、慢性化しやすい解離性障害です」

「講義を受ける必要はない。私もアメリカ精神医学会の手引き書、DSMの最新版には常に目を通す。ひところ多重人格は単なる興味本位でマスコミに持てはやされたが、その反動で極端なまでに胡散《うさん》臭い症例と決めてかかる向きも少なくない。しかし私は、客観的にはにわかに信じられないが……多重人格障害の実在を否定する立場にはない」

「私は冷静に、入絵由香という女性について、多重人格障害の診断基準とされている定義を満たすかどうかを観察しました。ふたつまたはそれ以上の、はっきりとほかと区別される同一性または人格状態の存在。これらのうち少なくともふたつが反復的に当事者の行動を統制する。重要な個人的情報の想起が不可能で、それは普通の物忘れでは説明できないほどに強い。いずれも、彼女に当てはまっていると考えます」

「嵯峨。そうはいっても、多くの精神科医と同様に、それが統合失調症による混乱状態とどう違うかを説明するのは難しいはずだ。きみはどういう根拠で、入絵由香が多重人格障害だと判断したのかね。そもそも、どんな成り行きで彼女と知りあったんだ」

「二週間ほど前、テレビの情報番組で、チャネラーを名乗る女占い師が取材を受けていたんです。それが入絵由香でした」

「チャネラーとは？」

「チャネリングを行なえる人のことです。チャネリングとは、テレパシーによってほかの惑星にいる宇宙人と交信することです。まあ、そんなふうに主張している人のことですが」

「いたこや霊媒の現代版ってことか」

「そうです。チャネリング中は宇宙人になりきってしゃべり、占いをします。彼女は原宿の〈占いの城〉という店のなかに専用のブースを持っていて、人気を博していました」

「その宇宙人に変身するのが、多重人格のあらわれだというのか」

「はい。とはいえ、占い師は故意に芝居をするものですし、入絵由香の場合もパフォーマンスにすぎないと誰もが思っていました。番組でも面白半分に取りあげられていましたが、僕は多重人格障害を疑いました。なぜなら、多重人格の原型はシャーマン的人格変容と憑《ひょう》依《い》状態だとする学説があるからです」

「それなら知っている。憑依状態を呈する精神疾患、祈禱《きとう》性精神病と呼ばれる心因反応は、なにかに憑《つ》かれたと感じて人格変換を体験する症例だ。この宗教的神秘性をともなう症状の報告が歴史上消えかかったのと同時期に、多重人格障害が叫ばれ始めたとされている」

嵯峨はうなずいた。「入絵由香は憑依によって人格が入れ替わっているように見えたので、そこに端を発し多重人格障害に至っている可能性も否定できません。そこで、真実を見きわめようとして店へ行ったわけです」

「客としてか」

「そうです。初めて店を訪ねたときは、カウンセラーであることは伏せておきました。彼女は非常におとなしく、礼儀ただしい女性でした。ですが、極端に返事が遅かったんです。問いかけをしても、しばらくのあいだじっと見返して、それからようやく口を開きます」

「それがなにか？」

「解離性健忘がきわめて短時間に生じているのではないかと思ったんです。少し前のことを思いだせなくなるため、他人になにを問いかけられたのかも忘れてしまう」

「可能性はなくもないが、それだけでは彼女のなかに起きていることの説明はつかん」

「ええ。ですが、私は彼女の人格交代の瞬間を見ました。静まり返った室内で、突然大きな音が生じたときのことです。彼女はびくついた直後に、宇宙人になりました」

「遁走《とんそう》か……。すなわちフーグだな」

フーグとは精神医学用語で、恐怖や強いショックに反応して現実社会からの逃避を起こすことを指す。場合によっては意識を失ってしまうなどの症状もみられる。多重人格障害で人格が交代するきっかけとしてしばしば報告されていた。

「そうです」と嵯峨はいった。「番組でも、入絵由香の返答の遅さに苛立《いらだ》ったレポーターが、声を荒らげた瞬間に人格交代が起きました。店を訪ねたほかの客にもきいたんですが、彼女はいつもそのように客を怒らせて、その瞬間に宇宙人に変身して度肝をぬくという手を使っているといわれています。しかし、私のときには通行人が窓ガラスを叩《たた》いた瞬間、その音に驚くようにして変身したんです」

「すべては故意の演出などではなく、症例の連鎖だというのか」

「入絵由香は私に言いました。われわれは友好的な宇宙人です、と。自分を指す主語にこのような複数形が含まれることは、多重人格障害の徴候のひとつとされています」

「宇宙人に人格交代するというのには、どんな意味があるんだ？」

「そこまではまだわかりません。ただ、多重人格障害に至る要因は、日常生活のなかで強い精神的圧迫を受けたせいで、それを自分ではなく他人にふりかかったことのように見なそうとして、別の人格を作りだすことにあります。精神的圧迫を受けて別の人格に交代しても、またそこで圧迫を受けると、さらに別の人格に交代するでしょう。そのようにして、どんどん現実逃避を行なってたくさんの人格を自分のなかにつくりだした結果、現実的な人格だけでは足りなくなって、想像上の存在にまで行き着いたのかもしれません」

「なるほどな」倉石は首を縦に振った。「睡眠中にみる夢が、とてつもなく現実離れしていることがあるのと同じだ。無意識は突拍子もないイメージをつくりだす」

「ええ。彼女はファティマ第七星雲のミナクス座のアンドリアだと名乗りました。幼いころから、どこかで耳にした漫画の登場人物やSF的な名称を組みあわせて、無意識のうちにその名前をつくりだしたのでしょう」

「そうだとすると、よほど強烈な精神的圧迫を受けてきたことになるな。多少の現実逃避なら、もっと現実的な人格に交代するだけで充分のはずだ」

「初めのころはそうだったんでしょう。彼女は理恵子という、勝気な女性の人格もつくりだしています。こちらが軽装で店に行き、なるべく活気のある話し方につとめると、突然カラオケ好きの女性に変身したんです。ほかにも状況によって、複数の人格をもっているものと思われます」

「それできみはどうしたんだ。彼女に、精神病の疑いがあると告げたのか」

「いえ。こちらの存在を知らせたんです。名刺を渡して、相談ごとがあったら寄ってくださいといっておきました。それ以上のことは問題があると思ったので……」

「そうか」と倉石はつぶやいた。

沈黙が降りてきた。室内に静寂の時間が流れていった。

「でもな、嵯峨」倉石はいった。「やはりきみは医師ではない。勝手に病人呼ばわりするなと訴えられたらどうする。すべてが憶測に基づいている以上、なにも断定はできん」

嵯峨は間髪をいれずに返した。「倉石さん。彼女が私の言ったとおりだったらどうします。入絵由香はいまでも見世物にされている。それこそ動物園の檻《おり》のなかに入れられているのも同じです。誰もが彼女を笑いものにしている。すべてが間違いだったとしても、彼女は健全に生きているとは思えません。だから私はカウンセラーとして、あの女性のためにできることがあると思ったんです。ほうってはおけなかったんです」

「……ほうってはおけなかった、か。カウンセラーとして出すぎた行為をしてしまったと、みずから認めているようなものだ」

ぐうの音もでない。嵯峨はつぶやいた。「はい……」

倉石はため息まじりにいった。「きみが見聞きした情報にかぎっていえば、たしかに精神病の疑いはあっても、まだ確証を得るにはいたっていない。いくつも疑問が残されている。たとえば、多重人格ならば、ほかの人格に交代していたときのことを忘れてしまうはずなのに、なぜ彼女は占いの店で働いているのか。むりやり働かされているのだとしても、平素の状態では、なぜ自分がそこにいる必要があるのかという疑念がおきるはずだ。笑顔で接客することなどできないだろう。また、いかに人格交代が確実におきるものだとしても、それだけで人気の占い師にはなれないだろう。彼女の占いが当たるかどうかはしらないが、少なくとも客を納得させるだけのことは行なっているはずだ。多重人格において、そんなことが意図的に行なえるものなのか。それに、多重人格になるほど精神的に追いつめられているとしたら、その理由はなんだ。精神病は家族や職場の人間関係によるストレスが原因で発症するケースも少なくない。彼女の周囲の人たちはどんな性格の持ち主で、いまどうしているのか」

「しかし、占いの店で会っただけですから、彼女の家庭環境まではわかりません」

「だから、すべてを把握するまで推測はひかえろといってるんだ」

嵯峨は息を呑《の》んだ。「では……」

倉石の表情がやわらいだ。「あいている時間を利用して動くといい。ここの医療部の精神科や心療内科にも協力を呼びかけるべきだろう。むろん、きみのことだ。もうそうしているとは思うが……」

さすがベテランの臨床心理士、こちらの動きはなにもかもお見通しのようだった。

「恐れ入ります」と嵯峨は頭をさげた。

「実相寺氏には黙っておこう。すすんで協力してくれるとは思えないからな。ただ……ひとつ気になることがある」

「なんですか」

「嵯峨。多重人格障害は、完治しないといわれている。入絵由香がもしその症状だったと証明できたとして、その後はどうするんだね?」

「……方法はあります」

「ある? どんな方法だ? どのようにすれば治るというんだ?」

「それは……」

まだいえない。すべては僕の責任でやっていることだ。上司の倉石を巻きこみたくない。

倉石はじっと嵯峨を見つめていたが、やがて諦《あきら》めたようにいった。「まあいい。嵯峨。本気でその女性を救いたいと思うなら、最後まで投げださないことだ。自分のクビがかかっていることを忘れるな」

「ありがとうございます」嵯峨は立ちあがった。

深く一礼をして、踵《きびす》をかえし、扉に向かう。

内心、胸が高鳴る気がした。期待感ではない。緊張と、怯《おび》えのせいだった。

クビがかかっている、と倉石はいった。たしかにそうだ。この国の学界が認めていない症状。その症状を主張することはすなわち、学界すべてを敵にまわすことになる。

見知らぬ女性を救うための、暗く長い道のり。その行く手に待っているものは、よくて現状維持、悪くすれば身の破滅でしかない。

再会

午後五時すぎ。

倉石は〈東京カウンセリング心理センター〉の屋上に立っていた。

三十二階の高層ビルの上、フェンスに囲まれただけの吹きっさらしの空間にたたずむ機会は、日本国内ではあまりない。

風が冷たく、少しばかり肌寒い。真夏のころにくらべると、大気を覆っていたスモッグがうすらいで、遠くまでよく見える。しかしそれは、うす汚れた都会の雑踏の粗が、それだけはっきりと眺めわたせることでもあった。

ひしめくように建てられたビル、無造作に掲げられた大小の看板。スモッグに覆われていたころのほうが、まだましな眺めだった。倉石は苦笑した。公害のおかげで景色が美化されていたとは皮肉な話だ。

カウンセリングも、この景色と似たようなものだった。心理学を詳細に学べば学ぶほど、他人へのアドバイスは困難になる。どんな些細《ささい》な問題さえも解決は容易ではないことに気づかされる。

ほうってはおけなかった、と嵯峨はいっていた。

若いころはいつも、情熱を感じたままに行動するものだ。だが、自分にとって最良と思えることが、他人にとってもそうとはかぎらない。

あの判断は正しかったのだろうか。嵯峨の他人への干渉は、たとえ理由がどうあろうと、やめさせるべきではなかったか。

私はまだ、入絵由香という女性に会ったこともなければ、顔写真すら見ていない。嵯峨の行為を容認する必要が、本当にあったのだろうか。

嵯峨は勉強熱心な性格だった。とりわけ催眠誘導の技術は、国内のどんな権威にも引けをとらない腕前だった。彼は相談者の心をつかむのがうまく、どんな相手でもすぐに催眠状態に入れることができ、適切な暗示によって原因療法を施せる力量がある。それはたんにテクニックだけの問題ではない。

どんな世代の人とも親しくつきあえる人柄の持ち主。私に対しても、深い尊敬と信頼をもって接してくれた。だから特別に目をかけてやるというのではないが、たしかに彼を、実の息子のように感じていた部分もあった。

ふと我にかえった。

感傷的すぎる。

私には子供がいない。だから嵯峨に依存心を持っていて、今回の甘い処置につながった。

そう自己分析する気か……？

くだらない。倉石は一笑に付した。私はそこまで弱ってはいない。

背後に足音がした。

若い職員の声を背にきいた。「ここにおられたんですか。倉石室長、東京文教会医科大学、赤戸《せきど》病院の脳神経外科医長の根岸《ねぎし》様という方がおみえです」

これは驚きだ。私が屋上で油を売ることが、もう職員に知れ渡っていたか。

倉石は振り返った。「よく私がここにいると……」

思わず絶句した。

その根岸という訪問者は、職員とともにすぐ背後に立っていた。

女性だった。見覚えのある顔だ。

髪は長く、すらりとした長身。化粧はやや濃いが、もともと目鼻だちははっきりしている。

大きな褐色がかった瞳《ひとみ》には、初めはなんの感情もあらわれてはいなかった。だが、かすかに瞳がうるむのが見てとれた。

「知可子《ちかこ》……」倉石はつぶやいた。

女医は無表情になった。ゆっくりと歩み寄りながら、事務的な口調でいった。「このたび赤戸病院の脳神経外科医長に就任しました、根岸知可子です」

太った男

嵯峨は腕時計を見やった。夜八時をまわっている。

ここは〈占いの城〉の真向かいにある喫茶店、その窓ぎわの席だった。ガラスの向こうには竹下通りの雑踏がある。

この席に着いてすでに二時間、ずっと窓の外を眺めている。チャネリングの店の窓はすべて布で覆われ、なかのようすはわからない。そのあやしげな雰囲気が、かえって客の好奇心を強く掻《か》き立てているようだった。

きょうも客の入りがよかった。依然として長蛇の列ができていた。流行の移りかわりが激しい原宿で、これは快挙といえる。

いまはもう閉店に至り、シャッターも閉まっている。さっき、実相寺が原付バイクでやってきた。バイクを路上に停めてなかに入っていった。じきに入絵由香も外にでてきて、帰路につくだろう。

向かいの席に座っていた鹿内が、コーヒーをすすりながらいった。「まったく、おまえも物好きだな」

「あん?」嵯峨はぼんやりと応じた。「そうかな?」

「そうだよ。入絵由香さんだっけ?　多重人格だったとしたって、おまえが助けなきゃならない理由はないんだろ?」

「……まあね」

「儲《もう》けにもならないことに首突っこんじゃってさ。自分のクビ心配したらどうだ?」

「ああ。倉石室長にもそういわれたよ」

「で、どうするんだ。入絵由香が店から出てきたら、つかまえる気か」

「いや。あとを尾《つ》けるだけだ。どんな環境で生活しているのか知りたい」

「おいおい!　まるで不審者じゃねえか。ストーカーに見なされて、警察に職質かけられたらどうすんだよ」

「本当のことをいうまでだよ」

「俺たちはカウンセラーだ、あの女性が多重人格の疑いがあるから気になって尾行してるって?　冗談だろ。変態の濡《ぬ》れ衣《ぎぬ》を着せられるのがオチだぜ」

「ただ行き先を確かめればいいんだよ。接触するわけじゃない」

鹿内はため息をついた。「なら、どうして俺まで誘ったんだ」

「もうひとり、所在を確かめたい人がいるからだよ」

がらがらと音を立てて、店先のシャッターがあがった。実相寺が顔を覗《のぞ》かせている。

「あ」鹿内が声をあげた。「あいつ……」

「知ってるのか？」

「ああ。さっき店に入ってくときには気づかなかったけど、よく見りゃおまえの同業じゃんか」

嵯峨は驚いてききかえした。「同業者？」

「催眠術師だよ。名前は知らなかったがテレビにでてた。タレントに催眠術をかけて、踊らせたりするあれさ。いかにも、やらせっぽい内容だったけどな」

「……それが、なんで僕と同業なんだい」

鹿内は笑った。「悪かったよ。でも、世間は似たようなものと見なすんじゃないのか」

店の明かりが消えた。実相寺と、コート姿の入絵由香が出てくる。

由香は髪をかきあげ、腕時計をちらと見ている。実相寺はドアを閉め、シャッターを下ろしている。

「へえ」鹿内がつぶやいた。「なんだか、まったくふつうの女性に見えるな」

たしかにそうだと嵯峨は思った。店で会ったときより、ずっとリラックスしているようすだった。

実相寺がなにかいうと、由香は楽しげに笑っている。あの宇宙人の笑いとはかけはなれた、ごく自然な笑顔だった。

ふたりは竹下通りを原宿駅方面に歩きだした。実相寺は原付のエンジンを切ったまま、手で押している。

「行こう」と嵯峨は立ちあがった。

店をでたとき、嵯峨はぎょっとして立ちすくんだ。

雑踏のなかにたたずむ、太った男と目が合ったからだった。

出っ腹を無理にスーツにおさめた、背の低い男だった。鋭い視線をこちらに向けてから、ゆっくりと歩きだす。

男は由香に目をつけているようだった。その後を尾行していく。

鹿内が店からでてきた。「コーヒー代、立て替えといたけどよ。おまえが払えよ」

「しっ」と嵯峨は鹿内を制した。

実相寺はすぐ先でまたバイクを道端に放置した。由香をうながして、フレンチレストランに入っていく。

太った男もしばし時間を置くように通りをうろついてから、店内に足を運んでいった。気のせいだろうか。いや。たしかにあの男は、ふたりを尾けていた。

「おい、嵯峨」鹿内はいった。「どうかしたのか。追っかけないと見失うぞ」

「ここでしばらく待とう」

「は？　ディナー食い終わるまで待つのかよ。勘弁してくれよ。いっそのこと、俺たちもなかに入ろうぜ」

「駄目だよ」

「どうして？」

嵯峨は苛立った。あの太った男の素性がわからない以上、へたに動きたくない。

「とにかく」と嵯峨はいった。「駄目といったら駄目なんだ。しばらく待って、ふたりが出てきたら、実相寺氏のほうを追ってくれ」

「追うって、いったいどこまで追うんだ。俺は明日も朝から予定があるんだぞ」

「心配ない」嵯峨はレストランの前に歩いていった。「彼は〈占いの城〉のすぐ近くに部屋を借りているはずだ。その場所さえわかればいい」

鹿内が歩調をあわせてくる。「この近辺に住んでるなんて、どうしてわかる？」

「僕があの店を訪ねた直後に、実相寺氏は現れた。店のなかは狭かったし、奥に別の部屋もなかったのに、彼は店内のようすを知っていた。たぶん隠しカメラが仕掛けてあったんだよ」

「隠しカメラ？　店のようすを知るだけなら、盗聴器かもしれないぞ。だとしたら、ラジオを片手にさっきの喫茶店にでもいたのかもしれない」

「一日じゅうは無理だろ。乾電池が山ほど必要になる」

「それぐらい用意するかもよ」

「しないね」嵯峨は、実相寺の原付バイクをちらと見やった。「店が繁盛しているといっても、まだ実相寺氏の稼ぎはそれほどでもない。本当はミュージシャンを志している人だから、経営手腕も優れているとは言いがたい。でも見栄《みえ》っ張りだから、こんなフレンチの店なんかで散財してしまう」

「そんなことまで、どうしてわかる？」

「収入があるならこんな原付には乗らない。中国製だよ」

「ヤマハってロゴがついてるじゃねえか」

「それはギターから引っ剝《ぱ》がして貼り付けたんだ。少しでも高いバイクに見せようとしてね。だから見栄っ張りと判断した」

「ギターから剝がしただって？」

「YAMAHAのMを見なよ。本物のバイクのロゴなら、このMの真ん中のVは、下のラインにぴったりついてる。ヤマハ発動機のロゴはそうなってるんだ。でもこれはVが少し浮きあがってるだろ？　一見同じに見えるけど、こいつは楽器のほうのヤマハなんだよ」

「へえ、マジかよ！　よく知ってるなぁ。警視庁で講演してるからかい？　それともボロ車に乗ってるからか？」

「警視庁には心理学の講義をしに行ってるだけだよ。職質のコツに役立てたいから教えてくれって要望が、警視庁から臨床心理士会にきた。で、なぜか僕が派遣された」

「頭の回転が速いからだろ。なあ嵯峨。くだらない話だけど、あれ見ろよ。駅前につづく坂道に業者の台車が置いてある。あの台車、これから坂を登っていくか、降りていくか、どっちだと思う？」

嵯峨はうんざりしながらいった。「知ったことじゃないけど、いまのはナゾナゾだろ？　下らない話って言ったから、登りだろ」

鹿内は真顔になった。「……やっぱたいした奴だ、おまえ。さすが東大出だな」

「そんなことはいいけどさ。問題は実相寺氏だよ。ミュージシャンなのに催眠術師、兼チャネラーのマネージャー。自己愛が強くてなりふり構わずタレント的業種につきたがる人間の典型だね」

「たしかに。自己愛は女より男のほうが強いってデータもあるからな。心理的に親離れできていない境界例も重なってたりすると、より芸能界への憧《あこが》れも強くなる。親をひれ伏させる唯一の存在はテレビタレントだから、自分もタレントにならなきゃって思いが募るんだな」

「可能性はあるね」と嵯峨はいった。「社会に溶けこめなくて、なんでもいいから権威をまとおうとする」

「そういう輩《やから》がなりたがるのは、楽をして世間からあっと言われる立場だ。それも、人々が小馬鹿にするようなキャラクターであっても、有名になりさえすれば帳尻《ちょうじり》が合うと考えてる。たいていジャンルとして選ぶのは……」

「ああ。超能力者。占い師。それに」嵯峨はふうっとため息を漏らした。「催眠術師もだね」

フレンチレストランの席で、由香と乾杯したあと、実相寺は一気にグラスの赤ワインを飲みほした。すぐにまたボトルに手を伸ばし、グラスに注ぎこむ。

「そういえば」実相寺は鼻息を荒くした。「このあいだ名刺を置いていった妙な男。あいつには、もう店に来ないように釘《くぎ》をさしといたからな」

ほんの少しだけ間をおいて、由香がおだやかにいった。「ああ、あのひと。べつにお断わりする理由なんかないのに」

「いいや。あるんだ。あいつは、ちゃんとした客じゃないんだ。俺たちがやっていることに、難癖をつけにきたのさ」

「難癖?」

「つまり、おせっかいを焼いてるんだ。ソープランドの客にもよくいるんだ。セックスしたあとで、こんなところで働いてちゃいけないとか、両親が知ったら泣くとか、女に説教するやつがな。女の世話になっときながら厚顔無恥なやつだ。それと同じだ」

厚顔無恥なやつとは、二十歳すぎのころ、初めて風俗店にいった実相寺自身のことだったが、それは由香には伏せておいた。

由香はそ知らぬ顔でグラスを傾けていた。

「だからな」実相寺はいった。「あいつの勤務先の上司にきびしくいっておいてやったよ。ええと、なんていったかな、あいつの勤め先……」

実相寺は懐から財布をだし、名刺をひっぱりだした。

ところが、それを読みあげる前に由香が告げた。

「東京カウンセリング心理センター、カウンセリング室催眠療法科。臨床心理士、嵯峨敏也さま。郵便番号一〇五—七四四四、東京都港区東新深橋一の二の一。電話番号は大代表、〇三—六二一一五——……」

呆気《あっけ》にとられながら、実相寺は由香を見つめた。

住所も、ダイヤルインやファックスの番号までもすべて正解だった。

由香は何事もなかったように、皿の上の前菜をフォークの先でつついていた。

「ど」実相寺はきいた。「どうして知ってるんだ?」

「名刺を見ましたから」

「いや、それにしても、あいつがこれを店に置いていったあと、すぐに俺が取りあげたはずだ。あれから何日も経つのに、なぜそんなに正確に覚えてるんだ」

「さあ」

「記憶力がいいんだな。じゃあ、きのう何人の客が来たか覚えてるか?」

「四十二人。うち、ひとりで来たのは五人だけで、あとはふたりづれが十一組、三人づれが五組です」

実相寺はあわてて手帳をとりだした。「それじゃ、その前の土曜日は?」

「三十七人。ひとりのお客さまが八人、ふたりづれが十組、三人づれが三組」

手帳の記録を目で追いながら、実相寺は鳥肌が立つのを覚えた。

すべて間違いない。由香は、とんでもない記憶力の持ち主だ。

だが今回は、それを商売に利用しようと悪知恵を働かせてはいられなかった。俺は、社長に報告する売り上げを実際よりも三割ほど少なく計上している。由香はいつも、客の顔や名前すらよく覚えていないといっていたので、ばれるはずがないと思いこんでいた。

それがどうだ。客の数をこうも正確に覚えられていては、横領着服が発覚してしまうおそれがある。

ウェイターが料理を運んできたので、実相寺は手帳を閉じ、テーブルの上の名刺をとりあげた。

名刺に目を落としながら、なんとか気を落ち着かせようとする。

急に弱腰になる自分を感じた。手にあまる状況だ。

入絵由香は世間の常識に疎いように装っているが、じつはとんでもなくしたたかな女ではないのか。それに、この名刺の男……。

〈東京カウンセリング心理センター〉とは、いったいどんな施設なのか。催眠療法科というのはなんだ。どういう部署だろう。

ひょっとして、催眠術師の俺に対する挑戦のつもりか。いや、あのおんぼろカローラの前であいつをつかまえたとき、あいつは俺の顔も名前も知らないようすだった。

では、由香になんの用があったのか。あの若い男は、催眠術が使えるってのか。

催眠とカウンセリング。その両者のあいだにどんな関係があるのか、よくわからない。

嵯峨という男がどういう仕事をしているのか、具体的には思い浮かばなかった。

まさか、由香をスカウトしにきたのか。

そうかもしれない。この催眠療法科ってのも、俺とおなじように依頼人を適当にあしらって、金をせしめるだけの連中の集まりかもしれない。

催眠術なんて、所詮《しょせん》はハッタリみたいなものだ。新規にチャネラーでも加えて、話題にしようってのか。突飛な話だが、可能性がないとはいえない。

「なあ由香」実相寺はつとめて厳しい口調でいった。「頼みがある。店の営業上、重要なことだ。さっきの名刺の男のことだが、すべて忘れるんだ。名刺に書いてあったことすべてだぞ。いいな」

由香は顔をあげた。なんの表情も浮かんでいなかった。いつものようにロボットのような動作で、こくりとうなずいた。

「この〈東京カウンセリング心理センター〉ってところから連絡があっても、いっさい無視しろ。名刺なんかもらったことがないっていうんだ」

「東京カウンセリング……。名刺……。なんのことですか」

「……まあ、それでいい。それから、客の人数とかは、社長にいっさい話すな。店の管理はぜんぶ俺が任されている。店のことは俺にたずねてくれというんだ。わかったな」

「はい」

由香がすなおに応じたので、実相寺はふたたび自信が蘇《よみがえ》ってくるのを感じた。

奇妙な女だが、言われたことにはきちんと従う。なにも問題ない。

もったいをつけて運ばれてくるフランス料理を一時間がかりで食べ終え、デザートのケーキも平らげた。

満腹はしたが、それほど美味《うま》いとは思わなかった。油っこいだけだ。屋台でかじる焼き鳥のほうが、よほど歯ごたえがある。

お勘定、と告げるとウェイターが伝票をもってきた。実相寺は見たままの感想を口にした。

「ふたりで三万八千円か。こんな味気ない料理に、たいした値段をつけるじゃねえか」

ウェイターは客の文句には慣れているらしく、おそれいりますと丁重におじぎをした。

ふん、と鼻を鳴らして、実相寺は財布をひらいた。

おや……?

きょう、パチンコ店で二万円使って、残りは六万円あったはずだ。
いまはなぜか、五万円しかない。

尾行

鹿内が告げてきた。「出てくるぞ」

嵯峨ははっとして、顔をあげた。

実相寺則之と入絵由香。店の外に姿を現した。実相寺は、じゃあというように手で別れを告げて、道端の原付バイクを押しはじめた。

由香のほうは、駅のほうに歩き去っていく。

「頼んだぞ」嵯峨は鹿内にささやいた。「明日、結果をきかせてくれ」

「了解」と鹿内は陽気にいった。

原宿は夜の街ではない。人影もまばらになった竹下通りに、実相寺の後ろ姿がはっきりと見えている。

鹿内はポケットに手を突っこんだまま、鼻歌を口ずさみながらあとを追っていった。

嵯峨は由香に目を向けた。ゆっくりとした足どりで駅前通りに向かう由香の背がある。

追おうとしたとき、嵯峨は凍りついた。

レストランからもうひとりでてきた。あの太った男だった。

男は辺りを見まわすと、やはり駅に向かっていった。由香を追っているのはあきらかだった。

少し距離を置いてから、嵯峨は歩きだした。

原宿駅前通り、由香は横断歩道を渡ると、駅の改札には入らずに明治神宮方面に向かっていく。

太った男は由香に追いついたが、声をかけるようすもなく、その後につづいている。

嵯峨は慎重にふたりの行方を追った。

由香は表参道《おもてさんどう》のケヤキ並木の下に歩を進め、千代田線の明治神宮前駅の入り口を降りていく。太った男もやはり彼女にならって、階段を駆け降りていった。

嵯峨も追跡を続行した。地下道では足ばやに歩いて、少しずつ距離を狭めていった。

改札口前についた。混んでいたが、改札口へと向かう由香の姿が見えた。

あの男の姿はない。

改札口に向けて走った。構内に電車の音が響いている。もし、その電車に由香が乗ってしまったら間に合わない。

ＰＡＳＭＯを使って改札を抜けると、嵯峨は急いでホームへの階段を駆け降りた。上下線兼用のホーム、日比谷・霞ケ関方面の電車のドアが閉まった。我孫子《あびこ》行きだった。大勢の乗客が車内にひしめいているのが見える。電車はすぐに動きだした。

電車が遠ざかると、ホームは静寂に包まれた。

しまった。入絵由香が、いまの電車に乗っていった可能性は高い。嵯峨はあわてて身を翻した。

とたんに、はっとして立ちつくした。

目の前に由香がいた。いきなり鉢合わせしてしまった。

由香は、階段のわきに立っていた。そしていま、無表情で嵯峨の顔を見つめている。

電車には乗らなかったのか……。

反対方面の電車の到着を知らせるチャイムが鳴った。

仕方がない。嵯峨はつとめて礼儀正しく言った。「やあ、先日はどうも」

「……は？」由香はたずねかえした。瞳《ひとみ》には、疑問のいろが浮かんでいる。「なんですか？」

「先日、お店でお会いしました。〈東京カウンセリング心理センター〉の嵯峨敏也です。名刺をお渡ししたはずですが」

由香はきょとんとした顔で、まばたきもせずに見つめている。

嵯峨はきいた。「私をお忘れですか?」

「さあ……。わたしは入絵といいますが。失礼ですが、人違いじゃありませんか?」

言葉より、その態度こそが予想外だった。

カウンセラーとして知識と経験を積めば、いやがうえにも嘘をつく人間のしぐさに一定の傾向があるのを知ることになる。指で鼻をこすったり、触ったりする。喋《しゃべ》りながら手で口をおさえる。うなずく回数がやたらと増える。爪で眉《まゆ》をかく。指先を曲げたり伸ばしたりする。半身になって立ったり、腰を引いたりする。早口になる。両手を後ろにまわす。頰をさかんになでたり、髪をいじったりする。視線を落とす。

いまの入絵由香に該当する項目はひとつもなかった。なんの心の準備もなく、出会いがしらに、これだけの距離で向きあって、真正面から見つめあって話しているのに、彼女の表情からは嘘をついているようすが微塵《みじん》も感じられない。

轟音《ごうおん》が徐々に大きくなり、さっきとは反対側に電車が滑りこんできた。

「失礼しました」嵯峨は静かに告げた。「人違いだったようで」

由香は軽くおじぎをして、ゆっくりと歩き去った。

電車のドアが開き、大勢の客が吐きだされてきた。

乗客の降車が終わると、由香はがらんとした車内に入って座席に腰をおろした。いちどたりとも、嵯峨に視線を向けることはなかった。

ホームにアナウンスがながれた。時間調整のため、一分ほど停車します。

警視庁の人間に職質のこつを教える立場の僕が、なにも読みとれないなんて。

可能性はふたつしかない、と嵯峨は思った。入絵由香が、僕の想像をはるかに超えたポーカーフェイスの持ち主であるか、もしくは、彼女が本当に僕を忘れてしまっているかだ。

妙な話だった。由香が多重人格だとしても、僕は間違いなく入絵由香の人格と会っている。彼女はさっき、入絵と名乗った。

解離性同一性障害のそれぞれの人格の記憶には連続性がある。それなのに、彼女は僕を認識していない。

ホームに発車のベルが響きわたった。嵯峨は、由香のとなりの車両に乗りこんだ。

電車が走りだす。窓の外が一転して、暗いトンネルにつつまれた。

もうすぐこの路線は地上にでる。終点までに停車駅はひとつしかない。由香は、代々木《よよぎ》公園か代々木上原《うえはら》のいずれかで降りることになる。

閑散とした車内で、由香に近づこうとしたとき、嵯峨は緊張感に包まれた。

由香の向かいに座ってスポーツ紙を広げている男。上目づかいにこちらを見ている。あの太った男だった。

彼がずっと由香を観察していたのなら、僕と彼女が言葉を交わすのも見ていただろう。目的はいったいなんだろう。なぜ尾《つ》けまわすのか。

車掌のアナウンスがきこえる。次は代々木公園、代々木公園。

ほぼ無人に近い車両に、リズミカルな走行音と、近くの席に寝そべった酔っぱらいのいびきだけが響いていた。

嵯峨は考えを整理していた。この男は、由香の夫かもしれない。毎晩、妻の帰宅が遅いことを気にした夫が尾けまわしているとも考えられる。あるいは、夫の依頼を受けた興信所の人間か。

いや。嵯峨はそれらの可能性を捨て去った。この男は、浮気調査などというけちな目的のために動いているのではない。僕の知らないところで、なんらかの想像を超えるような事態が進行している、そんな気がする。

まわりがぱっと明るくなった。街路灯の光の列が窓の外に流れる。電車は速度を落として徐行に入った。

代々木公園駅。停車し、ドアが開く。

由香がホームに降りていく。

嵯峨はまだ車内にいた。太った男が動こうとしないからだった。

まだスポーツ紙を読みふけっている。いや、そのふりをしながら、こちらを監視している。

発車のベルが響いた。

ためらいがよぎる。ここで降りなければ意味はない。

やむをえなかった。嵯峨はホームに駆けだした。

背後でドアが閉まり、電車は走り去っていく。

階段を上る由香の背を確認した。だが……。

ホームには、嵯峨ひとりしかいなかった。

太った男の姿は、どこにもなかった。

被催眠性

夜の東京ミッドタウンのバーラウンジ、そのカウンターで、倉石勝正は根岸知可子と並びの席についた。

ウェイターが注文を取りにきた。なんになさいますか。

倉石は答えた。「私はワイルドターキーをロックで。彼女はカンパリオレンジを」

ふいにボックスの客たちが笑い声をあげたので、倉石の言葉の後半はウェイターの耳に届かなかった。お連れの方は？　ときかえされたので、倉石は大声でいった。カンパリオレンジだ。

急に店内が静まりかえった。倉石のほうをみんながふりかえっている。中年紳士が意外な飲み物を告げたのが気をひいたらしい。倉石はあわててつけ加えた。「私はワイルドターキーのロックだ」

ええ、それはきこえましたよ。ウェイターはぶっきらぼうにいって、伝票にペンを走らせると、さっさと背を向けて棚のボトルに手を伸ばした。

知可子はあきれたように肩をすくめていった。「あいかわらずね」

倉石はため息まじりにいった。「すまない。ここなら落ち着くと思ったんだが。六本木も変わったな」

「でも、わたしのお酒の好みをよく覚えてたわね。もう十二年ぶりかしら」

「十三年だ」

ウェイターがふたりの前に布製のコースターを敷き、グラスを置いた。

左利きの知可子が背の高いグラスに手を伸ばした。ほっそりとした薬指には、指輪が光っていた。かつて倉石が、なけなしの金をはたいて買った結婚指輪だった。

なぜいまごろその指輪を……。

乾杯を交わしてから、倉石はグラスをあおった。氷が歯にあたって音をたてる。

なにを話すべきか迷ったが、とにかく常識的なところから、会話を切りだすことにした。

「さっき、きみの姿を見たときは驚いたよ。根岸という名前はきいていたんだが、まさか、きみだとはね。いつ帰国したんだ？」

「半年ぐらい前。ペンシルバニア大学の医療センターで脳外科手術の研修が終わってから、ずっとニューヨークの病院にいたの。でも、そろそろ日本に帰ろうかなと思って」

「なぜ帰国する気になったんだ。きみは、向こうで結婚したときいていたが」

「……一年で離婚したわ。というより、最初から彼のほうは仕事のほうが重要だったみたい」

倉石は月日が経つ早さを実感していた。

知可子は今年、四十歳になるはずだ。結婚したとき、彼女は大学院の医学研修生で、まだ二十六だった。しかし、知可子の顔はそのころとあまり変わっていないように見えた。少なくとも十歳は若く見える。

結婚生活はわずか二年たらずだった。倉石と別れてすぐ、知可子はアメリカへ発《た》った。その後、アメリカ人の大学教授と結婚したという噂をきいた。ずっと音信不通だったが、彼女の名前はCNNで何度か紹介されていた。脳外科医として、困難な手術をいくつも成功させたという。特に、アメリカの脳外科の権威ですら匙《さじ》を投げてしまった、生まれて間もない赤ん坊の脳浮腫《のうふしゅ》をみごとな手ぎわで完治させたことが、何年か前に大々的に報じられた。

「とにかく」倉石はいった。「向こうでの活躍ぶりはきいているよ。帰国してすぐ脳神経外科医長に就任したわけだ。知らせてくれれば、すぐお祝いに駆けつけたのに」

知可子は笑った。「あなたのほうこそ、室長にまで出世していたのね。インターネットで〈東京カウンセリング心理センター〉のサイトを見たら、原発性睡眠障害について精神疾患と結びつける、新しい見解が載ってた。文末に倉石勝正室長って記してあった」

「原発性睡眠障害？　あれがサイトで紹介されたのは今年の初めごろだ。きみはアメリカであれを見たのか」

知可子は口をつぐんだ。

倉石はグラスを置いて、知可子に向き直った。「すると、きみは私が室長になっているのを事前に知ってたのか」

「ええ、そうよ。それを知った二か月後に帰国したわ」

「きみの腕なら、あちこちの大手の病院から引く手あまただったろう。なぜ東京文教会医科大の赤戸病院を選んだんだね？」

「早急に脳神経外科医長の後任を欲しているときかされたから」

「〈東京カウンセリング心理センター〉が、都内のおもだった病院とは交流があることも知ってただろう？　外科医長ならカウンセリング部室長とも密接な関係を築くことになる。すると、きょうの出会いは偶然じゃないわけか」

「うぬぼれないでよ。あなたにわざわざ会いに来たんじゃないわ」

「いいだろう。せっかく旧知の間柄なんだし、仕事もスムーズにいくだろう。仲よくしていこう」

倉石は事務的な口調でいった。事務的な口調によって、仲よくするという言葉の意味を故意にあいまいにした。

だが、知可子は敏感にそれを感じとったようだった。「ずるいわ」

「なにがずるいというんだね」倉石は意地悪くきいた。

知可子はぷいと横を向いて、グラスを傾けた。

そろそろ、こちらから譲歩してやるか。倉石はきいた。「このところは忙しいのか？」

「なぜ」知可子は無愛想にいった。

「その、もうすこし静かなところで、話をしてみたいと思ってね」

頑固さにおいては、知可子も倉石といい勝負だった。「最近いそがしいの」

「ほう。そんなに手術がたくさんあるのか」

今度は知可子が事務的にいった。「わたしは手術のときだけ働くんじゃないの。すこし前に、困難な脳損傷の手術があったの。その患者が完治するまで、容体に気をつけてなきゃいけないわ」

「きみが執刀したんだから、まず心配はないだろうな。外科の用語についてはよく知らないが、脳損傷とは、どんな症状なのかね？」

「正しくは、開放性脳外傷というの。患者は二十三歳の女性で、団地の三階のベランダからコンクリートの上に落ちた。そのとき頭蓋骨陥没骨折《ずがいこつ》になり、高見沢《たかみざわ》病院に運ばれてきたの」

「高見沢病院？　それを、なぜきみが担当することになったんだね」

「症状がとてもひどかったので、わたしが呼ばれたのよ」

倉石は感心したようにうなずいてみせてから、ウィスキーを飲みほした。ウェイターにおなじものを注文する。

知可子はさらにつづけた。「開放性脳外傷は、傷口から雑菌が侵入して感染症になる危険があるの。脳炎をおこして脳障害にいたる可能性があるわけね。だから、一刻も早い手術が必要だったので、夜中にたたき起こされたわ」

あまり具体的に聞きたいわけではない。倉石はこのへんで打ち切らせようとした。「そうか。それはたいへんだったね」

だが、知可子は酔いがまわってきたらしい。ぼんやりとした目で虚空を見つめながら、説明をつづけた。「とにかく、感染症を防ぐには急いで傷口を修復しなければならないの。だからまず、頭皮と帽状腱膜《けんまく》を切開して骨折部を表出させたわ。コンクリートに激突した頭頂部の骨が、かなり細かく砕けていたの。だから骨片をひとつひとつピンセットで摘出して、煮沸消毒してからジグソーパズルみたいに合わせて銀線で固定して……」

隣りの席の男が、顔をしかめて席を立った。

あきらかに、知可子の説明は飲食中にはふさわしくない。だが、知可子はまったく意に介していないようすだった。

「さいわい、硬膜にも脳組織にもまったくダメージがなかったの。骨片が頭皮の下で砕けただけだったから、手術後の回復に問題はなかったわ。でも多少の出血はあったから、骨片の下で血塊になってた。これを吸引除去するときには注意が必要で……」

「……知可子」

「え？　あ、ごめんなさい。こんな場所で」

「きみの腕がたしかだってことは、充分に知っているよ。ところで、いまきみは夜中にたたき起こされたといったな。その患者の女性は、夜中にベランダから落ちたのか？」

「ええ、そう。だから警察がいっぱい来て、あれこれたずねてくるのよ。患者はまだ安静の必要があるから、面会は断わってるけど」

「警察は、なにをきいてくるんだ」

「その患者が、自殺をはかった疑いがあるらしいの」

「自殺？」

「ええ。その女性には三歳になる男の子がいたの。未婚の母ってやつね。夜はスナックで働いて、昼間は子育てをしてた。今年の七月ごろ、その母親が子供を車に乗せて、買い物に出かけたの。その帰りに、子供を車に残してパチンコに寄ったのね。車は窓を閉めきって、鍵《かぎ》もかけておいた。母親としては、初めはちょっと気分転換に寄ったつもりだったんだろうけど、結局三時間も車内に子供を置きざりにしちゃったのよ。時刻は午後一時から四時ぐらい、いちばん陽ざしの強いときにね。母親が車に戻ったとき、子供はぐったりしてた。急いで救急車を呼んで、病院に運ばれたんだけど、意識不明の重体だったの。現在もまだ、その状態がつづいてるわ」

「それを苦にしての自殺だというのか」

「刑事告発されて、過失も免れないだろうっていわれてたからね。月に一度、子供に会いに来ていた父親もぱったりと姿を見せなくなったし、働いていたスナックもやめさせられたみたい。マスコミにも報道されて、近所の人たちからも敬遠されるようになってた」

「まわりに追いつめられて、衝動的に自殺をはかったわけだな。気の毒に」

「でも、問題を解決する勇気も必要だったわ」

「その女性には身寄りがなかったんだろう。相談する相手もいなかったんだ」

「そうかしら。彼女はかわいそうだとは思うけど、残された子供のほうがもっとかわいそうよ。彼女が助からなかったら、子供が不幸だわ」

「だが、彼女の過失と断定するべきではないな。育児にはたいへんな苦労がつきまとう。ほんの少しの息抜きにパチンコに寄っただけで……」

「でも、三時間も子供をほったらかしにしたのよ」

「それは彼女の責任かどうかはわからない。親としての自覚がたりないとか、無責任だとか、言葉ではなんとでもいえる。だが、だれも自分の子供をあえて危険にさらしたいと思うはずがない」

「ギャンブル依存症だから仕方がないとかいうわけ？　いかにもカウンセラーさんの見解よね」

「そんなに簡単ではないよ。パチンコは催眠の科学を利用している。被催眠性の高さによっては、本人の意志力とは関係なく没頭させてしまうきらいがある」

「意志力とは関係ない？」

「そうさ。世間ではパチンコにのめりこむ人を、勝手にパチンコ依存症と呼んで、意志の弱い人だとか、単純な人だとか見なす傾向がある。しかし、人格は関係ないんだ。被催眠性、すなわち催眠状態への入りやすさには個人差がある。どんなに教養がある人でも、被催眠性が高かったら知らず知らずのうちにパチンコにのめりこんでしまうものなんだ」

知可子はため息をついた。「パチンコに催眠をかけられてるとでもいうの」

「かける、という言い方自体が誤解だよ。催眠とは、人為的にトランス状態をつくりだす技術だ。催眠状態とは、催眠によって生じたトランス状態のことだ。相手を催眠状態に誘導するわけだから、かけるではなく、催眠状態に入れると表現するべきだ」

「それで、パチンコがお客さんを催眠状態に入れるってわけ?」

「ある意味ではパチンコという商売全体がそうなんだ。まず、単調に一定のリズムで打ちだされる玉と、ドラムが回転するときの、おなじ音階が反復されるリズムが聴覚にはたらきかける。単調なリズムの音楽は、人間の理性の意識水準を低下させて、トランス状態に導いて気持ちよく感じさせる作用がある。そもそも、リズムというのはそのために生まれたのだし、音楽はすべて、聴いている人の理性を鎮めてトランス状態に入れることで心地よさをもたらす」

「ええ。それなら脳医学的にも説明がつくわよ。人は心地よさを感じると、脳の判断を下す部位の血流量が下がる。思考も鈍る。こうやってお酒を飲んでいるときに似た状態になる」

「そうとも。そのうえ不規則な点滅を凝視するわけだから、いっそう理性のはたらきが鈍り、トランス状態が深まっていく」

「不規則な点滅？」

「パチンコ台にはたくさんの電飾がついていて、ひっきりなしに点滅している。光の不規則な点滅は、意識がほかにそれるのを防ぎ、受動的な注意集中状態をつくりだす。一点を見つめたまま、考えがほかに逸《そ》れにくくなるんだ。アルファ波の脳波がさらに安静な状態へと変化し、シータ波までいたることもある。ここまでくると、起きているときと眠っているときの中間ぐらいの、きわめて心地よいトランス状態に入っていることになる」

「騒々しいパチンコ店のなかで、うたた寝みたいな状態になるなんて説明、裁判長が納得すると思う？」

「難しいが、事実だよ。うたた寝というのは少し違うがね。催眠状態は、睡眠とはちがう。意識はあるが、そのはたらきが鈍ってるわけだ。パチンコによって引き起こされるトランス状態は、自律神経系の交感神経が優位の、興奮性のものだ。ロックのような激しい音楽を聴いたり、クラブで何時間も踊ったりできる人々はそういう状態にある。パチンコ好きもそのタイプに属する。対して副交感神経が優位なタイプは、リラクゼーションが主体となったトランス状態に入りやすい。ゆったりしたモーツァルトの音楽を好む人々だな。どちらに属するかは人によって違う」

「で、催眠状態に入ったら、意のままに操られちゃうわけ？」

「それは催眠を魔法とごっちゃにした考え方だ。光を凝視させて催眠誘導するさまを第三者から見ると、人を眠らせて意のままに操っているように思える。世間には、いまだに催眠をオカルトと見なす人が多いからな」

「……変わらないのね、ちっとも。むかしのままだわ」

倉石は黙りこんだ。そういえば十三年前、別れ話になる寸前にも、私は同じことをまくしたてていたような気がする。

知可子はカンパリオレンジを飲みほし、ウェイターにメニューを求めた。差しだされたメニューを見て、すぐにマティーニを注文した。

倉石はきいた。「カンパリのあとにマティーニかね？」

「酔いがたりない気がするの」知可子はカウンターに肘《ひじ》をついて、髪をかきあげながらいった。「検察官はきいてくるでしょうね。光の点滅を見た人がトランス状態に入ってしまうんだとしたら、パチンコをやるときには見ないようにすればいいのかって。ハンドルだけ握って、目を逸らしていればいいのかってね」

「店内のレイアウトを見ればわかる。客が視線を逸らせられない構造になっている。椅子は固定され、斜に構えられるスペースはないし、誰もがパチンコ台に顔をくっつけんばかりにしなければならない。雑誌や本を持ちこんでいる人もいるが、大当たりがいつ来るかわからないし、打っている玉が逸れていないか常に確かめなければならないから、結局は台を見つめることになる」

「ふうん。軟禁状態みたいなものね。昔みたいに百円ぶんぐらいパチンコをしてすぐ店をでるなら、トランス状態はまったく発生しなかったも同然だろうけど。いまはプリペイドカードが導入されてるから、わりと長時間にわたってパチンコをつづけることになる。通路も狭く作ってあるから、ひとたび席についたらすぐ立てなくなる」

「そうさ。心理学まで研究してそういう構造になったわけじゃなく、戦後ずっとパチンコ店が経営されているうちに、客をつなぎとめる方法があれこれ模索され、このかたちに行き着いたんだろう。だから店舗経営側も危険性の高さを知らないんだ、トランス状態に導かれる人の意志力の低下をね」

知可子は肩をすくめた。「わたしも一度や二度はパチンコを打ったけど、そうならなかったって主張する人がでてくるでしょうね」

「だろうね。トランス状態に入る速度や、到達する深さには個人差がある。それに、ただトランス状態に入っただけでは、人々はなんの行動も起こさない。問題はそこに、暗示が与えられていることだ」

「暗示？」

「催眠が人為的にトランス状態に誘導することを指すのに対して、暗示とは、相手を誘導するための方法だ。暗に示すことによって、人間はそのとおりに思いこむ。もちろん、ふつうの意識状態では理性が反発するが、理性が鎮まったトランス状態では、本能が暗示をそのまま受けいれてしまう」

「パチンコ店における暗示って何？」

「大当たりすれば儲《もう》かる、という情報だよ。トランス状態に入って理性のはたらきが鈍ると、なんの疑いもなくそれを信じこんでしまう」

「冷静な思考が働かなくなるわけね。パチンコがお客さんにとって、まったく分がないギャンブルだってことも理解できなくなる。大当たりは二百何十分の一の確率だし、その大当たりも一回五千円程度でしかない。そもそも、客が損をしてくれなければ店の儲けにならないので、パチンコ店自体が成立しないっていうのに……それすらも考えられなくなるのね」

「そうとも」と倉石はうなずいてみせた。「理性を失った客はきわめて本能的になるから、金をいくらつぎこんだか正確に把握できなくなったり、どれだけの時間が経過したのかさえわからなくなる」

「店をでたら理性も戻ってくるはずでしょ」

「それで後悔の念にさいなまれたりもするが、儲からなくてもトランス状態に入っていたときの心地よさは身体が覚えているから、またそのなかに浸ろうとして、ふたたびパチンコ店に行く。うまくすれば儲かるという暗示があるので、金をどんどんつぎこんでしまう。これが、世間でいうところのパチンコ依存症だな」

「大多数がそうなるの？」

「人間にはそれぞれ被催眠性の高低があるから、本質的にトランス状態に誘導されにくい人、すなわち被催眠性の低い人はそうならない。そういう人はパチンコをやっても理性の働きが収まらず、騒々しいところだと感じたり、これでは儲かりそうにないと考える。だから、パチンコに魅了されることはない」

「被催眠性の高い人って、割合的にどれぐらいいるのかしら」

「深いトランス状態まで入ってしまう人は、不特定多数のうち五、六人にひとりぐらいだと思う。パチンコに過剰に熱中してしまうのはそういう人たちだ」

「全体からみれば一部なわけね。少数派は裁判では不利だと思うけど」

「不利でもなんでも、そういう弱みがあることを裁判長は理解するべきだろう」

「弁護側があなたに証言を求めてきたら、法廷に立ってその説明をする？　被告の女性はパチンコの催眠によって子供をほったらかしにした。だから情状酌量の余地がある、って」

「頼まれればね」

「……じゃあ、わたしとは見解が違うわけね。わが子を瀕死《ひんし》の重体にさせておいて、自殺を図る母親なんて身勝手すぎるって、わたしは思ってるから。それに彼女は、催眠に入りにくかったはずよ」

倉石はきいた。「どうしてそういえる？」

「警察からの報告にあったわ。その女性が働いていたスナックの従業員にきいたところ、しっかりした性格で、人にだまされたりするようなところはないって」

「だまされやすいのと、トランス状態に入りやすいのとは違うよ。催眠の入りやすさを被催眠性と呼ぶのとおなじく、暗示の受けいれやすさの度合いを被暗示性というが、これには第一次被暗示性と第二次被暗示性がある。第二次は、警察のいうような社会的なだまされやすさの度合いをしめす。詐欺にひっかかったりして、単純な人だと見なされたりする。これに対して第一次被暗示性は、さっきもいったような催眠誘導的な暗示がどれだけ効くかを表わしている。第二次が低く、第一次が高い人は、とても意志が強く、だまされにくい性格なのに、トランス状態には誘導されやすいのでパチンコに嵌《はま》りやすいんだ」

「じゃあ、その女性がそういうタイプだと証明できれば……」

「罪は軽くなる。私はそう思う。被告人が怪我から回復したら、法廷で被催眠性テスト、被暗示性テストを試みるべきだろうな」

なぜか知可子は黙りこくって、目を伏せた。

「知可子？　どうかしたのか」

「……わたしは、どうあってもその女性を許せない」

「どうして？　きみが手術で救った命だろ」

ひと息ついてから、知可子は静かにいった。「あなたが心の専門家なら、いまわたしが考えていることがわかる？」

「……いや」

「わたしは、子供を失ったわ」

倉石は言葉に詰まった。

「……いつ」と倉石はきいた。

「アメリカで結婚してすぐ」

「そんなことが……」

「ええ」知可子は微笑を浮かべた。「それまでは、彼を愛していればしあわせだった。彼とのあいだにできた子供を育てるのを、楽しみにしていたわ。英語も日本語もできるようにして、週に一回はドライブに連れてって……。お腹のなかにいるあいだに、女の子だってことがわかったの。彼と相談して、名前はアリサにしようって決めたの。いい名前でしょ、日本人としてもアメリカ人としても通用する名前にしたかったの。漢字ではこう書くのよ」

知可子はハンドバッグから手帳をだし、開いた。たくさんの名前の候補が書きこんであって、安理沙《ありさ》という名に丸がつけてあった。

「いい名前だ」倉石はいった。

「生まれてすぐに、死んだわ」

「なぜ」

「さあ、わからないわ。なんらかの感染症の疑いがあるっていわれたけど、原因はわからずじまいだった。原因さえわかってたら、わたしの命にかえてでも、助けてあげたのに」

そのとき、知可子の目に涙の粒が膨れあがった。零《こぼ》れ落ちそうになる寸前、知可子の指先が素早く拭《ぬぐ》いとった。

知可子はつぶやいた。「ほんの二週間だけの命だったわ。それも、いちども家に帰ることなく。主治医の許しがでたから、最期は抱いてあげたわ。わたしの腕のなかで、息をひきとったの」

賑《にぎ》やかな店内で、倉石は知可子の横顔を見つめていた。

そうだったのか……。

「すまない」倉石は謝罪を口にした。「私は事情も知らず……」

「いいの。あなたの心がけは立派よね。みんなから悪者扱いされている母親を救おうっていうんだから。でも理屈じゃ、人は救えないのよ。その母親は、子供を置きざりにして、遊んでた。そのせいで、子供は死にかけてる。その事実は変わらないわ。子供には、なんの罪もなかったのよ。わたしは、辛《つら》かったわ。その母親の命を救う手術が、辛かった」

しばらく虚空を見つめてから、知可子はハンドバッグとコートを手に、席を立った。

「病院に戻るわ。ようすを見てから帰らないと」

倉石は立ちあがった。「送ろうか」

「いいえ、いいの。表のタクシーに乗るだけだから。また連絡するわ」

知可子はハンドバッグをあけて、財布をだそうとしたが、倉石はそれを手で制した。

ごちそうさま。小さな声でそう告げて、知可子は背を向けて去っていった。腕にかけたロングコートが小さく揺らいでいた。

理恵子

夜の下北沢《しもきたざわ》商店街を、嵯峨は足早に抜けながら、辺りに視線を走らせていた。

このあたりの店主がこぞって駅前再開発に反対の姿勢をしめしているという、繁華街の賑わい。入り組んだ狭小路地のせいで迷路のようでもある。少しは区画整理したほうが歩きやすいとは思うが……。

学生の町だけに若者が多い。だが入絵由香はたしかに、この付近にいる。代々木公園駅で下車してから、小田急線の代々木八幡駅に移り、下北沢駅で降りて改札をでた。そこまでは目を離さなかったが、駅前の雑踏に紛れたせいで見失ってしまった。

どこにいるのだろう。アンティーク・ショップやディスカウント・ショップは、わりと遅い時刻まで営業している。店内も覗《のぞ》いておくべきだろうか。

学生のころ、東大本郷キャンパスだけでなく駒場《こまば》のほうにも通ったことがあったため、この辺りの地理には疎くはなかった。

広い商店街だが、北沢五丁目までいけば京王線の笹塚駅《ささづかえき》に近くなる。わざわざ下北沢駅に向かったということは、そこからわりと近い場所を目指しているはずだ。

小劇場やライブハウスが連なる路地を抜けると、飲み屋街にでた。

さすがにこちらは可能性が低そうだ。踵《きびす》をかえそうとしたそのとき、嵯峨ははっとした。いた。由香だ。スナックに入ろうとしている。

古びた緑いろの看板は、内蔵された蛍光灯が消えかかって点滅していたが、〈ムーン〉という店名はかろうじて読みとれた。

由香がドアを開けると、カラオケの音が聞こえてきた。内山田洋《うちやまだひろし》とクールファイブの「東京砂漠」のメロディーに乗せて、音痴な中年男のだみ声が響く。なかから、店のママと思われる女性の声がきこえる。あら、理恵子さん。いらっしゃい。

「はあい」由香は陽気にあいさつし、ドアのなかに消えていった。

いつの間にか人格交代しているようだ。いま、由香は理恵子という女になっている。

この店ではずっと理恵子という名で通しているのだとすれば、ここでの記憶を由香であるときには失っている可能性もある。

どうする。店内のようすはここからではわからない。とはいえ、こんなちっぽけな店では、なかに入ったら客どうし接触せずにはいられなくなる。

しばらく迷ったが、意を決してドアに近づいた。僕は彼女の身を案じている。目を離すことはできない。

ドアを開けると、店内に客は三人しかいなかった。L字型のカウンターにいくつかの席があり、奥にカラオケの機械が置いてあるほかには、ほとんど空間がなかった。いらっしゃい、という女主人の声は、妙によそよそしかった。こんな小さな店では、常連以外の客はめずらしいのだろう。

ふたり連れの中年の客、そこから少し離れて、いちばん奥の席に由香がいた。

由香はこちらを見た。とたんに、その顔に笑みがひろがった。「あら、ひさしぶりじゃない」

このような反応を予測していたわけではないが、嵯峨は特に驚きもしなかった。チャネリングの店で理恵子に人格交代したときに、僕たちは会話を交わしている。会うのはこれが二度めということだ。

「どうも」と応《こた》えて、嵯峨は由香の隣りに座った。

店主は四十代後半ぐらいの、化粧の濃い女だった。タバコをふかしながらきいてくる。「理恵子さんのお友達？」

「ええ、ちょっとした顔見知りで」嵯峨はそういって、由香を見つめた。「ええと、どちらでお会いしたんでしたっけ？」

由香は眉《まゆ》をひそめて、髪をかきあげた。「さあねえ、どこだっけ。あたし、飲み屋にしか行かないから、そのどこかじゃない？」

「ああ、たぶんそうでしょうね。私の名前、覚えてますか？」

「さあね。きいてなかったんじゃないかしら」

「どこの店で会ったんでしたっけ。理恵子さんは、ほかにどんな店へ行かれるんですか？」

「この近所なら。カラオケがあって、すいてるところなら、どこでもいいの」

女主人が口をさしはさんだ。「すいてて悪かったわね」

理恵子になった由香は甲高い笑い声をあげ、グラスを口もとに寄せた。
V.S.O.Pのブランデーをボトルキープしている。ボトルの首にかけられた名札には、理恵子と書かれていた。
やがて、由香がトイレに席を立ったすきに、女主人が嵯峨に話しかけてきた。あなた、理恵子さんの知り合いなの。ハンサムな若い男が入ってきたから、びっくりしちゃったわ。

嵯峨は適当に返事をしておいてから、ウィスキーの水割りを注文した。

だされた水割りをひと口すすった。やけに濃い。ふた口めからは飲むふりだけしながら、嵯峨はきいた。

「理恵子さんは、いつごろからこちらの店に来てらっしゃるんですか」

「もうずいぶん長いことになるわね。カラオケの機械を入れ替えたころだから、二年ぐらい前かしら。そのころはひと月にいちどぐらいしか来なかったんだけど、ここのところ毎日ね。彼女、なんの仕事してるの?」

「さあ、知りませんが」

「どこで働いてるのか、どこに住んでるのか、全然喋《しゃべ》りたがらないのよ。苗字《みょうじ》も教えてくれないの。そういう質問をすると、急にぼーっとした顔つきになって、黙っちゃうの。何年も通ってる常連さんで、こんなお客さんはめったにいないわ」

「まあ、話したくないこともあるんでしょう」

由香が席に戻ってきた。ブランデーを飲みほすと、店のママにひとことも告げずに、カウンターの端に積んであったカラオケの索引本を手にとる。

嵯峨は横目で覗《のぞ》いた。歌手別のページを開いている。ほっそりとした人さし指でなぞっているのは、ミスチルの項目だった。

マイクに手を伸ばすと、由香は女主人に曲名とコードの番号を告げた。女主人がリモコンを操作し、スピーカーがイントロを奏でる。

かなり歌いこんでいるらしく、なかなかうまかった。

やはり彼女は多重人格とみて、ほぼ間違いないだろう。いくつかの疑問点は残るが、少なくとも、ここまでの彼女の言動がすべて演技だとはとても思えなかった。演技だとしたら、あまりにも卓越しすぎているうえに、まったく無意味でしかない。

理恵子という女性に人格交代しているときの記憶には、明確な連続性があった。チャネリングの店で理恵子は、カラオケが好きでミスチルの歌が得意だといっていた。つまり、この店での経験を覚えていた。

また明治神宮前駅で会ったとき、ふつうの入絵由香はなぜか嵯峨のことを忘れてしまっていたが、理恵子はここで会ったとたんに声をかけてきた。顔見知りだったからだ。しかし、嵯峨は理恵子に対しては自己紹介していなかったから、名前までは知らなかった。

嵯峨と会話を交わしたことは覚えていても、どこで会ったかを記憶していなかったのは、チャネリングの店のなかで一時的に理恵子に人格交代しただけだったから、その場所までは覚えていないのだろう。

だが、まだわからないことも多い。

彼女がいま、入絵由香としての記憶を完全に失っているなら、この店を出てからはどうするつもりなのだろう。二年ものあいだ、この店では常に理恵子に人格交代しているのなら、そのあいだの記憶がなくなることを、ふつうの入絵由香は疑問に感じないのだろうか。一方、理恵子も自分がどこに住んでいて、どんな仕事をしているのか、知らなくても平気でいられるのだろうか。なぜ、苗字がないままなのか。

いずれにせよ、これほど完璧《かんぺき》に人格が分離してしまっているとは驚きだった。女主人をふくめ、スナックで出会った人々はみな、彼女を理恵子と信じて疑わないのだろう。入絵由香のなかにある、まったく異なるもうひとつの人生がここにはある。

マイクを片手に歌う由香の横顔にせつなさを感じる。

チャネリングの店で、由香は孤独だった。理恵子に替わってスナックに来ても、やはり彼女の苦しみを理解している人間はいない。

彼女には、ひとりの味方もいないのだろうか。身を案じてくれる人はいないのだろうか。

曲が終わった。ママが機械的に手を叩《たた》いている。

嵯峨も拍手しながら、理恵子に話しかけた。「おじょうずですね」

理恵子は頰を赤らめながらいった。「ええ。前にも話したでしょ。ここのママは、わたしがミスチルを歌うと誉めるのよ。プロになるべきだって」

「レパートリーは何曲ぐらいおもちなんですか」

「さあねえ。五十曲ぐらいは知ってるけど、ほんとに歌いたいのは十曲ぐらいかしら」

「いつも、何時ぐらいまで飲まれるんです？」

「十二時には帰ることにしてるのよ」

嵯峨は壁の時計に目を走らせた。十一時三十二分。

「ここを出てから、まっすぐ家に帰られるんですか」

「ええ、そう」

「家は、どちらなので？　歩いて帰られるんですか」

理恵子は眉間《みけん》にしわを寄せた。「なんでそんなこときくの？　わたしの勝手じゃない」

「ああ、そうですね。どうも失礼をしました」

「はい」と理恵子は、カラオケの本を押しつけてきた。「はい。今度はあなたの番」

「え？」

「あなたの番よ。なにか歌って」

嵯峨は当惑した。カラオケはあまり行ったことがない。

「早くして」と理恵子はいった。「わたしは、次に歌う曲はもう決めてるんだから」

「じゃあ、先に歌ってもいいですよ」

「だめ。歌うの」

渋っていたのも最初のうちだけで、嵯峨は結局、理恵子と交互に十曲近くを歌った。嵯峨はモニターの歌詞を追うのに必死で、理恵子の表情に気をくばることができなかったが、笑い声をきいているかぎりでは楽しんでいるようすだった。女主人の機械的な拍手もそれなりに心地よく感じられるようになってきたころ、理恵子が「お勘定」と告げた。十二時を五分ほどまわっていた。嵯峨は、理恵子につづいて店をでた。まだ飲み屋街はにぎわっていた。嵯峨はあいさつした。「じゃあ、また」

まだ理恵子になったままの由香はにこやかにうなずくと、駅とは反対方向に歩き去っていった。

下北沢は、線路沿いの商業地域から外れると、住宅地が広がるのみだ。由香はそちらに入っていく。

間隔を置いて、嵯峨はまたまた尾行を始めた。

地価が安くないせいか小ぶりな戸建が多い。学生向けと思われる二階建てのアパートも、そこかしこに建っている。

由香の足どりが遅くなった。理恵子から入絵由香に戻ったのかもしれない。

辺りはひっそりとしている。どこかで犬の吠《ほ》える声がきこえた。もう明かりが消えている家もずいぶんある。

あちこちの角を折れていき、嵯峨には方角がわからなくなってきた。

ひときわ狭い路地に入ったとき、由香はぼんやりと立ちどまって、建物を見あげた。

五階建ての古びたマンション。そのエントランスに歩を進めていく。

蛍光灯が切れてうす暗くなっていた。嵯峨は足音をたてないように建物にしのびよった。

階段を登りながら、先行する由香の足音に耳を傾ける。三階まで登ったようだ。

その三階で、廊下を歩いていく由香の背を見た。ひとつの扉の前に立ち、チャイムを鳴らす。

はい、と応じる男の声。ただいま、と由香がささやく。

おもむろに扉があいて、男が顔をのぞかせた。

男はパジャマ姿だった。三十半ばぐらい、痩《や》せ細った体型で、神経質というか気弱そうに見える。その顔にはなんの表情も浮かんでいなかった。

由香はなにもいわずになかに入り、扉を閉めた。錠とチェーンのかかる音がする。

嵯峨はそっと扉の前に歩みよった。三〇八号室。表札は、入絵昭二《しようじ》・由香となっている。

すると、いまのは由香の夫か。

ブーンと音をたてて、換気扇がまわりだした。帰宅するや、キッチンでなにかを作りはじめたらしい。和食のタレのような匂いが漂ってきた。おでん屋を連想させる香りだった。

住所は確認できた。とりあえずきょうは引きかえそう。

そう思ったとき、いきなり絶叫が耳をつんざいた。

由香の声。それも、宇宙人の笑い声だった。

「やめろ!」夫の声がした。「由香、やめろ!」

笑い声はやまなかった。それどころか、どんどん大きくなる。

どうする。チャイムを鳴らすか、あるいは呼びかけてみるか。

だが、迷っているうちに、ふいに静寂が訪れた。

ぼそぼそと話す男の声がきこえる。そして、由香の声もかすかにきこえた。泣いているようだ。

マンションのほかの部屋の窓に、明かりがともるようすはなかった。あれだけの喧噪《けんそう》があったにもかかわらず、死んだように静まりかえっている。

隣人はもう騒ぎに慣れっこになっている……。そういう状況だろうか。

階段まで戻り、外を見下ろした。そのとき、嵯峨は息を呑《の》んだ。

表の路地に三人の男がいた。いずれもコートをまとっている。左右の男は長身で痩せていたが、真ん中は背が低く、でっぷり太っていた。

あの男だ。原宿の竹下通りからずっと由香を尾《つ》けまわしていた、太った男だ。

三人の射るような視線がこちらに向けられていた。

嵯峨は急いで階段を駆け降りた。彼らはいったい何者だ。なぜ由香あるいは僕を尾行する。

一階に着き、エントランスから駆けだしたが、そこには誰もいなかった。

風が強くなってきた。身を切るような寒さだ。うすよごれた野良猫が安住の場所をもとめて、路地をさまよっている。路地には枯れ葉が舞っていた。

偏見

翌朝、午前七時半。出勤の時刻だ。

相談者の竹下みきちゃんはいつも早くに来る。わたしも遅刻するわけにはいかない。

小宮愛子は〈東京カウンセリング心理センター〉のエントランスを入った。

がらんとしたロビーに唯一、受付の係だけがいた。カウンターのなかに座っていた朝比《あさひ》奈《な》宏美《ひろみ》が立ちあがり、笑顔でおじぎをした。

「おはようございます、小宮さん。きょうもお早いですね。朝からカウンセリングですか？」

「ええ。そうなの」愛子は笑いかえしてカウンターに近づき、記帳をした。「おはよう、朝比奈さん。きょうも受付なの？」

「そうなんです」三つほど年下の朝比奈は肩をすくめた。「臨床心理士資格、なかなか受からなくて」

「朝比奈さんならすぐに合格するわよ。心理相談員としても、もうずいぶん経験積んだでしょ？」

「でも……。このあいだ面接受けにいったら、同期にすごい人がいたんです。表情の観察に優れてて、相手の感情を瞬時に見抜いたりして……。あんな女の人がいたんじゃ、わたしの合格は当面無理かも」

「そんなことないってば。朝比奈さんは優秀な臨床心理士になるわよ」

入館証を受け取って胸につけ、愛子はエレベーターホールに向かった。

ふと足がとまる。

催眠療法科のオフィスまで上がっていると、間にあわないかもしれない。メイクはここで済ませてしまおう。

ソファに腰かけると、手鏡をみながら薄くルージュをひいた。それから、短くカールした髪を手で軽くといて、前髪がすこし眉《まゆ》にかかるようにする。洋服の襟もとを正してから、手鏡をできるだけ遠ざけて、全体のバランスをみる。

「よし」とつぶやいて、手鏡をハンドバッグに戻し、立ちあがった。

そのとき、ひとりの男が受付を済ませ、ロビーを横切ってきた。

スーツを着ているが、ネクタイを緩めて襟もとのボタンをはずしている。真っ黒に日焼けしている顔は一見、年齢不詳で、工事現場の作業員を思わせる。

野太い声で男はきいてきた。「小宮愛子さん？」

話し方から察するに、見た目よりもずっと若いようだ。三十代後半ぐらいかもしれない。

「はい」と愛子は応じた。「小宮はわたしですが」

「竹下篤志《あつし》といいます。竹下みきの父親です」

「ああ、みきちゃんの。そうでしたか。どうぞカウンセリングフロアへ……」

「いや」竹下は渋い顔で首を横に振った。「ここでいい。嵯峨先生に言伝《ことづて》を頼めるかね」

「なんでしょうか」

「うちの子のことなんだが、こちらにその、カウンセリングの申し込みをしたことになってると思うんだが」

「ええ。きのう、お母さまとご一緒においでしたよ。きょうから登校前の時間に、こちらに寄っていただくことになってますが」

「その件だがね」竹下は咳《せき》ばらいをした。「それは、こっちの行きちがいでね。わざわざお願いしておいて恐縮なんだが、もうこちらへごやっかいになることはないと思う」

「どういうことでしょうか？　お母さまには、ちゃんと申し込みの手続きをしていただいてますが」

「それは香織《かおり》が、つまりうちの家内が、勝手に勇み足をしてしまったんだ。みきが望んだことではなかった」

「でもきのう、みきちゃんと話したところ、ご本人もカウンセリングを希望していました。いろんな悩みについてもわたしにうちあけてくれましたし」

竹下は苛立《いらだ》ちをあらわにした。「とにかく、香織がなんらかの契約を申し込んでいるなら、解約させてもらう。代金も払っておく。だから、この話はなかったことにしてもらいたい」

「しかし、みきちゃんご本人と、お母さまのご意見もうかがわないと」

「そのことなら、きのう話がついた。本人も承知した。私からふたりによくいってきかせておいた。みきは、ちゃんと学校に通わせる。だから、これ以上お世話になることはないということだ。では、これで失礼」

「お待ちください」愛子は呼びとめた。「なにか誤解なさっているようですが、カウンセリングというのはあくまでご本人の意志を尊重して行なわれるものです。たとえお母さまが申し込まれても、初回は無料で面談して、相談者の方のご希望をうかがって、そのうえでお手続きいただくことになっています。きのうはその初回だったんです。ですからお金はまだお支払いいただく必要はありませんし、解約されるのも相談者の方の自由です。ですが、それはみきちゃんのご希望としてうけたまわらないと」

「だからいってるだろう。みきはそれを承知してる。それとも、みきの念書を持ってこいとでもいうのか」

「いいえ、そのようなものは必要ありません。ただ、わけをおきかせ願えないかと」

竹下はため息をついた。

「小宮さん」と竹下はいった。「うちの子が学校に行きたくないといっているのは知ってる。帰ってくるなり、自分の部屋に閉じこもってるのもな。だがそれは、うちの問題だ。家族で話し合って解決するべきことだ。よそに相談することではない」

「でも、みきちゃんが毎日すすんで学校に行くようになるためには、いってきかせるだけではだめなんです。みきちゃんは学校へ行きたいという意志はありますが、友達とうまくいかない理由があって、日々ストレスを抱えこんでいるんです」

「おおげさだ。いまのクラスには友達がいないというだけだ。仲よしの友達がひとりいたが、転校してしまったからな。しばらくすれば慣れる。努力して、まわりに溶けこむことも覚えていかなけりゃならん」

愛子は、自分が冷静さを欠きつつあるのに気づいていた。

こんなとき、倉石室長や嵯峨科長だったら、どんなに相手が激昂《げっこう》しようと顔色ひとつ変えず、冷静に相手を説得できるだろう。優秀なカウンセラーは、どんな相手も怒らせたりはしない。

しかし、わたしはまだほんの駆けだしだ。自分の感情があらわになっているのに気づいていても、ほかにどうしようもない。

愛子はいった。「きのう、みきちゃんは、ご家庭でも悩みをきいてもらえないといってました。彼女は相談相手がほしいと感じています。一緒に考えてくれる人を欲しているんです。失礼とは存じますが、お父さまはふつうに会話しておられるつもりでも、お子さまはすなおに悩みをうちあけることができなかったんです」

「わかった、わかった。私が父親としての自覚がたりないとか、そういう話だったんだろう。香織がいいそうなことだ。これからはよく子供の悩みをきいてやることにする。だからもう、かまわんでくれ。わかったな」

愛子は口ごもった。

はい、と答えてしまえばどんなに楽なことだろう。この父親の言い分を相談者の申し出として受けいれてしまっても、上司に咎《とが》められることはあるまい。むしろ、ここで刃向かうほうがカウンセラーとして許されないことだった。

未成年者の場合、法的には本人よりも保護者のほうに責任があるわけだから、保護者の意見も尊重しなければいけない。

でも、きのう、みきは泣いていた。ふたりきりで話したとき、みきはいった。お父さんはこわい。喋《しゃべ》れない。

勇気を奮い立たせ、愛子は竹下に告げた。「お父さまが前向きな努力をされるのはおおいに結構なことです。しかし、お勤めもありますからお子さまの心理をじゅうぶんに把握されるのもむずかしいでしょう。わたしはそのお役に立ちたいと思っているのです。みきちゃんのような症例は、それほどめずらしいものではありません。しかし心因性の緘黙《かんもく》症といえども、放置すれば、さらなる精神疾患につながることもあります」

「うちの子を異常者よばわりするつもりか！」

「いいえ。断わっておきますが、正常異常などという区分は無意味です。たとえ重度の統合失調症患者であってもです。というより、症例をどう評価するかは専門家の見方であり、一般のかたが憶測で判断するべきものではありません。それは単なる差別です。なによりもお子さまがかわいそうです」

「なんだと！」篤志の顔は怒りで真っ赤になっていた。「屁理屈《へ》をこねて、金をむしりとろうってのか！」

そのとき、嵯峨の落ち着き払った声がきこえた。「いや。屁理屈ではありません。彼女の言い分は、非常に正確です」

竹下はびっくりしたようすで振り返った。

嵯峨はすぐ後ろにたたずんでいた。

愛子は戸惑いがちにいった。「嵯峨先生……。おはようございます」

「おはよう」と告げてから、嵯峨は竹下に向き直った。「こんな朝方からどうされたんですか？」

「すみません。ただ、うちの子のことで話をしに来ただけで。つい、かっとなりまして」

竹下はそういったが、まだわだかまりが残っているらしく、硬い顔をしていた。

「そうですか。私でよければ、なんなりとおたずねください」

「いや、もう話は終わったんです。子供の教育は、親がすることです」

「ですが、お子さんを学校に通わせるのには反対されていないんでしょう？　お子さんの教育の一端を、学校という機関にあずけることには賛成なのですね」

「学校と、こういうところとは違います。うちの子に催眠術をかけるなんて……」

「催眠術？」嵯峨は眉《まゆ》をひそめた。

「きのう、家内が持って帰った名刺にそう書いてありましたよ」

「ああ、催眠療法科という肩書のことですね。ご心配には及びませんよ。催眠療法は、カウンセリングの手段のひとつにすぎません。本質的には、私たちは相談者の方の悩みをきき、対話によって、心の奥底にある弊害をとりのぞこうとしているんです」

「しかし、催眠術をかけたりするんでしょう？　うちの子に、悪い影響があったらどうします？」

「それは誤解です。催眠誘導は、単に相手の無意識の領域に接するための手段でしかありません。催眠とは、相手の理性のはたらきを鎮めて、おだやかな気持ちで会話をさせるために行なうんです」

「しかし、マインドコントロールが解けなくなることも、あるっていうじゃないですか」

嵯峨は笑いを浮かべた。「マインドコントロールという学術用語はないんです。あれは、マスコミでいわれているだけのものです。その意味するところも、宗教的な洗脳のことでしょう。催眠とはまったく異なるものです」

「だが、子供が意志の力をなくして、先生方のいいなりになるわけでしょう。私は催眠術というのはテレビで観たことぐらいしかないが、自分の子供をああいう目にあわせたくないと思うのが、親心じゃありませんか」

「テレビで行なわれている催眠術は、おおげさに誇張されたものです。催眠とは本来、療法に用いられるものです。小宮さん、説明してください」

竹下がむっとした顔でこちらを見やる。

愛子はためらいながらも声を絞りだした。

「お聞きください……。人間の心は、タマゴの白身と黄身のような二重構造になっています。外側の白身が理性の領域で、意識の領域ともよばれます。黄身にあたる部分は、本能の領域で、無意識の領域です。ふつうの意識状態では、この理性の領域があるので、他人のアドバイスがすなおに聞けなかったり、反発したりします。でも、催眠状態に入ってリラックスすると、理性が鎮まり、白身の部分が薄くなるんです。だから、会話をしても本能の領域で受け答えできるようになりますし、自分でも気づけなかった無意識の悩みが表出して、心の悩みの要因を浮き彫りにすることができるんです」

嵯峨がうなずいた。「竹下さん、卵のような二重構造というのは、ただの喩《たと》え話ではありません。人間の脳は子供のころにできた古皮質を、成長とともにできた新皮質が包んでいます。リラックスすることによって、新皮質の判断を下す部位の血流量が下がるため、古皮質が剝《む》き出しになります。そこでアドバイスを与えてやると、古皮質の深い部分がそのまま受けいれてくれる。これが催眠暗示というものの働きなんです」

「でも」竹下がいった。「そうすると、その状態でよからぬことを耳にしたら、それも受けいれてしまうわけですよね？」

「いいえ。催眠状態は理性の意識水準は下がっていますが、意識がなくなるわけでも、眠ってしまうわけでもありません。ただ非常に落ち着いた心理状態になるのだと思ってください。だから不快なことを命じられればたちまち理性が喚起され、反発します。悪事には利用できないんです」

「だが……副作用とかは？　その催眠とやらのために、薬を打ったりはしないんですか？」

「私たちは医師ではないので、薬の処方はできませんし、そんな必要もありません」

「医者じゃないとすると、どういう職業なんです？」

「カウンセラーです。心を開いて対話できる状態をつくってから、あとは話し合いのなかで解決策を見いだすんです」

「私も親として子供と対話してる。あなたたちにやってもらうまでもない」

愛子は竹下にいった。「みきちゃんが、一輪車に乗れないのを恥じていることをご存じですか？　それが友達づきあいの支障になって、学校へ行きたがらなくなったんです」

「それなら、一輪車の特訓をすればすべて解決するじゃないか」

「無理強いをしてはいけません。本人の意志を尊重しないと……」

「もういい」篤志はうんざりしたように手を振った。「みきは部屋に閉じこもって、テレビゲームばかりしている。だから一輪車にも乗れないし、友達もできない。あいつは甘えてるだけなんだ。香織が過保護に育てすぎたからな」

「でも子育てはお母様だけでなく、ご両親ともに責任が……」

「人の家庭のことに口をはさむ気か。いったいなんの権限があるんだ。出すぎたまねをすると訴えるぞ！」

嵯峨が穏やかにいった。「竹下さん、わかりました。そう興奮なさらないでください。私たちは、家庭内の問題に介入する権限などもっていません。ご家庭で話し合われた結論を伝えに来られたのですから、むしろ私たちは感謝しなければなりません。わざわざどうも、ご足労さまでした」

竹下はそれみろというような顔をして愛子を一瞥《いちべつ》すると、さっさと歩き去っていった。

愛子は不満とともにいった。「嵯峨先生。このままじゃ……」

「いいから。僕にまかせておきなよ。それより、催眠について勉強は進んでいるかい？」

「ええ……。きのうの晩もCDを聞きながらテキストを読み進めました。でも、途中で眠くなっちゃって……」

「催眠と睡眠は違うよ」と嵯峨は微笑した。

「そうですね」と愛子は笑いかえした。

ロビーに靴音が響いた。竹下とすれ違うようにして、受付から倉石がこちらにやってきた。

「あ」嵯峨が頭をさげた。「おはようございます。倉石さん」

愛子もそれにならった。「おはようございます」

「おはよう」倉石は嵯峨と愛子をかわるがわる見た。「朝早くから精がでるな」

嵯峨がいった。「倉石さんも珍しくお早いですね」

「まあ……な」倉石はエレベーターに向かい、ボタンを押した。「ヤボ用でな。けさの会議は九時からにしよう。じゃあ、またあとで」

開いた扉のなかに歩を進め、倉石は階上に消えていった。

首をかしげて嵯峨がつぶやいた。「なんだか元気ないな」

「そうですね」愛子も同感だった。「なにかあったんでしょうか」

「まあ、倉石さんがカウンセリングを必要とする事態にはならないだろうけど」

ロビーに静寂が戻った。けれども愛子は、心が安らがなかった。

竹下みきを放っておくことなんてできない。この上司ならわかってくれるはずだ……。

「嵯峨先生。そういえば、きのう鹿内科長にきいたんですけど。本当なんですか？」

「なにが？」

「相談者でない女性を、救急疾患の疑いありと判断して、尾《つ》けまわそうとしているって話。鹿内科長が、俺まで誘われちゃったよとか言ってましたけど」

「あいつ……ろくなこと喋《しゃべ》らないな。まあ、ない話じゃないけど」

「絶対に必要ありと判断される場合は、たとえ相談を受けていなくても助けていいってことですね？」

「うーん……」嵯峨の顔に翳《かげ》がさした。「竹下みきちゃんのことを言ってるんなら、無理に干渉するべきじゃないと思う」

「どうしてですか？　あの子はきっと救いの手を求めてます。ほうってはおけません」

「……ほうってはおけない、か。僕もきのう倉石さんにそういったな」

「嵯峨先生。お願いです。みきちゃんの家を訪問させてください」

「いや、それはいけない。きみはまず為《な》すべきことがある」

「なんでしょう……？」

「勉強だよ」嵯峨は微笑んだ。「催眠を学びきらないことには、人の役には立てない」

「ひととおり学習し終えたら、みきちゃんのところに行ってもいいですか」

「まあ……ね。表層的な知識だけに留《とど》まらず、深いところまでしっかりと学ぶことができたなら……」

「頑張ります！」と愛子はいった。

嵯峨は心配そうな目を向けてきたが、愛子はもう迷うつもりはなかった。

わたしは竹下みきを救う。あの子はいちど、ここに救いを求めてきた。無視することなんて、わたしにはできない。

花束

倉石は二十階の廊下を室長執務室に向かっていた。

ゆうべは少し飲みすぎたらしい。知可子が立ちさってから、バーで何杯もウィスキーをおかわりして、帰宅したのは午前二時すぎだった。

十三年ぶりの再会だというのに、一方的な催眠の講釈に終始してしまうとは。既視感のある光景だった。心理作用ではない、以前に別れたときも、同じ醜態をさらした。

彼女は典型的な医師だった。人間の健康とは、生体の機能が正常であることだと位置づけている。一方、倉石のほうは心理学の専門家だった。精神衛生を重要視しなければ、本当の健康は得られないと力説した。ふたりとも若いころから野心家だったために、自分の意見を曲げようとせず、職業面の対立を家庭にまで持ちこんでしまった。それが離婚の原因のひとつだった。

けれども、きのうばかりは、その対立を蒸し返すべきではなかった。

知可子はなぜ結婚指輪をしてきたのだろう。復縁を求めているのだろうか。ああなったのでは、そのことも聞けずじまいだ。

いらいらしながら、ドアを開けて執務室に入った。

すると、室内にはひとりの白髪の老人がいた。

昔からの知り合いだった。正確な年齢は教えてくれないが、七十代後半から八十歳ぐらいにはなる。背は一五〇センチ程度と小柄で、ほっそりとやせているが、心身ともに健康でかくしゃくとしている。

剣道と囲碁の師匠が、朝から職場を訪ねてくるとは。いったいどういう了簡《りょうけん》だろう。

老人はそんな倉石の疑問も意に介さないようすで、デスクの上から真鍮《しんちゅう》製のライオンの置き物を手にとり、しげしげとながめている。

「安物だな」老人はぼそりといった。「これは芸術とは呼べん」

倉石はため息をついて声をかけた。「宗方《むなかた》先生」

宗方克次郎《かつじろう》は倉石に視線を向け、置物を机に戻した。「来たか。倉石」

「先生、こんなに朝早くなんの用です。それに、どこから入ったんですか」

「玄関からだ。おまえの病院は変わっとる。入り口にだれもおらん」

「受付の子がいないうちに入ったんですか？　不法侵入になりますよ。それに、ここは厳密には病院じゃありません。……しかし、よくこの部屋まで来られましたね」

「ばかにしとるのか。老人に案内板が読めんとでも？」

「いいえ。しかし、さっきの質問にはまだ答えてもらってませんが。早朝から、なんの用があってたずねてきたんですか」

宗方はふんと鼻を鳴らした。「原因はおまえがいちばんよく知ってるだろう。おまえに忠告しにきたんだ」

「なんですか」

「義をみてせざるは勇なきなり」

「なんですって？」

「孔子いわく、心の欲するところに従えども矩《のり》をこえず」

「なにがおっしゃりたいんですか」

「鈍い男だ」宗方はつかつかと歩みよってきた。「けさ、おまえの嫁から電話があった」

思わずため息が漏れる。知可子はまだ、宗方の連絡先を覚えていたのか。

知可子と結婚したころ、倉石は荻窪《おぎくぼ》の剣道の道場に通っていた。その道場の師範が宗方だった。知可子はしばしば道場に倉石を迎えに来ていたので、宗方とも顔見知りになった。三人で食事に出かけたことも、何度かあったように思う。

すなわち宗方は、ふたりの数少ない共通の知人のひとりだった。

「知可子が、なにをいってきたんです」

「天に在らば比翼の鳥、地に在らば連理の枝」

「だから、格言はやめてください。知可子は、どんなことを電話で伝えてきたんです」

「おまえが気持ちを理解してくれんと不満をこぼしておった」

そういえば十三年前、夫婦喧嘩《げんか》になると知可子はいつも宗方に告げ口していた。倉石を説き伏せることのできる唯一の人物と思ったからだろう。

宗方はそのたびに倉石を呼びだして、格言ずくめの説教をしてきたものだった。

うんざりして倉石はいった。「それは私と知可子の問題です。あなたには関係のないことです」

「そうか？　おまえ、腰痛はその後どうだ？」

「おかげさまで、すっかりよくなりました」

「そうだろう。わしが手ほどきしたとおりに、気功の鍛練をしたのだからな」

「なにがおっしゃりたいんです」

「わしの忠告はいつも、きわめて正しいということだ」

「私の腰痛は坐骨《ざこつ》神経痛でした。カイロプラクティックで治ったんです」

「それも気功の一種だ」

「本気でいってるんですか？　全然違いますけど」

「腰痛が治ったのなら気功だ」

「いいですか、先生。気功による健康法はたしかに効果がありますが、気という未知のエネルギーが体内を循環しているわけじゃないんです」

「なんだと？」

「気功健康法とはようするに、自己催眠とおなじくイメージトレーニングによる自己治癒の促進です。体内に気というものが循環していると仮定し、そのイメージを実感するようになれば、無意識に働きかけがなされて、実際に血行がよくなるという効果が得られるんです」

「血行がよくなったのなら、それは気のパワーによるものだ」

「だから、そうじゃないんですよ。気功健康法はたしかに、広く普及している自己催眠法であるシュルツの自律訓練法より、ずっと行ないやすく、かつ実感も得やすいものです。しかし、気が本当に体内に存在するかのように説いたり、それを信じた人しか学べないように吹聴《ふいちょう》することは、賢明ではないと思います」

「賢明ならば、気の存在を認めるはずだ」

「いいえ。科学的知識が豊富なら、気の実在を説く理論には抵抗を感じるはずです。信ずる人しか救われないというのでは、療法というよりむしろ宗教や信仰です」

「気の力は理論を超越している。放射すれば人を飛ばすほどの力がある」

倉石はあきれて首を振った。「本当にそんなことを信じてるんですか？　それなら剣道の試合でも、竹刀を合わせるまでもなく、相手を吹っ飛ばしてしまえばいいでしょう」

「しかし、気功によって人を飛ばすことができるのは、れっきとした事実だ」

「ええ。でも、気功の人飛ばしは、初対面の人相手にはできないじゃないですか。気功の道場には対掌《トイショウ》という練習法があるでしょう。ふたりが向かい合って手を伸ばし、想像上の気をたがいに押したり引いたりするという、あの練習です。初めのうちは何も感じないのですが、しばらくすると、手に温かさを感じたり、なにかが確かに存在するように感じたりします。これが気の練られた状態だといわれてますが、じつは自己暗示によってイメージが実感できるようになっただけです。そこでいきなり、一方の人が手をぐっと突きだすと、相手も自己暗示によって気の存在を感じているために、身体が押されたように感じて後ろへ飛ぶんです。これが気功の人飛ばしです。だから、なんらかのエネルギーが手のひらから放出されているわけではないんです」

宗方の顔に怒りのいろが浮かんだ。「ばかをいうな。わしは道場の弟子たちに試したが、そんな気の鍛練をしていない連中でも、次々に飛ばしてみせたぞ」

「それは、飛ばないと先生が不機嫌になって竹刀でしばきまわるからでしょう」

「おまえになにがわかる」

「わかりますよ。長年のつきあいですから」

「その得意の屁《へ》理屈で、知可子を困らせたんだろう」

「……知可子がそういっていたんですか？」

「いや。ただ、おまえに話したいことがあったのに、おまえは昔のままだったといっていた。いいか、倉石。女というものは、自分の意見を曲げないものだ。しかし、その女の意見というもの自体、男と話すための方便にすぎんのだ。さして意味があるわけではないのだから、むきになって反論せずともよい。むしろ一歩しりぞいて、女の言い分をきいてやるのが男のつとめというものだ」

「はあ、そうですか……」

「女の気をひきたかったら、とにかく話をきいてやることだ。自分の主張は、口にせずとも自分でわかっておればいい。女は自分のわがままをきいてくれる男に魅《ひ》かれるものだ」

「私はべつに、知可子の気をひきたいとは思ってません」

「野暮なことはいうな。おまえの顔にそう書いてある」

「知可子は、私と話がしたいといっていたんですか？」

「そうはいっていなかった。むしろ、もう会うのはごめんだというような口ぶりだったな」

「じゃ、会うべきじゃないでしょう」

「わからん奴だな。女というのはいつも、心のなかとは反対のことをいいたがる。もう電話はかけてくるなといっておきながら、電話が鳴るのをいまかいまかと待ち望んでいるものだ」

「私は電話番号を知らないんです。いまどこに住んでいるかもわからない」

「それなら、職場へ押しかけていけばよかろう」

倉石は苦笑した。「そんな馬鹿な……」

「花束を持っていくんだぞ」

「はあ？」

「女は、花束をよろこぶからな」

「彼女は病院につとめているんです。花束を持って病院にいくなんて、まるでお見舞いですよ」

「そうだ。見舞いだ。彼女の心は傷ついている。見舞うべきだ」

宗方はそれだけいうと、すたすたと戸口に立ち去りだした。別れの言葉ひとつ告げず、扉の向こうに消えていく。

倉石は呆気《あっけ》にとられたまま、しばし立ち尽くしていた。

こんな歳になって、まるで十代どうしの恋愛に大人が介入してくるような真似を……。ため息とともに、革張りの椅子に身を沈める。

宗方を引っ張りだしたか。彼女の作戦は功を奏したことになる。彼女のほうが一枚うわてだった。昔と同じように。

舌打ちして、受話器に手を伸ばしながら倉石は思った。ここから病院までの道のりに、花屋はあったかな。

読心術

夕方六時すぎ。

嵯峨は、原宿の竹下通りから路地に入り、七階建てのマンションの前に立った。

けさ、鹿内からきいた住所は、まちがいなくここだ。二輪置き場にも、あのヤマハのロゴを貼り付けた中国製原付バイクがある。

下北沢の入絵由香の部屋とは対照的に、実相寺が借りているのは真新しく、しゃれた造りのマンションだった。たぶん家賃は、占いの店の真のオーナーが払ってくれているのだろう。

エントランスに暗証番号のロックはなく、管理人室にもひとけはない。さいわいだった。

嵯峨はマンションのなかに歩を進めた。

入居者の郵便受けをみると、五〇二号室に実相寺則之の名があった。

エレベーターに乗り、五階まであがる。

廊下を進んでふたつめの扉に、実相寺のネームプレートが掲げてあった。

ネクタイが曲がっていないのを指先で確認してから、嵯峨はインターホンのボタンを押した。

受話器をとる音がして「はい」という無愛想な男の声がした。

嵯峨は落ち着いた声でいった。「〈東京カウンセリング心理センター〉の嵯峨敏也です」

しばし間を置いたあと、扉が少しばかり開いた。チェーンがかかっている。

不機嫌そうな実相寺の顔が、そのすき間からのぞいた。「なんの用だ」

「重要なお話があってまいりました。入絵由香さんのことにつきまして」

「あんたひとりか？　連れはいないな？」

「はい」

「なんでここがわかったんだ」

「お近くに住んでおられることは察しがついていたので、探したんです」

「それで、話ってのはなんだ」

「くわしくお話ししたいんですが。扉を開けてもらえますか？」

「このままじゃ話せないってのか」

「重要な用件ですから。それに、あなたもモニターをみていないと不安でしょう？」

実相寺はぎょっとした。「そんなことまで知ってるのか。いったい、どうしてだ」

「だから、説明させてもらいますよ。扉を開けてください」

「ったく、しょうがねえな。ちょっと待て」

扉がいったん閉じた。チェーンがはずれる音がして、またおもむろに扉が開いた。

「お邪魔します」嵯峨はなかに踏みいった。

典型的な単身者用の部屋だった。六畳ほどのリビングと、四畳半ほどの寝室、それに小ぶりのキッチンがあるだけだった。キッチンのわきにある扉はユニットバスらしい。

リビングにはソファが置かれ、その真向かいにハイビジョン液晶テレビが据えてある。

画面には、丸テーブルと二脚の椅子が映っていた。入絵由香のチャネリングの店、その店内のようすだった。

嵯峨はきいた。「これは生放送ですか?」

「ああ」実相寺が答えた。

「もう六時をまわってるのに、なぜ入絵さんがいないんですか」

「遅刻だ。こんなことは初めてだ。彼女の家に電話したんだが、誰もでない。まさか、またあんたがちょっかいを出したんじゃないだろうな」

「とんでもない。ただ、彼女が遅刻したからといって、責めるのはまちがってます」

「なぜだ」

「前にもお話ししたように、現状のまま入絵由香さんを働かせるべきではないんです。入絵由香さんは多重人格障害にあると思われます。よって、医師の治療を受ける必要があります」

「多重人格？」実相寺は眉《まゆ》をひそめたが、直後に笑い声をあげた。「なるほど、そうきたか。宇宙人に変身するのは多重人格だからってか。だが、人間はみんな多重人格だ。俺もむかし、バンド仲間にそう呼ばれたもんだ。女の前になると性格が変わるってな」

「あなたは多重人格という言葉をまちがって解釈しています。人の性格は一元的でなく多面的であるため、日常のさまざまな局面や、出会う人によって言葉づかいや態度は変わるものですが、それは多重人格ではありません。強いていうなら、八方美人と呼ぶべきものです」

「説教はやめろ」実相寺はウィスキーのボトルを手にとった。

嵯峨はいった。「多重人格障害とは、もっと深刻な精神障害です。自分のなかに、完全に独立した人格が存在するんです。別の人格に交代しているあいだのことは、忘れてしまいます」

「忘れてしまうって？」

「つまり彼女の場合、ふだんは宇宙人になっていたときのことを覚えていないはずです。また、宇宙人になっているときには、自分が入絵由香だということも忘れています」

「……馬鹿馬鹿しい。彼女はふつうに話すことができるし、めしも食うし、給料もしっかり受けとってくんだぞ。いいか、事実上の経営者である俺が、はっきりといっておく。入絵由香は正常だ。おまえさんのカウンセリングとやらの世話になる必要はない」

「というと、彼女は本当に宇宙人とテレパシーで交信しているとおっしゃりたいんですか」

「ばかをいえ。そんな質問は野暮というもんだろ。占い師にかぎらず、商売人なら演出はつきものだ。演出だよ、演出」

「なるほど。彼女は故意に演技をしていると判断されているわけですね。でも、入絵由香さんの口から、わたしは演技をしていますときいたことはいちどもないでしょう?」

「ああ。たしかに、あいつは口が堅いからな。突っこんだ話をしようとすると、のらりくらりとはぐらかされちまう。だが、あいつは本当にすごいんだぞ。テレパシーとはいわないが、相手の心を読むことができるんだ。多くの客が集まるのもそのためだ。おまえさんのいう多重人格とか、そんなわけはないんだ」

「心を読むというと、どんなことですか」

「客が思い浮かべた状況を、体感的に知ることができるらしいんだ。あれには驚いたよ。赤いところで、暑いところですねとか、青いところで、騒がしいところですねとか、色とか、感じたこととかを読みとっちまうんだ。すごいだろ」

嵯峨はまったく驚かなかった。

その能力の秘密は、ほぼ見当がついたからだった。

ふいに実相寺は、はっとした顔で嵯峨を見た。「こんな話をきいたからって、彼女を引き抜こうとしてもむだだぞ。俺が許さねえからな」

「そんなつもりはありませんよ。それで、あなたはその入絵由香さんの読心術について、どうお考えなんですか？」

「さあな。宇宙人の力を借りてるとはいわねえ。だが、恐ろしく鋭い勘の持ち主だってことはいえるな」

心理学の知識ゼロか。厄介な相手だ。

それなら、説明よりも実際に体験してもらうまでのことだ。うまくやれるかどうかわからないが……。

「実相寺さん。もし、うんと儲《もう》かったら、どんな生活がしたいですか？」

「なぜそんなことをきく。いまがベストだ」

「そんなはずはないでしょう。いいから、考えてみてください」

実相寺は取り合わないふりをしているが、それは意識的に反発しているだけに相違ない。無意識の領域は、いまの嵯峨の言葉に反応し、ぼんやりと空想にふけることを促す。ウィスキーのせいで酔っぱらって理性の働きが鈍っているのも好都合だった。おかげで、表情の変化が読みとりやすくなる。

嵯峨はいった。「黄色いところ。音楽を演奏している。これまでに行ったことがある場所です」

ふいに実相寺はむせて、苦しげに咳《せき》ばらいをした。

それがおさまると、目を丸くして嵯峨を見つめてきた。「なぜわかったんだ」

「なにがです」嵯峨は意地悪くきいた。

「いま俺がぼんやりと考えてたことだ。いま渋谷の〈サージ〉っていう、一流のライブハウスでギターを演奏するのを想像してた。〈サージ〉の照明はオレンジいろ一色だ。あんた、あの女とおなじ力が使えるのか。そういえば、以前あんたは俺が好きなパチンコ台の名前や、一万円札をたびたびなくすことをいい当てた。いったいどうしてなんだ」

やれやれ、と嵯峨は思った。「あなたは催眠術師だっていうじゃありませんか。そのあなたが、この程度のことで驚くんですか」

「催眠術と、これとはちがう。どんなからくりなんだ、教えろ」

「まあ落ち着いてください。ちょっとおたずねしますが、あなたは催眠という学問を、きちんと勉強されたのですか？」

「俺は海外で十五年間修業した。フランスやドイツの催眠の権威にも認められたんだ」

「催眠の権威？　誰です？」

嵯峨のあきれ顔に気づいたのか、実相寺は投げやりにいった。「わかったよ。本当は本を読んだだけだ。だが、催眠術のかけ方ならちゃんと覚えてるぞ」

「かけ方？　催眠とはほんらい、かけるものではなく誘導するものです。催眠状態に入れる、という表現が適切です。それに、催眠術という呼称自体に非科学的な響きがこもっています。正しくは、催眠法または催眠誘導法というべきです」

実相寺の怒りは頂点に達したようだった。ソファから跳ね起きるように立ちあがると、大声で怒鳴った。「でてけ！」

「いえ。出て行きません。あなたがどんな仕事をされようと勝手ですが、それによって迷惑をこうむる人々のことを考えたことがありますか。催眠療法を受けるべき人はたくさんいるのに、いまだに催眠がオカルトと混同されがちなために、二の足を踏んでいる人も少なくありません。不勉強な人間がマスコミを通じて、非科学的な知識をさももっともらしく喧伝《けんでん》することが、どんなに罪なことかわかっておいでですか」

「な……なんだと？」

「あなたの理想がライブハウスでギターを弾くことにあるのなら、おそらく催眠は有名になるための手段として安易に利用しただけでしょう。あなたはそれでいいのかもしれない。しかし、ちょっと知識をかじった程度で、権威を気どろうとしてはいけません」

「だまれ！　おまえにいったい何が……」

実相寺は口をつぐみ、モニターを見やった。

そこに動きがあったのを、目にとめたらしい。

画面のなかでは、入絵由香がハンドバッグをテーブルの上に置こうとしている。

「やっときたか」実相寺は携帯電話を手にとった。

店に電話を入れるつもりらしい。

ところが、実相寺が電話をかけているというのに、由香は呼び出し音にまったく反応せず、椅子に座ったままだった。

嵯峨は妙な気配を感じた。

いつもの由香なら、背すじを伸ばして身を硬くして座っているはずだ。しかし、いまはコートも脱がず、疲れたようにぐったりと背もたれに身をあずけ、うつろな目で虚空をみつめている。

実相寺が携帯電話を耳に当てたまま、苛立《いらだ》たしげにつぶやいた。「なんで電話にでないんだ。早くでろ」

嫌な予感がする。

昨晩、帰宅した彼女は宇宙人の笑い声をあげた。夫が叱咤《しった》すると、今度は泣きだした。あの急激な感情の変化と、いまの由香の態度には、なにか関係があるのではないか。

ドアがあく音がして、カジュアルな服装の高校生ぐらいのカップルが画面に入ってきた。

「ちぇっ」実相寺は電話を切った。「客だ。連絡はまた後だな」

ふたりの客は戸惑いがちに立ちつくしていたが、やがて男のほうが由香にぼそぼそとたずねた。「あの、座ってもいいですか」

由香はなにもいわない。

嵯峨はいった。「なにか変だ。ようすを見に行かないと」

「駄目だ」実相寺が怒鳴った。「店の責任者は俺だ。勝手なまねをするな」

由香は放心状態のままだった。カップルの客は困惑した表情を浮かべている。

「ふん」実相寺はボトルをあおった。「また新手の演出を考えてきたわけか」

怒りを覚えて、嵯峨は実相寺に告げた。「まだわからないんですか。あれは演出なんかじゃない。解離性健忘が持続しているのかも。ほうっておいてはいけません」

「勝手なまねをするなといってるだろう！」

モニターからは、男の客のたずねる声がきこえる。「あのう、ここはチャネリングの店ですよね？」

由香は答えなかった。また沈黙が流れる。

実相寺は、ふんと鼻を鳴らした。「みんな俺を馬鹿にしやがる。大学をでてねえとか、ギターがへたくそだとか。催眠術をやりだしたら、年端もいかないガキどもが、口をそろえていんちき呼ばわりしやがる。しかも今度は、本物の催眠術の先生がおでましになり、大事な商品を連れさろうとしてやがる。俺のめしのタネをな。どいつもこいつも、なんで俺のやることにケチをつけやがるんだ！」

嵯峨は黙って、実相寺を振り返った。

両手で頭をかきむしっていた実相寺が、顔をあげて嵯峨を見つめてきた。「嵯峨とかいったな。あんた、大学はでてるのか」

「ええ……」

「ふん、そうだろうな。あんたは、催眠術をかけられるのか」

「相談者を催眠誘導するための理論と実践を学んだかという意味でしたら、それは可能です」

「よせ。そんなむずかしい言葉は理解できん。もっとわかりやすくいえ。他人に催眠術をかけて、たとえば、鳥になれと暗示をかけて、そのとおりにできるのか？　意のままにあやつることができるのか？」

「相手を催眠状態に入れることができれば、理性の反発を受けず、こちらの暗示の通りに無意識的に動作させることは可能です。鳥になるという暗示に反応して、手をはばたかせる人や、くちばしで餌をつつくような動作をする人もいるでしょう。しかしそれは、意のままにあやつっているというより、本人の無意識のイメージが表出したにすぎません。もっとも、はた目からみれば、意のままにあやつっているようにみえるでしょうがね。いわゆる催眠術ショーというのは、そういう観客の思いちがいを利用したものです」

「原理は知ったことじゃないが、少なくとも、あんたが催眠をかければ、相手は鳥のように手をはばたかせるわけだな。どうやったらうまくいくんだ」

「見せものとして催眠をうまくやってみせる秘訣《ひけつ》はわかりません。相手の被催眠性にもよりますし、催眠誘導のスピードも、相手によって個人差があります。それに、自律神経系の副交感神経のほうが交感神経よりも優位に機能しがちな人の場合は、催眠状態が深まっても身体が弛緩《しかん》しつづけるばかりで、いっこうに動作が起きないこともあります。この場合、鳥になるという暗示を与えられても、本人の心のなかでは鳥のイメージがわいていますが、手をはばたかせるなどの動作の反応は起きません。実際には催眠状態に入っているにもかかわらず、こういう状態では『催眠術にかかっていない』と観客は判断してしまうでしょう。催眠を見せものにすることには、ほんらい無理があるんです」

「なるほどねえ。俺もあんたぐらい雄弁だったら、番組のディレクターに恥をかかされずにすんだかもな」

嵯峨はモニターに目をやった。

カップルはなにかささやき合いながら、辛抱づよく待っている。由香はあいかわらず放心状態のままだった。

いや、前よりも異常がみられる。目はうつろなままだが、手や肩がぶるぶると震えだしている。

「やはり彼女のようすは変です。店に行ってみます」と嵯峨は、部屋をでようとした。

「だめだ」実相寺が嵯峨の腕をつかんできた。「何度いったらわかる。入絵由香は占い師なんだ。給料をもらっている、プロの占い師なんだぞ。営業時間内はきっちり仕事をしてもらう。それがプロのつとめだろう」

「あなたは事実上の責任者だといってましたが、彼女を雇うにあたって、契約書を作られましたか。正式に雇用しているという契約がなければ、あなたの主張は無効です」

「契約書なんかない。だが彼女は、自分から売りこみに来たんだぞ。雇ってくれというから、俺がプロダクションの社長に頼んでやったんだ。入絵由香自身が希望したことなんだ」

「彼女は多重人格障害の疑いがあるといったでしょう。彼女の雇用を決めた時点で、どんな話し合いがなされたのかは知りませんが、彼女に責任能力があったかどうかは疑問です」

「由香は正常だ。あんたは、仕事中の彼女だけを見て、勝手な判断をしてる。だが、勤務時間以外は正常なんだ。俺と晩飯を食うときの由香は、きょうは客が多くて嬉《うれ》しかったとか、そういう話をするんだぞ。いったいどこが異常だというんだ」

「それはおそらく、別の人格に交代しているときのことでしょう。彼女は理恵子という勝気な女性に変身することもあります。その場合は、まったくふつうに会話ができるんです」

「……いや。たしかに、そんな戯言《ざれごと》をいうときもあったが、あのときは違った。レストランで、ちゃんと自分が入絵由香だと認識しながら、おだやかにいったんだ。客が多くて嬉しかったとな。あんな態度は、ほかの客には見せないんだ。俺に対しても、一緒に仕事をはじめてしばらく経ってからやっと、そういう態度を見せるようになった。あいつはふだんから演技してるんだ。客相手じゃなくても、うちとけないうちは占い師としての自分を演じつづけているんだ。そうしないと、自分の職業の秘密を知られちまうからな。マスコミに、チャネリングは芝居でしたと書かれてみろ、すべて終わりだ。彼女はそれを警戒してるんだ」

奇妙だ、と嵯峨は思った。

由香は家にいるよりも、実相寺と一緒にいるときのほうがくつろげるのだろうか。夫よりも実相寺のほうが心を許せる存在だというのか。

とはいえ、それで由香がこの仕事をつづけてもよいという理由にはならない。

「実相寺さん。多重人格といえども、ふだんの生活に支障はないんです。くつろいでいるときのようすからは、とても精神疾患があるようには見えません。でも彼女がまったくの健康体だというのなら、いまのこの状態をどう説明するんです」

嵯峨はモニターを指さした。

若いカップルはすでに愛想をつかして出ていってしまった。次の客はOL風の女性だったが、やはりなんの反応も示さない由香に、苛立ちを募らせているようだった。

「いいですか」と嵯峨はいった。「もしこれが演出なら、なぜ客が帰るまでつづける必要があるんです。これでは商売にならないでしょう」

「だ、だが……俺はどうしたらいいんだ。入絵由香のマネージャーだぞ。いまはそれ以外、収入源がないんだ」

モニターから客の抗議する声がきこえた。ちょっと、いいかげんにしてください。画面のなかの由香はただぼんやりと虚空をみつめるばかりで、宇宙人になる気配すらない。

すぐにも駆けつけたいところだが、できれば実相寺の了解を得たかった。これ以上、状況を混乱させたくない。

嵯峨は実相寺に告げた。「あなたがなんといおうと、私は彼女を救わねばなりません」

「俺は救われなくてもいいってのかよ。あんたのおかげで、俺は仕事を失うんだぞ」

「臨床心理士はハローワークでも悩み相談を受け付けてます。再就職がご希望なら……」

「ふざけるな！　なあ、おい。どうしても出すぎた真似がしたいってんなら、さっきの秘密を教えろ」

「秘密？」

「読心術の秘密だ。あんたや由香がやっていた方法には、どんな秘密があるんだ」

「どんな目的に使われるつもりです」

「あんたの知ったことじゃない。さあ教えろ」

「わかりました、あとで教えます」

「だめだ。いまここで説明しろ。そうでなければ、この部屋からは出さん」

「……じゃあ、五分だけ説明します。これは臨床心理士にとって必須《ひっす》の技能ではありませんが、カリフォルニア大学サンフランシスコ校の心理学教授であるポール・エクマン、すなわち感情研究の世界的権威が、顔面の筋肉を測定するツールであるところの、表情記述法を体系化させました。すなわち、感情がどう起こり、表情にどのようなかたちであらわれるかをチャート化したもので、カウンセラーにとっては非常に有意義なものであることから、臨床心理士資格認定協会の求める学術知識とは別に、独自に習得しようとする臨床心理士が増えていて……」

「歴史の講釈はいい。理論もどうでもいい。俺も、人の心が読めるようにしろ」

「簡単にいうと、無意識のうちに表情に感情があらわれているんです。たとえば、さっきあなたがライブハウスでの演奏を思い浮かべていたとき、自然な心地よさと喜びを感じているとわかった」

「知らないうちに顔がにやけていたってのか」

「いいえ。まったく笑ってませんでしたから、ご自身にとっては感情が読まれるはずがないと思っていたでしょう。でも眼輪筋が収縮してました」

「眼輪筋？」

「誰も眼輪筋を自発的に収縮させることはできません。喜びを感じないかぎりはね。あなたにそのような反応が表れていたから、心の奥底で希望されているミュージシャンになる夢が実現した瞬間に違いないと思ったんです」

「黄色いところってのはどうしてわかった？」

「表情筋の緊張、もしくは弛緩《しかん》のていどによって見当をつけます。想起している視覚的イメージが青色だったときには、表情筋の緊張がわずかに解けて、なごやかな顔つきになります。赤か黄の場合は逆に表情がこわばります。これは色のイメージが感情に働きかけるからです。脳が活発な状態にあるとき、ベータ波という脳波がでているのですが、本人が青色を思い浮かべるだけでこのベータ波が減少し、沈静効果が生じるので、それが表情筋に表れるんです。赤と黄はいずれも緊張を喚起するのですが、その性質が異なっています。赤は刺激的で興奮を引き起こし、血圧が上昇して新陳代謝が促進されるなどの作用をもたらします。黄は警戒心を喚起させるので、生理的な嫌悪を感じて抵抗感が生じます。だから、顔がこわばったうえで、それ以上の変化が見られなければ赤、表情に嫌悪感やおちつきのなさが見てとれた場合は黄と思われます」

「へえ……。なあ、漫画で読んだんだが、左上を見つめていたら前に見たことがあるものを思い出してるとか、右上を眺めていると空想だとか、そんなのがあったが、あれと同じか？」

「いいえ。その漫画は『ライアーゲーム』でしょう？　よく読めば、それは俗説にすぎなくて、登場人物も状況の裏をかくのに使っただけとわかります。優れた漫画です」

「ほかのドラマでもやってたぞ。さも本当のことのように言ってた」

「脚本家の知識が古かったんでしょう」

「視線の向きで催眠のかかりやすさが判るって漫画があった」

「事実ではありません。視線の向きと思考の因果関係は、昔は大脳生理学的に証明可能かもしれないといわれたこともあったんですが、いまでは疑似科学だろうとされています」

「昔っていうとどれくらいだ」

「さあね。十年ぐらい前でしょうか」

「十年前なら、あんたも俺もその俗説を信じていたかかな？」

「そうかもしれませんね。科学は日進月歩です」

「由香は百円玉が左右どっちのこぶしに握られているかを、いい当てることができた。あの秘密も知っているか」

「ああ……。テレビで観ましたが、あれは表情とは関係ないですね。硬貨を握っているほうの手は、からの手に比べて白ばみます。硬貨があるぶんだけてのひらが圧迫され、血の気がひくからです。由香さんはそれを直感的に見てとっているんです。なぜ自分が当てられるのかもわかっていないでしょう」

「わかってない？」

「表情の観察もそうですが、入絵さんは理論を学んだわけではなくて、持ち前の勘によって微妙な変化を感じ取っているのだと思います。『レインマン』という映画、観ましたか？」

「ダスティン・ホフマンの？　ああ」

「彼の演じる役のモデルは実在の人物で、サヴァン症患者のキム・ピーク氏です。ピーク氏は欧米ではその驚異的な記憶力で名を知られたわけですが、自閉症との因果関係は不明とはいえ、脳の限定的な機能において飛躍的な高まりをみせることは、脳障害や精神疾患を持つ人々にしばしば見受けられます。入絵さんのケースもそれに似ているかもしれません」

「ジャンケンもか？　彼女はジャンケンも負け知らずだった」

「それもテレビで観ました。僕はこう推測しています。人間の指先は、内側の収縮する筋肉のほうが外側の伸長する筋肉よりも感覚的に優位になっています。力を入れようとすると、外側よりも内側の筋肉のほうが反応しやすいんです。ですから、りきんでいる人ほどグーをだす確率が高まり、次にチョキ、最後にパーの順です。相手の口もとを見れば、どれだけ相手がりきんでいるかを察知することができます」

「……あんた、ずっとそんなことばかり考えてるのか。ほかに趣味とかないのか」

「さあ、べつに。仕事熱心だとはよくいわれますけど」

「そんな知識があるなら、女の子相手に野球拳《けん》を試そうとかは……」

「思いません」

「だろうな。俺とは根本から違う人種のようだな、あんたは。そうだ、あれはなぜわかった? 俺がハイパー波物語に嵌《はま》ってて、万券がときどきなくなるってのは」

「それは……」

ふいに、モニターに動きが表れた。

男たちがずかずかと店内に踏みこんできた。そのうちひとりは、例の太った男だった。連れは由香のマンションの前で見かけたふたりだ。

由香はなおも、ぼうっとしたまま椅子に身をあずけている。

太った男が告げた。「入絵由香さんだな。捜査二課の者だ。日正《につしよう》証券の件でたずねたいことがある。参考人として、署までご同行ねがいたい」

もうひとりの男が由香の腕をつかみ、引き立てようとした。「さあ、来るんだ」

「いや！」由香が声をあげた。「やめてよ、やめて！」

悲鳴に近い叫び声。本気で恐怖を感じているようだ。身をよじってはげしく抵抗し、幼児のように泣きわめいている。

実相寺がぼんやりとつぶやいた。「あいつら、いったい……」

嵯峨はもう、ここに留《とど》まっている気はなかった。身を翻し、玄関に駆けだした。


マンションをでて、嵯峨は店に向かって走った。

黄昏《たそがれ》どき、薄暗くなった路地を全力で駆け抜けていった。

捜査二課。日正証券。それらがどんな意味をもつのか、まったくわからない。だが、そんなことは問題ではない。

あの男たちは、由香を力ずくで連行しようとしている。それも、泣きわめいて抵抗している由香を。

彼女の精神状態がどれだけ追い詰められているのか、あいつらはわかっているのか。恐怖はいまの彼女にとって苦痛でしかない。殴打を浴びせられるのと同じだ。

竹下通りにでた。

〈占いの城〉の前に人だかりがしている。好奇心旺盛《おうせい》な若者たちが、店の入り口を遠巻きに囲んでいる。

制服警官たちが、やじ馬たちを遠ざけようと必死になっていた。

物見高い原宿の若者たちが視線を向けているのは、入り口から連れだされてくる由香の姿だった。

由香は半地階になった店の出口に座りこむようにして泣きじゃくっていた。

太った男とその連れが、やれやれ、そう言いたげなようすでにやけながら、その手を引いている。

群衆の笑い声が嵯峨の耳に届いた。入絵由香を、初めてテレビで観たときと同じだ。精神疾患についてまるで無頓着《むとんちゃく》な大衆による嘲笑《ちようしよう》。

嵯峨は人を押しのけて走りでた。警官が呼びとめる声がした。由香のもとに駆けよろうとしたとき、わき腹に痛みが走った。

コートを着た男のこぶしが、嵯峨の横っ腹にめりこんでいた。

とっさに防衛手段をとったのだろう。彼の目には、僕が暴徒も同然に見えたのかもしれない。

だが、違う。僕は彼女を守りたいだけだ……。
激痛が走り、嵯峨はその場にうずくまった。
泣き叫ぶ由香の声、なにも知らないやじ馬たちのどよめきが、嵯峨の耳に届いていた。

顔面神経麻痺

夕方、六時半。

根岸知可子は、板橋区にある高見沢病院を訪ねていた。

数週間前、ここで例の脳損傷患者の緊急手術をした。

浜名《はまな》典子《のりこ》、二十三歳。未婚の母。自殺未遂による開放性脳外傷。

すでに意識は戻っていて、快復傾向にあるが、前途は多難だった。

彼女の息子、大輔《だいすけ》は別の病院に入院している。現在もまだ意識不明のままだ。

母親がパチンコに興じて、幼い子供をクルマに置き去りにした。倉石は被催眠性が高かった場合は酌量の余地があるといった。

でもわたしは、そうは思わない。子供をあんな辛《つら》い目に遭《あ》わせるなんて……。

入院棟に向かうと、なぜかナースステーションがあわただしかった。

看護師が知可子に目をとめ、駆け寄ってきた。「すぐ浜名典子さんの個室にいってください」

　知可子は驚いてたずねた。「なにがあったの?」

「わかりません。とにかく急いでください」

　どうしたというのだろう。知可子は胸騒ぎを抑えながら、足ばやに病室に向かった。

　浜名典子がベッドに横たわっている。

　そこには白衣姿の医師がいた。看護師も三人いる。

　患者の異変はすぐに見てとれた。

　典子は顔の筋肉を痙攣《けいれん》させ、目を剝《む》いていた。話すこともできないらしく、唸《うな》るような声をあげている。

　啞然《あぜん》として、知可子はきいた。「どうしたんですか、いったい」

　医師が金ぶちの眼鏡を通して、知可子を見つめてきた。鋭い目つき。

　顔見知りだった。高見沢病院の脳神経外科医長である高瀬《たかせ》だ。

　高瀬は冷ややかにいった。「見ておわかりのとおりです。極端な顔面神経麻痺《まひ》ですな」

「でも、いったいなぜ……。きのうまではなにごともなかったのに」

「あなたは執刀医だ。原因は、あなたがいちばんよくご存じのはずじゃありませんか」

　動揺しながらも、頭のなかで手術の経過を想起する。たしかに困難な手術だった。しかし、脳組織はもちろんのこと、硬膜もいっさい傷ついていなかった。ただ骨折部の骨片をとりのぞき、きちんと組みなおして固定したにすぎない。

なんら異状は認められなかった。

「どういうことです」知可子はきいた。「わたしには思いあたるような原因はありませんが」

「おやおや」高瀬は首を振った。口もとがかすかにゆがんだ。「わざわざ脳外科の権威であるあなたにお越しねがって執刀していただいたのに、こんな簡単な原因さえもわからないとおっしゃる」

知可子は苛立《いらだ》った。高瀬がわたしに対し反感を抱いていることは知っている。本来なら、高見沢病院に運びこまれた彼女を執刀するのは高瀬の役割だった。だが院長は彼では手にあまると思い、わたしに依頼してきた。高瀬はわたしの助手を務めた。それが彼のプライドを傷つけたのかもしれない。

「高瀬先生」知可子はいった。「手術にはなんのミスもありませんでした。あなたも見ていたでしょう」

「どうでしょうかねえ」高瀬は眼鏡の眉間《みけん》を指でおさえながらいった。「脳というのは非常に複雑です。ほんのささいな見落としが重大な問題をひきおこすものです。ごらんなさい、右足も痙攣しているでしょう。これは……」

「説明なら廊下できます。彼女は休ませてください」

「いいでしょう」高瀬は看護師を振り返った。「きみ、浜名さんを安静の状態にしてくれ。それから流動食の用意もたのむ」

はい、と答えた看護師が典子のベッドに寄り添った。

知可子は高瀬とともに廊下にでると、苛立ちをぶつけた。「医師は患者の前では発言に留意すべきです。意識があれば、聞いているかもしれない。手術ミスがあったかのように話すのは賢明ではありません」

「そうですな。申しわけない」高瀬は平然と肩をすくめた。「たとえ事実であっても、患者に知らせないほうがいいこともある」

「事実じゃないわ。手術にミスがあったとは思えません」

「お認めになりたがらない気持ちはお察ししますが、あの状態を見たでしょう。彼女は顔面神経が麻痺し、足にも痙攣がみられる。あきらかに脳の神経の一部が正常な機能を失ってるんです。頭頂部の開頭手術では、ほんのわずかな執刀ミスによってあのような症状が起きます」

「でもそんな……」

「何か月か前にテレビでもやっていたでしょう。NHKの七時のニュースの特集で。アメリカで脳腫瘍《しゅよう》の除去手術にミスがあり、これとまったく同じ症状が表れた」

「わざわざ番組で紹介された症例になぞらえて説明するのは、近くにいる看護師たちにわたしの手術ミスを印象づけたいから？」

「べつに。そういうつもりはないですが」

「高瀬先生。その医療ミスについてはわたしも知ってますが、この患者は違います。オペの最中、わたしはCTやMRI、神経伝導測定器の数値を逐一確認していました。脳血管撮影装置の記録を調べてみたらどうですか？　マイクロ手術機材にも問題はなかったし、初歩的なミスなんか起きようがなかった」

「ミスとは、気づいていないからこそ生じるんです。おそらく骨片を除去するときにわずかな傷がついたんでしょう。初めはごく小さな傷だったので、ここ数日は彼女もふつうに生活していた。しかし、やがてその傷が大きくなり、神経の麻痺状態をひきおこした。ちがいますか？」

「そんな可能性はありません。原因はほかにあるんです。大至急脳の検査をしないと」

「それはもう、手を打ってあります。しかし、浜名典子さんは以前に頭に怪我をしたこともなければ、脳になんらかの障害があった形跡もない。原因として考えられるのは、今回の頭蓋骨《ずがいこつ》陥没骨折だけです。あなたは術後、なんの問題もないと太鼓判を押していた。だが問題はあった。いまの彼女を見ればそれはあきらかです」

よほどわたしのせいにしたいらしい。知可子は腹を立てた。「あの手術に落ち度はありませんでした。原因はほかにあるんです」

「まあ、ふだんのあなたなら、こんな単純なミスはしないでしょうな。しかし今回のあなたは、いささか冷静さを欠いていたのかもしれませんよ」

「どういうことです」

「あなたはあの患者に対して公平さを保っておられなかったのではないですか。お子さんを置き去りにして危険な目にあわせた母親なだけに、反感をもっていたのではないですか」

「高瀬先生は、わたしがあの患者を助けようとしていなかったとおっしゃるんですか。執刀医が手術中にそんなことを考えていると思いますか」

「どうでしょう。わかりませんな。とにかく脳の検査をします。こちらでやりますよ。お忙しい根岸先生のお手をわずらわせるほどのこともありません。それにこのような場合、執刀したご本人よりも第三者のほうが、客観的な検査ができると思いますし」

知可子は反論しようとしたが、思いとどまった。

医師どうしの感情的な対立によって患者への処置を遅らせてはならない。

「わかりました」と知可子はいった。「あとはおまかせします。なにかあったら、赤戸病院のほうへ連絡してください」

高瀬は皮肉っぽい口調でいった。「ええ、そうしますとも。では、さっそく検査にとりかかりますので、失礼」

歩き去る高瀬の背を、知可子は見送った。

ドアのガラス窓のなかに目を向ける。浜名典子。右脚が震えているのがはっきりとわかる。看護師がなだめるようになにか話しかけている。

知可子は重苦しい気分で廊下を歩きだした。

わたしは本当に冷静だったろうか。自信が揺らぎ始めているのを感じる。

患者を助けようとしていなかった……。まさか、わたしにそんなことが……。

職務質問

わき腹はまだひりひりと痛むが、さいわい肋骨《ろっこつ》に異状はないようだった。

嵯峨はふたりの私服警官に挟まれて、覆面パトカーの後部座席におさまっていた。

夜の原宿駅付近、若者たちでごったがえす表参道の路肩に、パトカーは停車している。車内を覗《のぞ》きこむ通行人はいない。パトランプを収納しているいまは、一般車両にしか見えないからだろう。

助手席には太った男がいる。ずっと前を向いたまま、こちらを振り返ろうともしない。

窓の外に目を向けると、歩道にしゃがみこんでいる若者の集団があった。手にしているのはワンカップの日本酒のようだ。どうみても十五、六歳といったところだった。

嵯峨はいった。「未成年が飲酒しているようですが。取り締まらないんですか」

太った男が振り向いて、鋭い目つきで睨《にら》みつけた。「私は本庁捜査二課の人間だ。少年課じゃない」

「それでも、法を遵守すべく指導するのが警官のつとめでしょう」

「だからこそ、あんたに任意同行を求めてる」

「なんの罪で逮捕するつもりですか」

「まだ逮捕ってわけじゃない。参考人だ」

「なんの参考人です。どういうことなのか、きちんと説明してください」

「説明をききたいのはこっちだよ。あんた、きのうの夜も入絵由香のあとを尾《つ》けていたな。しかもきょうは、突然乱入してきて公務執行妨害を働いた」

「理由ならあります。でも警察のお世話になるような覚えはないよ」

「話は署できく。ひとまず、名前だけは教えてもらおうか」

「人に名前をきく前に、まずは自己紹介するのが礼儀だと思いますが」

「警視庁捜査二課、外《と》山《やま》盛男《もりお》警部補。きみの両側にいる男たちと、運転席の彼は、いずれも捜査員で私の部下だ。さあきこう。あんたは？」

「嵯峨敏也。〈東京カウンセリング心理センター〉につとめています」

運転席にいた男が、ダッシュボードに備えつけられたキーボードを操作しはじめた。

外山はいった。「世の中、便利になったもんだ。移動中でも、本庁のリストから検索できる」

「ええ」嵯峨は投げやりにつぶやいた。「便利ですね」

「前科があるかどうか、これではっきりする」

「結果にはがっかりすると思いますよ。いいですか、外山さん。なにか誤解があるようですが、私はきちんと取り調べに応じます。しかし、入絵由香さんには不安や恐怖を与えないように細心の注意をはらってください。彼女は……」

「ああ。わかってるとも。あんたにとっても、喋《しゃべ》られては迷惑なことがたくさんあるんだろう。心配するな、なにも力ずくで吐かせようというんじゃない」

「いったいなんのことです。彼女や私がなにをしたというんですか」

「とぼけなさんな。あんたの身の上なんか知れている。あの女に共犯をもちかけたんだろ」

「共犯？」

「そうだ。あんたの顔をみた瞬間にぴんときた。年齢のわりに油断のならない顔つきだ。人妻をたぶらかすだけの容姿もある。俺はまちがいなく、あんたが主犯格だと確信してた」

「……ずいぶん先走った推理をする警部補さんだな」

「おかげで知能犯に出し抜かれずに済んでる。今度も同じだ」

車内に甲高い電子音が鳴り響いた。カタカタと音がする。運転席の捜査員が、プリントアウトされた紙を外山に手渡した。

「見ろ」外山は勝ち誇ったようににやりとした。「やっぱり本庁に資料があった。さて、どんなマエがあるのかな」

その表情がみるみるうちに曇った。

「警部補」捜査員のひとりがきいた。「どうかしたんですか？」

外山は眉《まゆ》をひそめてつぶやいた。「二〇〇六年度および〇七年度、警視庁心理学講座特別講師……？　あんた、講師なのか？」

「ええ」嵯峨は冷めた気分でいった。「そうですね」

「警視庁で講座を……。いったい、どんなことを教えていたんだね？」

「職務質問のやり方です」嵯峨は咳払《せきばら》いをした。「あなたも受けられたらどうですか」

ゲーム

夜十時すぎ。

愛子は玄関のわきのチャイムを押した。

「はい」女の声が応じる。

サンダルをはく音がきこえてから、扉が開いた。竹下みきの母親、香織が顔をのぞかせた。

香織の顔に、戸惑いのいろがひろがった。

「こんばんは」と愛子はいった。「夜分遅くすみません。この時間でないと、来れなかったので……」

「どうも……。わざわざお越しいただきまして。どういった御用でしょうか？」

「みきちゃんは、まだ起きてますか？」

「ええ。二階にいますけど」

「お話ししたいんですが、よろしいですか」

はあ、と香織は気のない返事をしながら、家の中をちらと振り返った。みきをここへ呼ぶべきか、愛子をあがらせるべきか迷っているらしい。

「あのう」愛子はいった。「こちらで結構ですから……」

「いえ。どうぞ、おあがりください」

「よろしいんですか」

「ええ。みきもよろこびますわ。……主人はまだ帰ってませんの」

愛子は笑顔を返して、家のなかに入った。

日野《ひの》市にあるこの家までは、中央線の快速電車に乗って一時間、そこからバスで三十分ぐらいかかった。しかし、みきのことを考えればそれくらいの道のりは苦ではない。

二階にある、みきの自室の前まで来た。香織がドアをノックして告げる。「みき。小宮さんが来られましたよ」

しばらく間があって、ドアがあいた。みきが遠慮がちにおじぎをした。学校から帰ってきたままの服装らしく、ブラウスの胸に名札がついていた。

「みきちゃん。ちょっとお話ししたいんだけど、いいかしら」

みきはたずねるような顔で母親を見た。香織がうなずくと、みきは黙って部屋の奥に入っていった。

初めて見るみきの部屋は、きれいに片づいていた。学習机に、ベージュいろのシーツがかけてあるベッド。本棚のわきに、二十七インチの液晶ハイビジョンテレビがあった。Wiiが接続してあって、ゲーム画面が映しだされている。

香織がお茶を盆にのせて運んできた。

愛子は香織にきいた。「先日、カウンセリングのご予定をキャンセルされたときいたんですが」

「はい……。家で話し合った結果、そういうことになりまして」

「でも、みきちゃんは乗り気だったように思えたんですが」

母親は困惑した表情でみきを見た。みきはうつむいていた。

「みきちゃん」愛子はいった。「もうわたしと話をするのはいやになった?」

視線を落としたまま、みきは首を横に振った。

香織がため息まじりにささやいた。「ここだけの話ですが、主人が反対しまして。どうしても理解してくれなかったんです」

「そうですか……」

やはりあの父親が強硬に意見を押し通したのか。これでは、みきの緘黙《かんもく》症はいっこうに改善しない。

愛子は香織にいった。「申しわけないんですが、みきちゃんとふたりで話をさせていただいてもよろしいですか」

「ええ」盆を手にして部屋をでていくと、愛子はみきに視線を向けた。

やはり気まずそうにしている。愛子が家をたずねてきても、相手にするなと父親に釘《くぎ》をさされているのかもしれない。

「ねえ、みきちゃん」愛子はテレビを観た。「これ『スマッシュブラザーズX』ね」

みきが目を輝かせた。「これ知ってるの？」

「うん。ピットを選んでるの？　あまり強くないから大変でしょ？」

「負けてばっかり……。ピカチュウとかにスーパーキノコも取られちゃうし」

「くすだまから何が出てくるか予想できるパターンがあるって知ってる？」

「え、それホント？」

「ホームランバットがいつでも手に入ったりするから、それで敵を場外に跳ね飛ばしちゃえば？」

「すごーい。やり方知りたい」

愛子はWiiのリモコンを手にした。

暇をみつけてはデパートのゲーム売り場を訪ねておいてよかった。子供の相談者との信頼関係を深めるためには、ゲームは不可欠の知識だった。

リモコンを操りながら、愛子はたずねた。「みきちゃん。〈東京カウンセリング心理センター〉に来て、わたしと話をする気はもうないの？」

みきは暗い顔をして黙りこんだ。

「わたし」愛子はいった。「わたし、みきちゃんと話がしたいな。友達になりたいの。きっと、みきちゃんの悩みも解決できると思う」

「うん……。でもお父さんが、あんなこわいところへ行っちゃいけないっていうから」

「怖いところ？」

「そう。催眠術をかけられちゃうって」

愛子はため息をついた。「みきちゃん、本当の催眠療法っていうのはね、変なことが起きるわけじゃないの。お父さんはそれを知らないから、危険なところだって勘ちがいしてるのよ」

「でも、お父さんはいろんなことを知ってるもん」

たしかに、子供にとって父親とは偉大な存在だ。自分の知らない世の中を知っている父。その父親がいうことは、絶対に正しいはずだと信じている。それが子供の親に対する信頼だった。

子供が過剰なほどの信頼を寄せていることを、父親が気づいていないケースは少なくない。

「ねえ、みきちゃんは、わたしが怖くみえる?」

「みえない」

「じゃあ、わたしと話をするだけなら、怖くないわよね? こうやって、わたしが家に来て話をするのなら、いやじゃないでしょう?」

「うん」

愛子は思わず笑った。友達として受けいれてくれている。ずっと年下の女の子が相手であっても、それは嬉《うれ》しいことに違いなかった。

そのとき、階下から男の怒鳴る声がした。「なんだと。それで通したのか」

竹下篤志、みきの父親の声だった。

みきが怯《おび》えた顔になった。

「心配しないで」愛子はやさしくいって、リモコンを置いて立ちあがった。

家に押しかけた以上、こうなることは承知していた。しかし、みきに不安を与えてはいけない。

部屋をでて階段に向かうと、ちょうど竹下篤志が登ってくるところだった。

「いったいなんの用だ」竹下がきいた。

「みきちゃん本人の意志を確かめに来たんです。ご自宅を訪ねさせていただくことは、ご許可いただいたと思いましたが」

「そうか。それならもう納得がいっただろう。みきも香織も、あんなところへ行く気はないそうだ」

「はい」

竹下は怪訝《けげん》な顔を浮かべた。「はい、だと……？」

「わたしの職場に来る気はないそうです。でも、友達としてわたしがこの家に来るぶんには、よろこんで迎えてくれるそうです」

「なにをばかな。この家の主《あるじ》は私だぞ。私がいるかぎり、きみのような人間を家にあがらせるわけにはいかん」

「では庭先で会います」

「ふざけるな！　うちの子をたぶらかそうとしてもむだだ」

「友達を選ぶ権利は、みきちゃん本人にあると思いますが」

「またつまらない理屈をならべやがって。どこまでばかにすれば気がすむんだ」

「いいえ。ばかにはしていません。あなたのおっしゃることはすべて正論です。先日お会いしたときには、あなたの精神医学に対する見識が欠如しているような発言をしてしまい、反省しています。一般の催眠および心理療法に対する誤解はいまに始まったことではありませんし、あなた特有のものでもありません。むしろ、お父さまはきわめて常識的な見識を備えておられますし、その知識を正しく家族につたえていきたいとするご意向には賛同します」

「……で、なにがいいたい」

「問題もあります」

「なにが問題だ！」

「あなたの問題とは、その大声です」

竹下は眉《まゆ》をひそめて黙りこくった。

愛子はいった。「あなたがおっしゃることはすべて正しいのですが、声が大きすぎます。ふつう人間は、怒鳴られただけで萎縮《いしゅく》してしまいます。まして小さなお子さんの場合はよけいに精神的苦痛を感じるでしょう。おっしゃったことが正しいかどうかを理性で判断するよりも前に、声に怯えてしまい、従わざるをえなくなってしまうのです。これではたとえ正論をつたえていても、お子さんの自主性がそこなわれてしまうのは明白です」

「……いいたいことはそれだけか。なら、とっとと消えてくれ。もう二度と姿を見せるな」

「それぐらいなら、ちょうどいいですよ」

「なにがだ？」

「声量です。いまぐらいの大きさで話してください。わたしが帰ってからも、ずっとそれぐらいの声で」

外にでると、辺りはもう暗くなっていた。

愛子は振り返り、みきの部屋の窓を見あげた。窓にみきの顔がのぞいていた。愛子は笑いかけて、手を振ろうとした。しかし、みきは顔をひっこめた。

しばらく愛子は立ちどまっていたが、みきは顔を見せようとはしなかった。

執刀ミス

高見沢病院をあとにした根岸知可子はタクシーに乗り、赤戸病院に向かっていた。患者のカルテの整理がまだ終わっていない。きょうは遅くまで残業になるだろう。

知可子は浜名典子という患者のことを思いかえした。

きのうまで、典子はベッドの上でふつうに暮らしていた。言葉はたどたどしく、元気もなかったが、知可子の問いかけにきちんと応じてくれていた。

わたしは毎日、彼女に同じ質問を繰り返した。具合はどうです。典子は戸惑いがちに、はい、悪くありません、そう応じるのが常だった。

典子はぼんやりと知可子の目を見ながら、大輔はどうしていますかとたずねた。いつもそうだった。

息子さんは順調に回復しています、いまは別の病院で寝ています。それが知可子の答えだった。典子は小さくうなずいて、目を閉じる。毎日の面会はそれだけだった。

なぜ顔面神経が麻痺《まひ》したのだろう。どうして足に痙攣《けいれん》が起きたのだろう。手術ミスがあったのなら、その説明はつく。執刀したのが他人だったら、わたしも高瀬と同じことを言ったかもしれない。

でも、それは考えられない。

……とはいえ、もし高瀬の言葉が当たっていたとしたら。わたしの、典子に対する反感が、ささいな見落としに繫《つな》がっているのだとしたら……。

「お客さん」ふいにタクシーの運転手が告げた。「ここですよね」

知可子は我にかえった。タクシーは赤戸病院の前に停車していた。

タクシーを降り、赤戸病院の玄関を入った。建物は高見沢病院より古かったが、患者の数はずっと多い。受付はすでに閉まっていた。

二階にあがり、執務室に入ろうとしたとき、看護師が呼びとめた。根岸先生、冴島《さえじま》病院からファックスが入ってました。机の上に置いておきましたから。

冴島病院。典子の息子、大輔が収容されている病院だ。

「ありがとう」と看護師にいって、知可子は執務室に入った。

デスクの上に、ファックスがあった。

赤戸病院　脳神経外科医長　根岸知可子様

本日午後七時すぎ、意識不明だった浜名大輔様が意識を回復いたしました。わずかに記憶の混乱はみられますが、経過は順調で、会話にもはっきりと応じることができ、食欲もあるようです。今後は検査をおこないながらリハビリに入ることとなります。以上、用件のみお伝えいたしました

知可子は椅子に腰をおろした。安堵《あんど》のため息が漏れる。

冒頭だけ読んで、これがよい知らせであることがわかった。午後七時すぎ。死亡の報告なら何時何分まで書かれている。

そのとき、ドアにノックの音がした。

「どうぞ」と知可子はいった。

ドアが開き、倉石勝正がおずおずと入ってきた。真新しいスーツに真新しいネクタイをしている。手には、色とりどりの花束が持たれていた。

「勝正さん」知可子は驚いて立ちあがった。「どうしたの」

倉石は後ろ手にドアを閉めると、居ごこちが悪そうにそわそわしながらいった。「その、なんていうか。脳神経外科医長に就任したお祝いがまだだったからね。勤務時間が終わっ

たので、ちょっと寄ってみたんだ」

「その花束は？　まるで患者のお見舞いに来たみたい」

「私もそういったんだ。ただ、宗方先生が……」

「またずいぶんいろんな花が一緒にしてあるのね。三万円ぐらいで、なるべく派手に揃えてって花屋さんにいったんでしょ。種類の選別とかはぜんぶまかせるって」

「……きみはなんでもお見通しだな。宗方先生をけしかければ、私が来ることもわかってたんだろ」

「けしかけるなんて」知可子は苦笑した。「先生は犬じゃないんだし」

「お互いもう若くはないんだ。子供じみたことはよそう」

「花束を持ってわたしの勤務中に現れるのは、子供じみてないっての？」

「まあ、そうだな……。あまり恰好《かっこう》のつく話じゃないが」

知可子はデスクの上の花瓶を手にとり、うっすらと埃《ほこり》をかぶっている造花をとりのぞいた。「でもうれしいわ。ありがとう。いま仕事はだいじょうぶなの？」

「ああ、なんとか。きみのほうはどうかな。夕食はすませたかね？」

「いえ、まだ。けれど、これからすぐに患者のようすをみないといけないの。道が混んでたから」

「そうか……。まあ仕事だったらしかたない。しかし、よければ、今夜でも食事をしないか」

「急ぐのね」

「昔からのくせだ。それに、話したいこともあるし」

「わかったわ。でも、十時ぐらいまではかかりそうよ」

「じゃあ、終わるころに迎えに来るよ」倉石はそういって、立ちさろうとした。

「勝正さん」知可子は思わず呼びとめた。「話って、なんなの」

倉石はなにかいいかけたが、ためらいがちに口をつぐんだ。「食事のときに話すよ」

「いまきかせてよ。さわりだけでも」

倉石はためらいがちに紙片を取りだし、差しだしてきた。

知可子はそれを手にとった。

とたんに気持ちが冷めていくのを感じた。倉石のいった話とは、知可子の期待していたようなことではなかった。

文面には、なんらかの心理検査のフローチャートらしきものが書いてあった。

倉石がいった。「それは私の考えた被暗示性テストなんだ。きみがいっていた、パチンコに熱中していた母親にぜひそれを試してほしいんだ。なに、簡単なテストさ。そこにあると、質問をしていけばいい。相手の答えはイエスかノーだ。それにしたがってチャートの質問をつづけていく。結果として、もし被暗示性がきわめて高いという判定がでれば、パチンコに夢中になってしまったのにも説明が……」

知可子は力なくその紙片を突きかえした。当惑のいろを浮かべた倉石が、それを手にとる。

失望をあらわにして知可子はいった。「話って、このことだったの？　わざわざ花束を持ってきたのは、こんなことのためだったの？」

「こんなこと？」倉石は眉《まゆ》をひそめた。「自分が執刀した患者の問題なのに、ずいぶんな言い方じゃないか。このテストは、彼女の社会復帰のために重要な……」

「なにがあったのか知らないくせに！」知可子は思わず怒鳴った。「その患者はいま顔面神経に麻痺症状がでてるのよ。そんなことをしてる場合だと思う？」

「麻痺症状？　なぜそんなことが起きたんだ。術後の経過は順調だときみはいっていたはずだが」

「……細かい説明をしたってわかるはずがないわ！　あなたは医者じゃないもの」

「たしかに医者じゃない。だが、理由ぐらいきかせてくれてもいいだろ」

「わたしのミスかもしれないのよ！　わたしの執刀ミスが原因かもしれない！」

室内に沈黙がながれた。倉石は黙って見返していた。

「……そんなこと、あるわけがない。なにかの間違いだ。きみの腕はよく知ってる」

「いいのよ。もういいの」

デスクに目を落とす。冴島病院からのファックス、患者のカルテ、それに花束。眺めるだけでも、気が滅入《めい》ってくる。

「ひとりにして」知可子はいった。

顔をそむけていても、こっちをじっと見つめている倉石の視線を知可子は感じていた。

しかし、やがてドアがゆっくりと開く音がした。

「知可子」倉石が静かに告げてきた。「あとで迎えに来る」

「悪いけど、またにして」

「ほかにも、話したいことがある。本当は、そっちのほうが重要なことなんだ。そのう、知ってのとおり、私は昔から器用な人間ではない。こういうのは苦手なんだ。本当は、きみに伝えたいことがあった。私の気持ちを伝えたかったんだ」

その先をききたかった。しかし、いまは無理だった。倉石の気持ちはうれしかったが、わたしには心のゆとりがない。

まだ、ショックから立ち直っていなかった。アメリカで出産した子供の死からも、手術ミスの疑惑からも。

ふいに携帯電話の鳴る音がした。

わたしのものであるはずがない。病院では電源を切っている。

倉石は困惑した顔で、懐から携帯電話を取りだした。「すまない。切っておくべきだった」

「いいのよ。緊急の用かもしれないでしょ。私が許可するわ。出て」

しばし沈黙してから、倉石は電話にでた。「倉石ですが。……なに？　いつごろですか？　なぜそんなことが……」

切羽詰った事態が起きたらしい。すぐ戻ります、倉石はそういって電話を切った。

「知可子。急用が入ってしまった。すまないが、きょうは……」

「わかってるわ」知可子はうなずいた。「今度にしましょう。わたしのほうから電話するわ」

どんな状況にあっても、現実はドラマのようにはいかない。辛らつな言葉の応酬のあとに、ひどく冷めきった関係だけが残る。いまも同じだった。

倉石が部屋からでていくと、知可子はため息をついた。

左手に目がいった。倉石に贈られた結婚指輪が光っている。身につけているだけでも辛《つら》く感じられた。その指輪をはずし、デスクに置いた。

横領疑惑

嵯峨は腕時計に目を落とした。午後九時をまわっている。

〈東京カウンセリング心理センター〉の最上階、三十二階にある所長専用の執務室。ひろびろとしたオフィスで、嵯峨はソファに浅く腰かけていた。

向かいに座っているのは外山警部補だった。嵯峨には目もくれず、ふてくされた顔で無人のデスクをにらんでいる。

覆面パトカーの車内での事情聴取のあと、警視庁に連行されることはなく、代わりにここに来ることになった。嵯峨の職場の責任者をまじえて話がしたいというのが、警察の意向らしかった。

室内にはもうひとりの男がいた。年齢は五十歳前後で、痩《や》せ細った身体を、ていねいにアイロンがけされたダブルのスーツに包んでいる。磨きあげられた靴が光沢を放っている。

その男の名は財津《ざいつ》だと聞かされていたが、何者かはわからなかった。警察関係者ではなさそうだった。もしそうなら、この場において素性を明かしてくるはずだからだ。

財津は立ったり座ったりを繰り返していた。落ち着かないようすで室内を歩きまわり、窓の外を見やって、またソファに戻る。

ノックの音がした。

ドアが開き、倉石が姿を見せた。戸惑いがちにふたりの来客におじぎをしてから、嵯峨に歩み寄ってきた。

「嵯峨」倉石は隣りに腰をおろした。「だいじょうぶか」

「はい」嵯峨は小さな声でいった。「申しわけありません。おおごとになってしまいまして……」

「なにもいうな。もうすぐ所長がおいでになる。説明はそれからでいい」

沈黙の時間が流れた。居ごこちの悪い空間だった。嵯峨は気まずさに耐えつづけていた。すべては、僕が引き起こしたことだ。

しばらくして、今度はノックもなしにドアが開いた。

ひとりの老婦人がつかつかと入室してきた。小柄で痩せているが、足どりは働きざかりの男性のように軽かった。白髪をショートカットでまとめ、派手ではないがブランドものと思われるスーツを着こなしている。

所長の岡江《おかえ》粧子《しょうこ》だった。年齢は六十九歳。医学関係者のあいだでは頑固で強気な性格で知られているという。笑みを浮かべたところもほとんど見たおぼえがない。

室内にいる三人が立ちあがったので、嵯峨もそれにならった。

外山警部補が軽く頭をさげた。「警視庁捜査二課の外山です。こちらは財津さん」

岡江粧子は財津が何者であるかを問いただそうともせず、さっさと自分のデスクに向かった。倉石と嵯峨に対しては、ちらと横目で見やっただけだった。どんなに肝のすわった男でも不安にさせてしまうような、険しい目つきだった。

革張りの肘《ひじ》かけ椅子におさまると、岡江は外山にいった。「さきほど連絡を受けて概要だけはききましたが、わたしはまだすべてを把握していません。ですから順を追ってご説明いただきたいと思います」

「そのう、わざわざお忙しいところを恐縮です。じつは、こちらの財津さんという方から、ある事件の被害届が出されてまして。私どもはその事件の捜査中でして、入絵由香という女性を重要参考人として調べていたんです。その途中で、おたくの嵯峨さんという方との関わりが浮かんできましてね」

「それで？　嵯峨がなにか、あなたがたにご迷惑でもおかけしましたか？」

「まあ……ね。いちおう、公務執行妨害ということになりますか」

「じゃ、逮捕して引っ張っていただいて結構よ。職員の不祥事にあたるかどうかは、また時機をみて判断するわ」

倉石が咎《とが》めるようにいった。「所長」

外山も困惑したようすだった。「すみません、岡江さん。嵯峨先生を逮捕するまでの状況では……。ただ、なぜ入絵由香の任意同行を妨害しようとなさったのか、そこをはっきりさせたかったのでね」

嵯峨はいった。「彼女に大きなストレスを与えるべきではなかったからです。症状が悪化し、取り返しがつかない事態になることも考えられました。もっとおだやかな方法をとるべきだったんです」

「はて。私どもは、べつに彼女に乱暴を働いたわけではありませんよ。きちんと同行を願ってからお連れしようとしたんです。ただ、彼女が急に地面に座りこんで泣きじゃくったので、通行人からは誤解される部分もあったかもしれませんが」

「あの店にはマネージャーが隠しカメラをしかけていました。私はそのマネージャーと面会中でしたので、店内のようすを見ていました」

とたんに、外山は口ごもった。

捜査員が由香の腕をつかんで、無理に引き立たせようとした。目撃者はいないと踏んでいたのだろう。

やがて外山は気をとりなおしたようすで、穏やかな口調でいった。「なるほど、私どもには、たんに入絵さんがヒステリーを起こしたように思えたんですが、あなたの目からは、もっと危険性があるように見受けられたんですね。その、プロフェッショナルな視点で」

「ええ」

「それなら、そうといってくだされば よかったのに。いや、急に駆け寄ってきたので。しかし、なぜ彼女のマネージャーさんと面会なさってたので？」

「彼女に精神疾患の疑いがあるので、チャネラーの仕事をつづけさせるのは問題があると伝えていたんです」

財津が、初めて口をきいた。「ちょっとよろしいですか。さっきから入絵さんが精神病だったとおっしゃってますが、具体的には、どんな病気だったのですか」

倉石が告げた。「多重人格障害の疑いがあったんです」

「ほう、多重人格……」

外山が腰を浮かせた。「重病人を見かけた医者が、見るに見かねて助けようとしていた。それに類する事態だったわけですな。よくわかりました。ではこれで」

嵯峨は手をあげて制した。「お待ちください。私はまだ、そちらの事情をうかがってません。入絵由香さんは、なんの嫌疑をかけられているんです」

「入絵さんは容疑者じゃなく、たんなる参考人にすぎません。とにかく、まだ捜査段階なんでね。部外者には話せませんよ」

「部外者？　これだけ関わったのですから、もう話してくれてもいいでしょう。それとも、モニターで観たことについてもっと詳しく吟味しましょうか」

「……しょうがないな」外山は苦々しい顔で、またソファに身を沈めた。「概要だけはお話ししましょう。こちらは財津信二《しんじ》さんといいまして、日正証券経理部の部長をつとめておられます。彼によりますと、一昨年すなわち平成十八年度の日正証券の年間決済を経理部が調べたところ、約二億円が不足していることが判明しました。帳簿上の計算は合っていたのに、銀行の預金額が合わない。つまり、いつの間にか二億円が行方知れずになっていたわけです」

日正証券は大手の証券会社だった。しかし、それが入絵由香とどういうつながりがあるのか、嵯峨にはまったくわからなかった。

外山はつづけた。「最近になって新しいコンピュータを導入し、記録を調べなおした結果、平成十八年の四月から九月までに数回にわたり、社内のコンピュータを何者かが操作して、本社のメインバンクにアクセスし、合計二億円を不正に引きだしていたことが発覚したとのことです」

「それが、入絵さんとなんの関係があるんです？」

財津が咳《せき》ばらいをした。「日正証券のメインバンクから、何者かの口座に金を移す操作をした端末は、経理部のコンピュータであることが明らかになりました。ただし、振り込み先の口座名と番号はデータが消去されていました。あちこちの銀行に問い合わせてみたところ、都内の銀行の架空名義の口座に振り込まれていたことまではわかったのですが、すでにその口座からは全額が引きだされて解約されていました。銀行の職員やATMの防犯カメラまで徹底的に検討してもらったのですが、契約者が女性だったということしかわかりませんでした」

「女性……」

「ええ。コンピュータが操作されたのはいずれも平日の正午すぎ、すなわち会社の勤務時間内でした。よって、経理部内の職員のなかに犯人がいると考えるほかありませんでした。そして重要なことは、メインバンクへアクセスできるのが数人のオペレーターに限られていたということです」

「……まさか、それが？」

「そうです。入絵由香は経理部のオペレーターでしたから」

嵯峨は驚きを禁じえなかった。「そんな馬鹿な」

「事実ですよ。私の元部下です」

「いつ入社したんですか」

「平成十七年の春です」

「十七年？　彼女はいま三十前ぐらいでしょう？　どこかからヘッドハンティングしたとか？」

「そういうわけではないんですが、当時、経理部は深刻な人手不足でして。むろん、誰でも入社させるわけではありませんが、入絵さんについては私が人事部にかけあったんです。彼女のご両親から、強いおすすめがあったものですから」

岡江が怪訝《けげん》な顔をした。「ご両親？　というと、彼女の父親が日正証券の役員でも務めてらっしゃるの？」

外山が答えた。「いいえ。まったくの一般庶民ですな」

「そうです」財津は微笑した。「入絵さんのご両親は、近松屋《ちかまつや》というおでん屋さんを経営していました。夫婦ふたりで切り盛りしていたんです。近松屋というのは、大手町《おおてまち》のビジネス街のまんなかにありまして、下町なみの安い値段でうまいものを食べさせることで有名でした」

「ああ」岡江がいった。「テレビで観たことがあるかも」

「何度かマスコミに取りあげられたこともありますからね。入絵さんのお父さまの、さらにお父さまが大手町の実家をおでん屋さんに改築して創業したらしいんですが、入絵さんのご両親はそれを継ぎ、のれんを守りつづけてきたんです。長引く不況で大手町のビジネスマンの懐も冷えきってましたから、勤務時間が終わるとリーズナブルな近松屋で一杯やるのが常でした。一年ほど前に店を畳まれましたが、当時はいつ行っても、近松屋の狭い店内はスーツ姿の客で満員になっていました」

「するとあなたもそのお客さんだったわけね」

「ええ。私はよく部下を連れて近松屋に飲みに行っていました。やがて入絵さんのご両親とも親しくなりました。ある日部下と飲んでいるときに、私はふと経理部の人手が足りないと愚痴をこぼしたんです。入絵さんのお父さまが、ふいに口をはさんできて、それならうちの娘を使ってくれというんです。お母さまも、うちの娘はやたらもの覚えがよくて、趣味でコンピュータもいじってるから、絶対に使いものになるというんです。それで、いままでにどんな会社で勤務をされましたかとたずねたら、埼玉県のスーパーでレジ打ちのアルバイトをやったことと、都内の文房具屋で働いたことがあるというんですよ。それもご両親とも真剣な顔をして、いずれも雇い主は大満足していたと強調するんです」

岡江も苦笑に似た笑いを浮かべた。「そこから日正証券なんて、異例の大抜擢《だいばってき》ね」

「そうなりますね。とにかく、いちどでいいから面接だけでもやってくれといわれましてね。初めのうちは適当に返事をしていたんですが、その後もご両親は私が店を訪ねるたびに、面接の日程は決まりましたか、とそればかりきいてくるんです。ですから仕方なく、明日の午前中のひまな時間にでも、と告げたんです。すると、入絵由香さんが時間どおりにきちんとやってきたんです」

嵯峨は財津にきいた。「入絵由香さんとはそのとき初めて会われたわけですね？」

「そうです。やけにもの静かで、おとなしい方で、しかも返事をしてくるのがとても遅いのが印象的でした。もっとも、いきなり大きな会社の応接室に呼ばれたのですから、緊張されるのも無理はないと思って、さほど気にはとめなかったんですが」

「急に人が変わったような態度をとったり、言葉づかいが変わったりしたことは？」

「いえ。面接のときもその後も、ずっとそのようなことはありませんでした」

「その面接で、あなたが採用を決められたわけですか」

「はい、結果はそうなりました。彼女が類稀《たぐいまれ》な才能の持ち主であることがわかりましてね。抜群の記憶力を発揮したんです。私が話したことの一語一句を、まるでテープレコーダーのように正確に頭に刻みこむ。複雑な証券取引のシステムについて覚えるのも早く、コンピュータの操作方法も、習ったとたんに熟達したオペレーター並みの手際を身につけました」

なるほど、やはり限定的な能力について極端に向上することがあるらしい。実相寺から聞かされたとおりだ。

しかし、どうにも理解できないことがある。

多重人格障害、すなわち解離性同一性障害は長い期間を経て症状が深まっていく。三年前には発症していなかったとは考えにくい。

倉石も同じ疑問を感じたのか、財津にたずねた。「入絵さんの社内での勤務態度や、同僚とのつきあいから、精神面が不安定であることに気づかれなかったのですか?」

「ええ、まあたしかに口数が少なかったり、あまり人づきあいを好まなかったりという傾向は見られましたが、あまり細かいことは……。彼女はいつも出社時刻きっかりに現れてすぐにコンピュータの前に座り、退社時刻にはさっさとひとりで帰ってしまうんです。無断欠勤も何度かありましたが、翌日には詫《わ》びに来て、二日ぶんの仕事を一日で片づけて、遅れをとりもどしてしまうんです」

「別人のように振る舞ったり、取り乱すようなことは?」

「ありませんでした。ただし彼女は、わずか半年しか勤めなかったんです。その年の十月、急に辞表を出して辞めてしまいました。理由を問いただしたんですが、ひとこと疲れたといっただけでした」

「ではご両親もがっかりされたでしょうね」

「ええ。その後、近松屋へ行ったときに、とりわけお父さまがひどく落ちこんでおられましたね。あいつは生来のわがまま娘なんです、申しわけないことをしました、と繰り返し頭を下げられてしまいました。彼女の後任のオペレーターを見つけるまでには時間がかかりましたが、人事部の力でなんとか穴を埋めてもらいました」

岡江がうなずいた。「横領があったのは平成十八年の四月から九月だとおっしゃいましたね。入絵由香さんはその期間内にオペレーターを務めていたわけですね」

「そういうわけです」

嵯峨は胸騒ぎを覚えた。このままでは由香が犯人扱いされてしまう。

「すみません」嵯峨はいった。「経理部のオペレーターはほかに何人もいるんでしょう? たまたま入絵さんが勤務した時期と一致していたというだけで……」

外山はじれったそうに告げた。「それだけではないんですよ」

財津が神妙な面持ちで嵯峨を見つめた。「本社のメインバンクにアクセスするには暗証番号が要ります。この暗証番号はオペレーターによって異なるんですが、不正に金を引き出す操作をおこなったのは、まぎれもなく入絵さんのコンピュータでした」

「誰かが彼女に濡《ぬ》れぎぬを着せようとしている可能性もあるでしょう。なんらかの方法で、彼女の暗証番号を知ったとか」

「データに日時が残ってますが、その時間は入絵さんはずっとコンピュータの前に座っていました。これは経理部の全員が知っていることです」

「ま」外山が両手をひろげた。「そういうわけです。データは科捜研およびサイバー対策室の専門家に検討してもらいました。疑わしい点はありません」

倉石が眉間《みけん》に皺《しわ》を寄せて、外山にたずねた。「しかし、なぜいまごろになって入絵さんに事情をきくんですか。もっと早く捜査すべきでしょう」

「それは、こちらの日正証券さんが被害届を出されるのが遅れたんでね。うちが捜査に手をつけたのは、ほんのひと月ほど前なんです」

財津が恐縮したようすでうなずいた。「お恥ずかしい話ですが、二年前は新しいコンピュータを導入したばかりで、チェック機能も充分に活用されてなかったんです。当時は内務調査も、小社の取引銀行とのあいだでしか行なわれていませんでした。横領に利用された口座がつくられた銀行は、小社の取引銀行ではなかったんです。データには金が引きだされた記録が残っていたんですが、それに気づくまでに二年もかかってしまったんです」

外山は肩をすくめた。「めずらしいことではありませんよ。オンラインを利用した横領着服は、一年か二年以上たって被害届が出されることが多いんです。大企業の場合、年間の決済がすむまで、使途不明金は発覚しないもんです」

室内に沈黙が下りてきた。

嵯峨はなにもいえず、黙りこむしかなかった。もはや部外者の介入できる余地はない。けれども、まだ信じられない。あの入絵由香が、二億円もの金を横領していたなんて。まだ僕の知らない凶悪な人格が、彼女のなかに潜んでいるというのか。大胆な知能犯としての人格が。

倉石が外山にきいた。「今後の捜査は？」

「そうですな。ここのところ入絵由香の背後関係をマークしていたんです。二億もの大金を奪うには、それ相応の理由があるはずです。これは私の勘ですが、彼女はあくまで共犯ではないかと思うんです。つまり利用されているだけです。黒幕は別にいると考えられます」

ため息が漏れる。嵯峨はつぶやいた。「僕を疑ってたわけか」

外山は悪びれるようすもなくいった。「まあ、見当ちがいは誰にでもあります」

「でも、外山さん。多重人格障害というのは非常に複雑です。取り調べは充分注意しておこなわないと……」

「ああ」外山は馬鹿にしたような声でいった。「犯罪を行なったのは別の人格だとか、そういう話ですか。ジキルとハイドですな。たしかに最近、そういう話を巷《ちまた》でよく耳にします。別の人格に変身していたときに犯した罪を裁けるのかどうかってことをね」

「まだ犯人と決まったわけじゃないでしょう？」

「それはそうですが……」

「裁きの問題ではなく、取り調べを受ける彼女の精神状態が心配なんです。ほんのちょっとした緊張や不安さえも、彼女にとっては絶大な恐怖に感じられるんです。問いつめたりすると、症状が悪化してしまいます」

「よくわかりました。入絵さんがちょっとおかしなところがあることは、素人目にもわかりますからね。専門家を呼びますよ」

「誰ですか？」

「嘱託の精神科医です。ええと、下元《しももと》さんて方です」

倉石が声をあげた。「下元？　下元佑樹《ゆうき》さんですか？」

「そうです」と外山はうなずいた。

下元佑樹という名前は、嵯峨にも馴染《なじ》みがあった。大学の准教授を勇退し、現在はフリーの精神科医をつとめている。論文や講演に定評がある心理学者で、嵯峨は大学院に通っていたころ、何度か彼の論文を読んだことがあった。

なぜか倉石は、不満そうな面持ちになった。下元という人選が気に入らないらしい。過去に確執でもあったのだろうか。

「では」外山が立ちあがった。「これから報告書をまとめないといけないんで」

嵯峨はあわててたずねた。「いま、入絵さんはどうしてるんです」

「とっくにきょうの事情聴取は終わって、ご帰宅されています。あくまで参考人ですから」

そうはいっても、捜査員が由香のマンション前にひと晩じゅう張りこむことは確実だった。

あの気弱そうな夫はどうしているだろう。警察から連絡があって、本庁に妻を迎えにいったのだろうか。それとも、なにも知らされずに帰宅したのだろうか。

「では」外山は戸口に向かっていった。財津もその後につづいた。

ふたりは礼儀正しく頭をさげて退室していった。

執務室には、岡江、倉石、そして嵯峨だけが残された。

岡江は椅子をまわして、横顔を向けた。嵯峨と話すつもりはなさそうだった。

「嵯峨」倉石が静かにいった。「きょうはもう帰っていい」

「しかし……」

「いいから、帰るんだ。明日も仕事だろう?」

「はい……。お手数をおかけしました。ご迷惑をおかけして、本当に申しわけありません。では、失礼します」

嵯峨は立ちあがり、深々と一礼して、踵《きびす》をかえした。

扉を抜けて廊下にでたとき、肩に重圧がのしかかるのを感じた。

入絵由香を気の毒な精神障害者と見なしていた僕は、間違っていたのだろうか。彼女が本能的に救いを求めている、僕はそう信じた。しかし、そんな事実こそ幻覚に等しかったのかもしれない。

ライバル心

倉石は戸惑いがちに頭をさげた。「所長。今度のことは、すべて私の責任です」

岡江粧子はデスクに座ったまま、眉《まゆ》をひそめた。「あなたの？」

「私は嵯峨から相談を受けていました。彼に判断をまかせたのは私です」

「そう……。ねえ、倉石さん。あなたには若い世代に迎合しすぎるきらいがあるわ。世の中が変わったといっても、人間の本質的な部分はほとんど変化してないのよ。若者はあいかわらず向こうみずで、後先のことを考えずに突っ走る傾向がある」

「私が要職に若者を起用したことに、所長が否定的な見解をお持ちであることは、存じております」

「でも、あなたは年配のカウンセラーでは独断や偏見が強すぎて、科長職には向いていないと考えてたわけでしょう？　たしかに嵯峨科長の催眠療法が日ごろ成果をあげているという報告は、うれしく思っています。でも彼には、社会的な通念がじゅうぶんにそなわっているとはいいがたいわね」

「しかし、今回の彼の判断は妥当だったと思います。たしかに予想外の事態になりましたが、入絵由香という女性の精神面に対する懸念は、カウンセラーとして正当なものだったと思います」

「倉石さん。臨床心理士として、嵯峨君の心理状態をどう分析しますか」

「嵯峨の？」

「彼はどうして一方的に入絵由香を助けようとするのか。彼女を不憫《ふびん》に感じ、強い同情心を使命感と同一視してしまっている可能性は？」

「……嵯峨のほうにこそ問題があるってことですか」

「あくまで可能性よ。だから聞いているの」

「たしかに学生のころ父親を亡くし、独り実家に残された母親のことをよく口にしてはいます」

「そうでしょう？　いまでも給料の大半を実家の母親に仕送りして、彼自身はオンボロなクルマに乗りつづけてる」

「心がけとしては立派じゃないでしょうか」

「どうかしら。倉石さんは優れたカウンセラーは偉大なる救済者と同一と考える？」

「私はそんなつもりでは……」

「欧米では、カウンセラーなりセラピストなりは、ヘルパーにすぎないのよ。本人が立ち直るためのヘルパー。クライアントこそが主体、弁護士も精神科医も相談相手はぜんぶヘルパー。本人が立ち直るための手助けをするものでしかない。それも、本人が希望することによって相互の関係が初めて成立するの」

「〈東京カウンセリング心理センター〉もそのスタンスだと思いますが」

「私の亡き夫がこの施設を設立した当初はね。でも、どうにもおかしなほうに傾いていくのよね。わが国では、相談者は救済を求めようとする。病院に行くにしても、名のある偉い先生様にすがって、治療してもらおうとする。ぜんぶ相手まかせにしてね。自分の運命を権威に委《ゆだ》ねようとするなんて、これは宗教と同じよ」

「そこまで依存心を持っているわけではないでしょう」

「どうだか。問題は相談者の側だけでなく、職員の側にもあるのよ。広く人々を救済する宗教者のような使命を帯びていると勘違いしだすと、この職業は厄介なものになるわ」

「というと？」

「わかるでしょう、倉石さん。能登《のと》半島の震災のとき、私の許可なく、二十人ものカウンセラーを勝手に被災地に派遣した」

「……心のケアが必要となることが必至の場所には、率先して赴くべきだと判断しました」

「向こうから要請もなしに飛んでいくなんて、まさしく義勇兵よね。道徳的にはすばらしい行為でしょう。でもそれはつまり、無償援助以外の何物でもないわ」

「当施設の人道的姿勢が政府にも高く評価されたのに、ですか？」

「このあいだの会議でもいったでしょう。報道の結果、この施設があたかも宗教団体のように見なされてる。相談者という名の、救済を求める信者が増加する。私は東京晴海《はるみ》医科大付属病院の友里佐知子《ゆうりさちこ》みたいになりたくはないの。その手の依存心豊かな人々は、そっちに行ってもらいたいわ。あの病院はどうも胡散《うさん》臭い。そのうち、なにかやらかすにきまってる」

結局は、経営不振についての愚痴か。いつもと同じだと倉石は思った。

「そのう」と倉石はいった。「職員が多忙のわりに収益があがっていないことは、申しわけなく思っております」

「管理職は経費を使って人道支援に乗りだすことを決める立場じゃないのよ。うちは営利企業なんだし。そのあたりのことも、充分にわきまえておいてくれる？」

「……はい。あのう、所長。もうひとついいですか」

「なんなの？」

「警視庁捜査二課に問い合わせて、入絵由香の事情聴取に協力したいと思います」

岡江はむっとした。「いったいなにをいいだすの」

「嵯峨がすでに関わっていることでありますし……」

「本人が希望していないのに一方的に援助して、相談者にお金を払わすわけにはいかないでしょう。また無償の救済活動に手を染めるつもりなの？」

「私の責任でおこないます。損失は、なんらかの方法をもって補塡《ほてん》します」

「警察は下元さんを呼ぶといっていたじゃないの。あなたたちが出る幕じゃないわ」

「いいえ。下元佑樹にはまかせておけません」

思わず口走ったその言葉を、倉石は悔やんだ。

「ああ」岡江の顔には軽蔑《けいべつ》のいろが浮かんでいた。「そう。なるほどね。それがあなたの本音なのね。下元佑樹に対するあなたのライバル心ってわけね」

「……彼は大学の後輩ですが、現在は精神科医として高い評価を受けています。ですが、欠点もあります。相手の話に充分に耳を傾けず、理論武装でやりこめてしまうんです。議論に勝つ力を持っている半面、それを行使しすぎるきらいがあり、判断に公平さを欠くことも少なくありません」

「それはあなたも同じでしょう。わたしが見たところ、あなたのほうが下元さんよりずっと負けずぎらいに思えるわ」

「そんなことはありません。彼は……」

倉石は口をつぐんだ。

岡江の冷ややかな表情を見れば、ここで演説をぶつのが徒労に終わることは自明の理だった。

所長は経営者でもある。その彼女から許可を得ようとすること自体、大きな過ちに違いない。

「失礼しました」倉石は頭をさげた。「この件のことは忘れてください。では」

岡江に背を向けて、戸口に歩きだす。ここでは、もう話すべきこともない。

「室長」岡江の声がした。「わたしは、あなたの為にいってるのよ」

倉石は立ちどまった。振り返って何か言葉を返すべきかとも思ったが、なにも思い浮かばなかった。倉石は静かにドアを閉めた。

おでん屋

嵯峨は三日ぶりに、入絵由香のことを調べられる状況になった。

とはいえ、彼女との面会が許されたわけではない。実家の両親を訪ねる段取りをつけられた、それだけのことだった。

由香の精神状態を考えると、連日の取り調べは気が気ではない。しかし警察からはなんの情報も入らない。

事情を知るには、両親に尋ねるしかなかった。

近松という表札のかかった家は、古びた木造の一戸建てだった。築三十年にはなるだろう。

広々とした庭に雑種の犬が二匹いるのが見える。その庭の隅には枯れ葉で焚火《たきび》をしたあとがあった。ガレージには白の軽トラックが一台停めてある。古くからこの地になじんでいる地主の家というたたずまいだった。

居間に通された嵯峨は、こたつに入って老夫婦と向き合った。父母どちらも、たしかに娘の面影が感じられる顔だちだ。

由香の旧姓は近松。両親の名は近松尚行《なおゆき》と多恵子《たえこ》。役所で戸籍謄本を調べた結果、すぐにこの実家を割りだすことができた。

こたつの向こうはガラスの引き戸で、縁側があり、裏庭の物干しにふとんがかけてあるのが見える。

そんな環境で、由香の父、尚行はぽかんとした顔で居住まいを正した。「こりゃ、どうも。警察の方ですか」

「いえ、ちがうんです。どうぞお楽に。私は〈東京カウンセリング心理センター〉の嵯峨敏也という者です。カウンセラーをしています」

「はあ」尚行は口をあんぐりとあけて、大きな声でいった。「そりゃ、大変なことですな。嵯峨先生ですか。遠路はるばるご苦労さまです」

多恵子も大仰な声でいった。「さ、どうぞ足をお崩しになってくださいな。あ、うっかりしてたわ。お茶をおだししないと」

甘いタレの匂いが鼻をつく。多恵子が歩き去った台所のほうから漂ってきているようだ。おでんだな、と嵯峨は思った。入絵由香のマンションの扉の前で、換気扇から吹きだしてきた匂いと同じだ。

あまりにも簡単に居間に通されたことに、妙な居ごこちの悪さを感じる。ふたりとも、自分の娘について調査しているという見ず知らずの人間を接客して、詳細をきこうともしない。

だが、裏があるようには思えなかった。これがこの夫婦の性格なのだろう。

多恵子が湯呑《ゆの》みを盆にのせて運んできた。それが目の前に置かれると、嵯峨は軽くおじぎをして、さっそく用件を切りだすことにした。「由香さんに関することで、いくつかおうかがいしたいことがあります。先日の件は、もうお聞きおよびでしょうか？」

「ええ」多恵子がこたつに入りながら、困惑ぎみにいった。「きのう警察の方がおいでになりまして。あらましはうかがいました。ほんとにもう、あの子はひとさまにご迷惑ばかりかけて」

尚行も口をとがらせた。「謝る必要があるなら、ちゃんと謝りなさいと、以前からいってきかせてたんですがね。あれは頭をさげることをしないから、変に疑《わ》われることも多いんです。でも、警察の方はちゃんとしてらっしゃるから、きちんと詫びを入れれば、わかってくださると思うんですがね」

詫び……？

嵯峨は戸惑わざるをえなかった。ふたりは事態の大きさを認識していないようだ。

「失礼ですが」と嵯峨はいった。「由香さんがどんな理由で警察に呼ばれたか、ご存じなのですか?」

「さあねえ」尚行はつぶやいた。「まあ、いつものことだから」

「いつもの? 由香さんは以前にも、警察と関わったことがあるのですか?」

「ええ」多恵子がうなずいた。「たびたびありましたわね。あの子はしょっちゅう嘘をつくんですよ。どういうものか、人様ときちんと約束したことを忘れたっていいだして、知らんぷりを決めこむんです。半年ほど前、下北沢のお好み焼き屋でパートをしていたときにも、店主の方から受けとったはずの給料を、翌日になってもらっていないといいだすんです。きのうあなたはちゃんと給料袋を持って帰ってきたじゃないといっても、そんな覚えはないというんです。しまいには、みんなで寄ってたかって自分をだまそうとしている、由香はそういったんです。そして、勝手に一一〇番してパトカーを呼んでしまいましてね。ところがお巡りさんが来たら、電話した覚えはないといいだしたんです」

「そうそう」尚行がしかめっ面をした。「あれには旦那《だんな》の昭二さんも困りはてたみたいでしてね」

興味深い話ではあった。由香がそのときなんらかの理由で人格交代した可能性も高い。

だが、嵯峨はそれよりも両親の態度が気になった。このふたりは、まるで赤の他人の噂話でもしているかのようだ。とても、実の子の身を案じているようには思えない。

嵯峨はきいた。「由香さんは、いつごろ結婚されたのですか？」

「ええと、あの子はいま三十だから……四年前ね。仕事もせずにぶらぶらしてるもんだから、いいかげん結婚しなさいってんで、お見合いさせたんですよ。入絵昭二さんっていう、五つ年上の人にもらわれてね。きちんと式を挙げて、新婚旅行も……ええと、バリ島に行ったのよね。昭二さんはおとなしくて、紳士的な人ですよ。由香ももっと昭二さんを見習わなきゃいけないのにね」

「その、昭二さんのほうは由香さんをどう思ってるのでしょう？」

尚行が唸《うな》った。「それがねえ、ずいぶんと苦労ばかりかけてるみたいなんですよ。亭主に嘘をつく嫁がどこにいる、っていつも叱ってるんですけどね。由香はちっともいうことをきかないんです」

多恵子もいっそうの困り顔でいった。「酒くさい臭いを漂わせて、夜遅くに帰ってくるんですよ。家事もほうりだして、どこかを遊び歩いてるんです。昭二さんにきかれても、どこへ行ってるのか教えようとしないんですよ」

「由香さんにはお子さんはいらっしゃるんですか？」

「いえ。若いころ遊び歩いてたんで、悪い友達とつきあってて、身ごもったことはあったんですけどね。それはおろしちゃいました。そしたら、水子の霊が取り憑《つ》いたとかいいだしたんですよ」

「そうそう」と尚行が呆《あき》れたようにいう。「子供の声がきこえてくるっていうんです。家にいるときに『ほら、お父さん。こんばんは、っていう子供の声がきこえない？』とか、突然いいだすんですよ。それも一日に何回も。しまいにいやになって、怒鳴りつけると、泣きだすんです。困ったもんですよ」

「それから」多恵子が告げた。「なんだか変なものが部屋のなかに入ってきたとかいいだしたこともありましたよ。でっかい猿が目の前にいるってんです。全身に緑色の毛をはやしてるんですって。そいつが自分に催眠術をかけてくるっていいだすんだから、まったくもう」

嵯峨の身体にぴくっと緊張が走った。「催眠術を？」

「ええ。その猿が、自分を意のままに操ろうとしてるんですって。その猿がでてくると、身体が勝手に動かされちゃうっていうんですよ。由香はとたんに笑い声をあげたり、嘘をついたりして、変なことをしては、あとでその猿のせいだというんです」

「嘘というと、どんな嘘です」

「わたしは宇宙人だとか、子供みたいなことをいうんです。ほかの名前をいうこともありましたわね」

「理恵子とか？」

「そうそう、理恵子。それに弥生《やよい》とか、美奈子《みなこ》、聡子《さとこ》……って感じで。それでお父さんが怒って叱ると、また泣きだすんです」

尚行が吐き捨てた。「理恵子だとか美奈子だとか、銀座の飲み屋じゃないってんですよ、まったく」

多恵子がけたたましい声をあげて笑った。

嵯峨は重苦しい気分になった。

この両親は、由香の精神面の危機をまったく認識していない。認識しないまま、恐ろしいほどの長い年月が流れていた。

そのあいだ、いちどたりとも精神科医に相談しようとは思わなかったのだろうか。由香の知人、夫の昭二、あるいは親戚《しんせき》の人々は、誰もそのことを勧めてくれなかったのだろうか。

「あのう」嵯峨はたずねた。「ぜんぶ、由香さんの嘘だと思われてるんですか？」

老夫婦はきょとんとした目で見返した。

妻のほうがうんざりしたようにいった。「そりゃそうですよ。あの子はうちの子ですし、名前もちゃんとあたしたちが決めたんですから」

「いや、そうじゃなく……。由香さんが、本気で自分が別人だと思いこんでいたり、緑色の猿がいるように見えているとは考えられませんか」

尚行がきっぱりいった。「考えられませんよ。だって、あたしが怒鳴ったら、すぐそんなことはいいださなくなるんですから。それでしばらく甘い顔をしてると、またそういうことをいいだすんです。あれは甘えてるんですよ。かまってほしくて、騒ぎを起こそうとしてるんです」

また多恵子が大きくうなずいた。「そうです。いちど、だんなの昭二さんが医者に連れてくべきだとかいってたけど……」

「そのときは、あたしが怒りましてね」尚行が鼻息を荒くした。「うちの子の頭がおかしいとでもいうのかって、怒鳴ってやったんです。そんな嫁と結婚したと思ってるんなら、さっさと離婚しちまえってね」

「まあまあ、お父さん」多恵子が笑いながらいった。「ま、昭二さんもあえて心配してくださったんですよ。でも、もとはといえば由香に責任があるんですからね。昭二さんに迷惑かけないようにしなさいよって、きつくいっておきました」

これはひどい……。典型的な前時代的家族。しかも不勉強だ。常識を大きく外れているのに、そのことに自覚がない。

嵯峨は弱り果てながらきいた。「由香さんがそのようなことをいいだしたのは、いつごろですか」

「さあねえ」多恵子は天井を見あげた。「もうずいぶん前だから。子供の声がきこえるってのは、二十歳すぎぐらいからいってたわね。あたしたちが、そろそろどっかへ就職なさいっていうたびに、そんなことをいいだしてごまかそうとしてたんですよ」

「緑色の猿がでてきたのは？」

「猿は、ええと、結婚してからじゃないかしら。ここ何年かってことですね」

「宇宙人もその後？」

「ええ。だんだんひどくなって、宇宙人だとか、理恵子だとか、美奈子だとかいいだすようになったんです」

尚行が腕組みをした。「ほんの一年か、二年ぐらい前ですよ。ときどき下北沢のマンションから、あたしたちのほうへやってきては、そんなことばかりいってました。ああそうだ、おでん屋のお客さんの世話になって、仕事をしていたころじゃないかな」

嵯峨は近松尚行を見つめた。「お客さん？　というと、財津信二さんですか」

「ええ、そうです」多恵子が目を輝かせた。「あの方はいい人でしてね。日正証券に由香を入れてくれたんですよ。それをまあ、恩を仇《あだ》でかえすように、半年ぐらいでやめてしまいましてね。あれ以降は仕事もしないし、家事もしないしで、こまったもんですよ」

嵯峨は頭のなかで事実関係を整理していた。

子供の声がきこえるというのは幻聴であり、緑色の猿が出現するのは幻視であると思われた。

猿に意のままに操られたという自覚から、猿の声も聞こえている可能性がある。だとするのなら、入絵由香はドリトル現象を発症している可能性もある。

動物を起点とする妄想知覚。動物からの幻声体験、それをドリトル現象と呼ぶ。重度の精神病的状態の指標となり、発症した人がしばしば危険な行動にでることが指摘されている。

ドリトル現象は、犬や猫などがその場にいる場合、それが喋《しゃべ》っているように聞こえるケースもあれば、動物がいないのにいるように感じて、さらに声まで聞こえるという例も報告されている。入絵由香においては、緑色の猿がそれに当たるとも推察される。

緑色の猿に催眠術をかけられたというのは、恐怖によってフーグをおこし一時的に記憶喪失し、人格交代してしまうことが、幻視と結びついて本人にそういう解釈をもたらしたのかもしれない。むろん、この場合の「催眠術」とは、世間が勝手に思いこんでいる魔法のような術という意味なのだが。

多重人格障害を発症したのは二十歳以前のことと考えられるが、由香は独りその症状に苦しんだだろう。こんな両親の無理解のもとでは……。

嵯峨は、由香の両親をかわるがわる見た。「変わったことばかり口にする由香さんに対して、叱りとばす以外の方法はとらなかったんですか」

多恵子が心外だというように目を瞠《みは》った。「そんなことはありませんよ。あの子のために水子の供養をしてあげました。神棚もつくりました。でも、まだ子供の声がきこえるっていうんです。だから、いろんなお寺の住職さんのところへ連れてって厄《やく》除《よ》けしてもらいましたし、あの子が新聞とかテレビとかで見つけてきた相談相手のところにも、何度となく連れてきましたよ。ずいぶんお金がかかりましたわね」

「相談相手というと？」

「除霊をしてくれる先生とか、気功の先生とか。みんな心配ないっていってくださってるのに、由香はこれじゃだめだとか、わがままばかりいうんです」

「だから」尚行がいった。「しまいにはほうっておくことにしたんです。えらい先生方が全力を尽くしてくださってるのに。あたしはね、学はないけども、人様に対して感謝の気持ちだけは絶対に忘れちゃならないって、由香が小さいときからいつもいってきかせてたんですよ。ほんとに困ったもんです」

多恵子がうなずいた。ふたりとも、本当に霊が取り憑《つ》いているなら、とっくに除霊できているはずだとでもいいたげだった。

尚行は愚痴っぽく喋りつづけた。「あの子はもう、むかしから気の強い子でね。親のいうことなんか、これっぽっちもききやしない。高校を出てからも定職につこうとしないから、ぶらぶらしてるくらいなら、うちの店を手伝えっていったんですけどね。ほんの一日か二日しかつづかなかったんですよ」

嵯峨はきいた。「お店はそのころから繁盛していたんですか？」

「ええ、そりゃもう」多恵子が顔をかがやかせた。「うちは老舗《しにせ》ですからね。おおぜいのお得意さんにごひいきにしていただいたんですよ」

尚行が老眼鏡をかけた。異様なほど拡大された目を瞬かせて、簞笥《たんす》を指差した。「ほら、あの帳面。あの帳面をみていただこう」

「そうですわね」多恵子は腰を浮かすと、簞笥から大学ノートを二冊取りだし、こたつの上に開いて置いた。

多恵子が自慢げにいった。「うちは何度も新聞や雑誌に載りましたのよ」

ノートは新聞の切り抜きで埋めつくされていた。大手町のビジネス街に、昔ながらののれんを守っている老舗のおでん屋。老夫婦がふたりで切り盛り。低価格でうまい店。一年前の新聞には「大手町ののれんの灯、惜しまれながら消える」と、閉店のようすが報じられていた。

ノートのページを繰る嵯峨に、尚行と多恵子がはずんだ声で説明を加えた。プロの野球選手も来たんですよ。有名人とか、政治家のえらい先生方もたくさんおみえになりましてね。あ、それは著名な作家の方が、近松屋のことを本に書いてくださって、その部分の切り抜きなんです。いつも朝五時から仕込みをして、終わるのは夜の十一時すぎでしょう。寝るひまもなかったんですよ。でも、とにかくお客さんのよろこぶ顔が見たかったですからね。あたしたちの店は、ほとんど値上げもしなかったんですよ。おいしいっていってくださる、お客さんたちの期待に応《こた》えるのがなによりもうれしかったんです。ところが、そのうち身体をこわしちゃいましてね。多恵子も糖尿病になっちゃったし。お客さんたちは残念がってたんですけど、とうとう店じまいすることになりまして……。

嵯峨は重苦しい気分で相槌《あいづち》を打ちながら、ノートに目を落としていた。

由香の両親の言葉は、ほとんどきいていなかった。ただ、息苦しくなるような胸の痛みを感じるばかりだった。

このふたりに罪はない。ただひたすら、店を守りぬき、子供を育ててきたにすぎない。しかし、なんと純朴な夫婦なのだろう。そしてそれは、現代社会では常に最良とはかぎらない。この両親は世間の常識にあまりにも疎かった。学問に無頓着《むとんちゃく》すぎた。江戸っ子をきどり、人情に厚いことを誇りに思っているが、それは本当の社会を知らない証《あかし》でもあった。ひたすら人情をもってすれば、あらゆる知識や権威を駆逐できると信じきっている。しかしそれは幻想にすぎない。

嵯峨はぱたんとノートを閉じた。

老夫婦の顔から笑いが消えるまで、かなりの時間を要した。

「おふたりは」嵯峨はつぶやいた。「由香さんを愛してらっしゃいますか」

尚行と多恵子は顔を見合わせた。やがて尚行が苦笑しながらいった。「ええ、そりゃそうですよ。あたしたちの子ですから」

「由香さんの幸せを願っておられますね」

ええ、とふたりが口をそろえて答えた。

「では、申しあげます。由香さんは病気なんです。また、現在は重大な事件の参考人として、警視庁に呼ばれています」

「はあ」と尚行がぼんやりと応じた。

「じつは、由香さんはいま、おふたりが思っておられるよりずっと複雑かつ困難な状況にあります。おふたりが由香さんのことを思っておられるなら、ぜひ力を貸してください。警視庁へ行って、由香さんご本人からくわしい話をきいてください」

「それは……警察の方にもそういわれたんですけどね。あたしたちは由香には会わんほうがいいんですよ」

「なぜです？」

多恵子がいった。「最近、あたしたちの顔を見るだけで、なんていうか、ヒステリーみたいになるんです。泣き叫んで、物を投げたりするんですよ」

「それはいつごろから？」

「一年ぐらい前からです。反抗期の子供みたいなもんです。以前から刃向かってくることは多かったんですが、最近になってよけいにひどくなりました」

尚行がため息まじりにいった。「多恵子はまだいいんですが、あたしのほうとはまるっきり会いたがらないんです」

「あたしだって」多恵子は神妙にいった。「もう普通に話なんかできませんよ。ひとこというだけで、怖い顔して睨《にら》みつけてくるんです。でもまあ、あの子は嫁に行ったんだし、いってみれば入絵家の人になったわけだから、両親のいうことをきかないのもしかたないかも知れませんわね」

両親が、初めて本音を覗《のぞ》かせた。怯《おび》えている。これ以上、やっかいな状況に巻きこまれるのを怖れているのだ。

「お気持ちはわかります」嵯峨は告げた。「しかし、ご両親が由香さんを信じてあげられないようなら、ほかに誰も彼女を信じることはできないでしょう。彼女はいま、孤独です。ひとりで困難な状況のなかにいるんです。助けを呼ぶ声に対して、耳をふさいではいけません。力になってあげなければなりません」

尚行と多恵子は黙っていた。

事態の大きさまでは把握できないだろうが、我が子が窮地にあることはわかったようだった。

それでも、どうすることもできないと思っているのだろう。由香の多重人格は、あきらかにこの素朴な両親の理解を超えていた。

ただ、ふたりは認めるのがいやなのだ。自分の子供が精神病だと。

嵯峨はきっぱりといった。「これだけははっきりいっておきます。由香さんは生まれつき精神異常というわけではありません。それに、嘘つきでもありません。霊が取り憑いているわけでもありません。すべては真実なんです。ほとんどの人の常識では理解できないでしょうが、これはそういう病気なんです。誰でも、熱に浮かされたら幻覚を見ることがあるでしょう。由香さんはそれと似た状態にあるだけなんです」

多恵子は座りごこちが悪そうにもじもじとしていたが、やがてささやくような声でいった。「あたしたちも、そりゃ由香のことは心配してますよ。でも、どうしたらいいのかわからないんです。由香があんまりにも、変なことばかりいうもんだから」

「それは、そういう病気なんです。いままで周りに同じ病気になった人がいなかったから、わからなかったというだけです。よろしければ、おふたりの代わりに私を警察へ行かせてください。警察の方に電話して、私を代理に行かせますと連絡してください。私が、おふたりの意向に沿う形で、由香さんに助力させていただきます」

「……そういうことなら、ぜひお願いします。あたしは、そうしていただければ。ね、お父さん」

尚行は渋い顔でうなずいた。「わかりました。なにがどうなってるのか、あたしは勉強が足らないんでよくわかりません。あたしは大学も出てないですし、むずかしいことはなにもわからないんです。ですが、先生みたいな方なら、おまかせできるでしょう」

「ええ」多恵子がうやうやしくいった。「どうかお助けください、あの子をなんとかしてやってください」

嵯峨は思わずため息をついた。

そういう意味ではないのに……。

ふたりとも、権威を頼って無条件で依存しようとする。それが誠実さだと錯覚しているふしもある。

多恵子が、簞笥《たんす》から一枚の紙きれをだしてきた。警察の人間が置いていったメモらしい。

日付は明日だった。午後二時。警視庁、北館二階、第六会議室。

警察は両親を呼びだしてから、由香の横領疑惑について話すつもりだったようだ。日時や場所を細かく指定しているということは、このとき関係者が一堂に会して話しあいを持つに違いない。

「感謝します」嵯峨はメモを手に立ちあがった。「できるかぎりのことはします」

「先生」尚行が呼びとめた。「由香のその病気ですが、治りますか?」

治るという答えだけを期待している老夫婦の顔が、そこにあった。

嵯峨はためらった。嘘をつくのはたやすい。でも、それは問題を先送りすることにしかならない。

「完治はしません」嵯峨はいった。「それが娘さんだと思ってあげてください」

ふたりと目を合わせるのがためらわれた。嵯峨はおじぎをして、居間をでた。

ペダル

路地に停めたカローラに乗りこみながら、嵯峨はやりきれない気持ちになった。

僕はあの純粋無垢《むく》な夫婦を騙《だま》したも同然じゃないのか？　人のよさにつけこんで、警察との面会の日時をききだして、自分がとってかわるなんて。

ドアを乱暴に閉じ、ため息をつく。

しばし考えてから、つぶやきが漏れた。そんなことはない、あれが最善の策だった。

キーをひねってエンジンをかける。冷えこんだ早朝でないかぎり、古びたエンジンも一発でかかる。きしむようなエンジン音も、いまは嵯峨の迷いを一喝しているように思えた。

父親の一喝だ。

精神病が発症する原因は家族にあることが少なくない。両親が離婚して、片親が子供を顧みず、愛情を充分に与えないまま育てたりすると、精神に歪《ゆが》みが生じたりする。

入絵由香の両親は離婚してはいない。はた目からみれば、両親もいるし、帰る家もあるのだから、恵まれているように見える。しかし、本当は違っていた。彼女は孤独だった。もっと親の愛情を欲していた。店や仕事なんかより、自分を構ってくれる両親を欲していた。

家族はどうあるべきなのだろうか。そもそも、正しい家族なんてあるのだろうか。

嵯峨はアクセルを踏みこみ、ギアを入れ替えた。カローラはゆっくりと走りだした。きょうはかなり長い道のりを走っている。運転手に酷使されたことに抗議するかのように、激しい振動がシートを突きあげてくる。

ひどい乗りごこちだったが、嵯峨は穏やかにつぶやいた。

家に帰るまで辛抱してくれ、親父。

夜九時すぎ。

退社時刻をすぎて、ひっそりとした〈東京カウンセリング心理センター〉のロビーに、小宮愛子はたたずんでいた。

愛子は沈みがちな気持ちを追いはらおうとつとめていた。

しかし、どうしても竹下みきのことが気にかかる。

わたしの判断はまちがっていたのだろうか。家に押しかけたことは逆効果だったかもしれない。あの子を追い詰めてしまったのかも……。

「おや」と男の声がした。「こんな時間にどうしたの」

顔をあげると、鹿内が近づいてくるところだった。

「あ、鹿内先生」愛子はいった。「先生も居残りですか？」

「まあね。相談者はほとんどが集団療法の小グループに分けられているけど、きょうは摂食障害の相談者が多くてね。箱庭療法を試みたら、ちっとも人形に手を伸ばしてくれないんで長くかかっちまって。いまにして思えば、何も置きたがらないという時点で評価しないとね」

「神経性無食欲症の場合、うつ病性障害で食欲が落ちている可能性もありますしね」

「へえ。きみはよく勉強してるね」

「カウンセラーとして当然の知識です」

鹿内は笑いながら冗談めかせていった。「初めて知ったよ」

「まさかぁ……」

「ところで、きょうは嵯峨はもう戻らないかもしれないぜ？」

「あ、そうなんですか。嵯峨先生、だいじょうぶかな……」

「あいつのことだから、凹《へこ》んだままにはならないと思うけどね。勇み足が過ぎなきゃいいけどな。そういえば嵯峨のやつ、妙な物を発注してたな」

「妙な物?」

「ちょっと待っててくれ」と鹿内は引き返していった。

ロビーの奥の物置に入って、しばらくごそごそと中を物色していた鹿内が、ふたたび出てきていった。「ほら、これだよ。けさ届いた」

鹿内は真新しい一輪車を押していた。

「あ……」と愛子はつぶやいた。

おそらく嵯峨は、わたしのためにこれを調達してくれたに違いない。竹下みきがどんなふうに悩んでいるのか、具体的に研究しろということだろう。

ふんと鼻を鳴らして鹿内はいった。「俺の子供のころには、こんな物に乗る授業はなかったけどな。まるでサーカスだよ」

「バランスが難しそうですね」

「難しいなんてもんじゃない」と鹿内はサドルにまたがったが、ふらふらと前後に揺れるばかりで、足はいっこうに床から浮きあがらなかった。

愛子は笑った。「足をペダルに乗せないと」

「わかってるけどさ。こりゃ、あれだな。心理学的にいうと努力逆転の法則ってやつだな。

理性であれこれ考えても、本能が乗れると思っていない以上、マイナスにしか向かわない」

「じゃあ、無意識の領域でも乗れると信じなきゃいけませんね」

「それだけじゃ駄目だ。根拠なく乗れると信じるだけなら催眠療法で可能になるかもしれないが、そいつは単なる無謀な行為につながる恐れがある。乗れもしないのに乗れると信じて、大怪我を負っちまうかもしれない」

「でも、これに乗れないと、子供は友達から爪弾《つまはじ》きにされてしまうんです」

「乗れる子と乗れない子がいるってことは、友達関係に不和が生じる原因になる。だから問題を解決するにはただひとつの方法しかない。みんなが乗れるようにすることだ」

「そんなこと、ほんとにできるんですか」

「さあな。わからんよ」鹿内はしばらく一輪車と格闘していたが、やがてあきらめたようにいった。「俺にゃ無理だ」

「お借りしていいですか」

「危ないよ」

「だいじょうぶです」愛子は一輪車を受け取りながらいった。「乗れるコツを体得してみせます。わたしの相談者のためですから」

中毒

午後二時。嵯峨は警視庁を訪ねた。

第六会議室の扉の前で、嵯峨は制服警官に告げた。「臨床心理士の嵯峨敏也です」

警官は怪訝《けげん》そうな顔で「お待ちください」といって、ドアのなかに入っていった。

緊張に胸が高鳴る。

門前払いを食らうだろうか。当然、その可能性は充分にありうる。

ふたたび警官が現れた。「どうぞ」

内心ほっとして戸口に向かう。軽くおじぎをして、部屋に入った。

会議室のなかはがらんとしていた。由香の姿はなかった。長い会議用のテーブルがひとつ、壁ぎわに寄せてあり、あとはいくつかのパイプ椅子が点在しているだけだ。窓はブラインドで閉ざされていて、蛍光灯がつけられていた。

会議用テーブルには見慣れた顔が座っていた。日正証券経理部長の財津信二は、嵯峨の顔を見るや立ちあがっててていねいにおじぎをした。

その隣りの外山盛男警部補は、書類に目を落としていたが、顔をあげて嵯峨を見るとしかめっ面でいった。「やれやれ、またあなたですか」

「どうも……」嵯峨は恐縮しながら歩み寄った。

外山がきいてきた。「入絵由香のご両親に会われたんですってね」

「ええ。きょうはそのご両親の代理で来ました。気の毒なことに、入絵由香さんはご両親の顔を見ると冷静ではなくなるらしいんです」

「まあ、きのう電話がありましたから、知ってはいましたがね。しかし、本当ですかね。両親と顔を合わすこともできないなんて」

「取り乱すところを見ないと信用できないとか?」

「いや。そこまではいいませんよ」外山はため息をついた。「よろしい。あなたを代理ということにしましょう。ですが、それはきょうここに限ってのことです。あなたの立場はあくまで、あなたと彼女の両親との合意のもとで代理になったという、それだけですよ。こちらからあなたになんらかの依頼をしたわけではない」

「わかってます」

「あなたはここでの成り行きを、ありのまま彼女の両親に伝えるだけでいいんです。その後のことは、あの両親が判断することですからね。基本的に、あなたのような第三者は法定代理人にはなれないんです。そこのところは、充分にお含みおきいただきたいですな」

「はい。ところで、きょうはここで、何がおこなわれるんですか？」

「精神科医の下元佑樹氏に、彼女の精神鑑定の総まとめを行なってもらいます」

「すると、下元氏はここへ来るんですか。入絵由香さんもですか？」

「そうです。だから、両親に立ち会ってもらおうと思ったんですよ。非常に重要なことなんでね」

「同感ですね」

ドアがあいて、制服姿の男性が入ってきた。刑事ではなさそうだった。年齢は五十歳前後、眼鏡をかけている。ゆっくり歩いてくると、外山に軽くおじぎをした。

外山が起立し、きびきびとおじぎをする。

官僚らしい。同じように年配の制服組がさらにふたり入室してきた。三人は並んで長テーブルについた。

嵯峨にも椅子が用意された。そこに腰を下ろしながら、奇妙な様相を呈しだした室内を見渡す。

広く空いた部屋の中央を、全員がテーブルごしに見守る形になった。俳優のオーディション風景を思わせる。

戸口に足音がした。

入ってきたのは由香だった。見覚えのある男性に支えられている。三十代半ばぐらい、スーツ姿だった。由香の夫、入絵昭二だった。

夫に身体を支えられながら、由香はおぼつかない足どりで歩いてきた。服装は白のワンピースだった。外山たちに連れていかれたときの服装とは違っている。夜にはちゃんと家に帰されているらしい。

目はうつろで、アルコール中毒症のように手が小刻みに震えていた。

寄り添う入絵昭二が由香の耳もとにささやきかける。「だいじょうぶだよ、ゆっくり歩いて」

一脚のパイプ椅子が、部屋の中央に据えられた。

由香は夫の助けを借りながら、その椅子に座った。

ぐったりと背もたれに身をあずけ、焦点の合わない目で天井を見あげている。

不安げな面持ちの入絵昭二は、警官によって部屋の隅に案内され、そこで椅子に腰掛けた。

まるで法廷における被告人のように、由香だけが真ん中に残されている。

これでは非公式な裁判だ。嵯峨が苦言を呈しようとしたとき、またドアが開いた。

グレーのスーツの上に白衣を羽織った男が入室してきた。年齢は五十代半ばぐらい、白髪のまじった髪をきちんと七三にわけ、目は異常に大きく、頬がこけていた。

「下元さん」外山がいった。「どうぞおかけください」

「いや結構」と下元は渋い顔をした。「時間を無駄にしたくないんでね」

「そうおっしゃるのなら……。では、始めてください」

「よろしい」

下元は咳払《せきばら》いをした由香の近くに立って口を開きかけたが、そのさまはあたかも奴隷商人のセールストークのようだった。

「ご覧のとおり」と下元は告げた。「彼女はいま精神的に不安定な状態に見えます。ご来席のみなさんは、このような痛々しい状態にある彼女を、ここへ引っぱりだすことに不快感をおぼえられるかも知れません。しかし、ご心配にはおよびません。彼女の判断能力は的確ですし、責任能力もそなわっております。こちらの話していることも理解できていますし、膝蓋腱《しつがいけん》反射、すなわち膝《ひざ》の下をたたくと足がぴょんと跳ねる反応はちゃんと起きます。だから感覚的な部分は正常なのです」

外山がきいた。「会話はできるのですか?」

「本人がそう望めばね。いま彼女はブラックアウト、つまり覚醒《かくせい》状態において前向性健忘を起こしていると考えられます。記銘といって、新しく記憶することが困難になっております。ぼんやりしているのはそのせいです」

「原因は何なのですか？」

「ご主人の話では、酒の匂いを漂わせて帰ることが多かったとか。常識的に判断して、アルコール中毒ですな」

嵯峨は驚いて声をあげた。「アルコール中毒？」

「さよう」下元は顔いろひとつ変えなかった。「攻撃性、易刺激性、気分不安定、認知の悪化、判断力低下。症状としてすべて当てはまりますな。ほかにも協調運動障害、不安定歩行、眼振、記憶障害、混迷についてもそれらに近い症状がみられる」

「すると」外山は下元を見つめた。「ただの飲みすぎですか」

「いいや。そう簡単ではない。アルコール乱用というよりは依存に近かったのでしょう。ご存じの通り、アルコールには鎮静作用があり、不眠、抑鬱《よくうつ》、不安の除去のために飲酒することも多い。精神安定剤がわりに飲むということです。ご主人。奥様が外で飲み歩くようになったのはいつごろですか？」

入絵昭二は戸惑いがちに応じた。「三年ぐらい前……だったと思います」

「奥様が証券会社にお勤めになられるようになった、そのころですかな」

「そうですね、たしか」

「つまり、強いストレスを感じてアルコール依存症となり、そこから中毒に陥った。治療の必要ありですな。チアミンや葉酸、ビタミンB12などの栄養剤をとらすことで、正常に近づくでしょう」

たまりかねて嵯峨はいった。「お待ちください。その見立てには異論があります。まるで彼女がいかにも横領を働いて、そのストレスを背負いこんだかのような言い草に聞こえます。これは裏づけというより、少々こじつけのような気がしてならないんですが」

由香を除く、全員の視線がいっせいに嵯峨に注がれた。

外山は苦い顔をしている。

下元はぎょろりと目を剝《む》いてたずねてきた。「失礼ですが、あなたはどなたですかな?」

「私は嵯峨敏也と申します。〈東京カウンセリング心理センター〉で催眠療法科の科長を務めております」

「ほう」下元の顔に驚きのいろが浮かんだ。「ではあなたも、入絵由香さんの精神鑑定を依頼されておられるんですかな?」

「いえ。私はあくまで部外者です。由香さんのご両親の代理として来ました。さきほどのお見立てですが、アルコール中毒と断定されるからには、脳のサーモグラフィのデータなどもおとりになったのでしょう。数値を公表していただけますか？」

「……いや。機械による検査は受けさせてませんな」

「なんですって？　でもアルコール中毒なら、脳の表層の温度が……」

「私は脳外科医じゃない、精神科医だ。物理的な検査がなくても、症状から判断できる」

また無茶な理論だ。とても本気だとは思えない。

「おかしいですよ」と嵯峨はいった。「検査もなしに決めつけるなんて。アルコール血中濃度も調べてないんでしょう？　しかも、まず彼女が横領犯であることが前提になっているかのような精神鑑定じゃないですか。容疑者だという偏見を捨てたうえでなされるべきでは？」

外山が怒ったように告げてきた。「嵯峨先生。あなたには先ほどご自分の立場を確認していただいたはずだ。我々はあなたに精神鑑定を依頼したわけでも、意見をきくために呼んだわけでもない。ここはあなたの職場ではないんですよ」

「いえ、私は立場をわきまえています。そのうえで、ご両親が疑問に思われるであろうことを代弁しているのです。下元先生、ご両親のお話ですと、由香さんは以前から幻視や幻聴に悩まされてきたらしいんです。子供のささやく声がきこえたり、緑色の猿が出現したりするといっていました」

　下元は眉《まゆ》をひそめた。「ご主人、そんなことがあったのですか？」

「ええ」入絵昭二は当惑ぎみにいった。「まあ、たしかに、由香はそのようなことをたびたび口にしていたと思います。子供の声とか、緑の猿とか」

「なぜきのう、そのことを教えてくださらなかったんです」

「取るに足らないことだと思ってましたので……。お恥ずかしい話ですが、夫婦げんかというものはお互いに興奮しきっているもので、まるで子供の喧嘩《けんか》のようになるものですから」

　ふんと鼻を鳴らして下元がいった。「まあいいでしょう。中毒だけでなく、アルコール誘発性精神病性障害の疑いもあるというだけですな」

「はあ……。しかし、由香がさらにひどくなって、このように放心状態のようになったのは、ここ数日のことで……。最近は警視庁に行き来しているので、アルコールは摂取していないはずですが」

「ご主人。アルコール誘発性精神病性障害は、飲酒に依存していた人がアルコール消費を減らしたとき、二日以内に生じるんです。かつてはアルコール幻覚症と呼ばれていた、生々しい幻視や幻聴を伴うことも確認されています」

嵯峨はまったく合点がいかなかった。「下元先生。その疾患が発生するには十年にわたるアルコール依存歴が必要なはずです。男女比も四対一といわれています。女性で、なおかつ三年ていどの飲酒歴の入絵由香さんに発症する確率はきわめて低いのでは？」

下元はむっとした。「では、あなたにお尋ねしたい。彼女がこうなった理由は？」

「……家庭環境だと考えています」

「家庭環境！」下元は嘲《あざけ》るような笑いを浮かべた。「まさか、幼児期の抑圧されたトラウマによってこうなったとか？」

「いいえ。下元先生、ご存じでしょう？　幼少のころの心の傷が、無意識のうちに抑圧されていて、意識の表層に浮かびあがってこないなんて話は、ひところ流行《はや》った自分探しの記憶回復療法を正当化するための方便だとね。『永遠の仔』だとか、あのころに小説や映画の世界に流布された伝説のようなものです。記憶なんて自然に薄らぐものだし、幼児期の抑圧されたトラウマなんてナンセンスです」

「ほう。なかなか進歩的な考え方をお持ちだ。催眠療法の専門家などというから、年齢退行の暗示でも与えて、古臭いトラウマ探しでも始めるのかと思ったが」

「抑圧されたトラウマでなくとも、幼児期の出来事がその後の発育過程で精神構造に影響を与えるのは当然です。僕はそこに問題があったのだと思っています。由香さんはご両親を恐れている」

「ふうん。なぜ恐れるのです？」

「彼女の両親はずっとおでん屋を経営していて、子育てに割く時間はほとんどなかった。幼い子供にとって、両親の愛情が充分に感じられないことは非常に苦痛です。思春期にいたっても両親の理解が得られなかったために、彼女は内向的かつ反抗的になりました。十代に入ってからも、つきあってきた男性とのあいだにできた子供を中絶するなど、精神的苦痛は増加する傾向にありました」

入絵昭二が驚いた顔をして嵯峨を見た。中絶のことは初めてきかされたらしい。

由香のほうはあいかわらず、ぐったりと椅子の背にもたれかかっている。

下元は唸《うな》った。「ご主人の話では、奥様がある晩、ご帰宅なさったとたんにショックを受け、取り乱したような反応をしめしたとのことですよ。その場に彼女の両親はいなかったにも拘《かか》わらず、です。そうですな、ご主人？」

「ええ」入絵昭二は深刻な面持ちでうなずいた。「家に帰ってきたときは普通でした。ところが、キッチンに入ったとたんに、ひきつったような笑い声をあげたんです。いままでもたびたびありましたが、その夜は特にひどかった。それでやめさせようと叱ったら、今度は泣きだしたんです。そのあとは自室に閉じこもってしまったので、よく知りません」

「その翌日、奥様の状態はどうでしたか？」

「さあ……。私は朝早く出勤してしまったので。由香はいつも昼すぎまで寝ているらしいので、朝は顔を見せないんです」

嵯峨はいった。「由香さんに急激な変化が起きた夜のことなら、私も知ってます」

「あなたが？　なぜ？」

「ええと、その場にいましたから……」

同じくマンションの前にいた外山が咳払《せきばら》いをした。

嵯峨はその外山にたずねた。「あのとき、入絵夫妻の部屋から漂ってきた匂いに気づきましたか」

「匂いですって？」

「甘いタレのような匂い……」

「ああ。たしかに、おでん屋さんのような匂いが換気扇から吹きだしてましたな」

「そうです」嵯峨は由香の夫に向き直った。「あの夜、キッチンには由香さんのご両親の作ったおでんがあったのではないですか」

「はい。ずっと音信不通にしていたので、心配した由香のお母さんがおみえになって、夜食にと置いていったんです」

「それが原因なんです。母親の話によると、このところ由香さんは、両親と顔を合わせるだけで癇癪《かんしゃく》を起こしていたそうです。顔を見るのも、声を聞くのも嫌がっていたそうです。そこに、幼いころからずっと両親の店に漂っていた、おでんの匂いを嗅《か》いだ。由香さんにしてみれば、まるで両親が戻ってきたように思えたんでしょう」

しばし沈黙があった。

下元は神妙な顔をしていった。「なるほど。まあ、その可能性もあるというわけですな。しかし、どうにもわからないことがある。ご主人は由香さんが笑い声をあげ、そして泣きだしたとおっしゃった。泣くのはともかく、なぜ笑い声をあげたんです」

嵯峨は下元を見つめた。「それについては、もっとくわしく調べなければなりません。ただ、私が耳にしたかぎりでは……あれは宇宙人に人格交代したときの笑い声と同質のものでした」

「人格交代？」

「そうです。入絵由香さんは解離性同一性障害の疑いが強いんです」

「はん！」下元は呆《あき》れたように首を横に振った。「多重人格ときましたか」

「まあきいてください。彼女の一連の行動には、多重人格を裏づける数多くの特徴が見受けられました。不安や恐怖に直面すると解離性遁走《とんそう》に至り、宇宙人に人格交代してしまうんです。ほかにもいろいろな人格がありますが、恐怖から逃れるには、最も現実から遠ざかった空想上の存在、すなわち宇宙人の人格になることが最良の方法になっているんです」

「嵯峨先生。あなたの職場ではどういう研究をしているか存じあげませんが、多重人格とはね」

「かつて考えられていたほど稀《まれ》な症状ではないという報告もあります」

「……〈東京カウンセリング心理センター〉にお勤めだとおっしゃいましたな？」

「はい」

「では、倉石勝正くんとは知りあいですか」

「ええ。私の上司です」

「やはりねえ」と下元はため息をついた。「あなたは、彼の若いころによく似ている。自分で正しいと思ったことは、なんでも人に押しつけたがる。自信をもつのは結構だが、事実を無視してはいけませんな」

「事実に基づいて判断しているんです」

「で、入絵由香さんが多重人格だという根拠は？」

そのとき、夫の入絵昭二がおずおずといった。「すみません。たしかに由香は、別の名前を名乗ったり、その……宇宙人ですか、そういいだしたこともありました。夫婦喧嘩《げんか》で興奮ぎみになっているときにかぎって、そんなふうに奇異な言葉で喋《しゃべ》りだすので、ふざけているのかと思ってたんですが……」

下元は苦笑に似た笑いを浮かべた。「ご主人の推測が正しいのかもしれませんよ」

嵯峨はいった。「いいえ。由香さんは別の人格に交代したとき、ほかの人格での出来事を忘れています。あれは演技ではありません」

「それを証明する方法はないんですか。ないのなら、あくまであなたの仮説にすぎませんよ」

「以前なら、彼女に話しかける口調や態度を変えることで、うまく人格交代を引き起こすことも出来ました。しかしいまでは、こちらの言葉に耳を傾けてくれるかどうか……」

「あなたは催眠の専門家でしょう? 一説によると多重人格障害は、アモバルビタール面接または催眠によって、人為的にほかの人格を引き出すことができるはずですがね」

「たしかにDSMにもそう定義づけられていますけど……」

「では、無理とは思いますが、やってみてくださいませんか」

「今ですか?」

「もちろんです。ほかにどんな機会が?」

「しかし、由香さんの症状を詳しく分析してもいないのに……」

「分析の第一歩としておこなうんですよ。あなたは催眠療法科の科長であり、臨床心理士。精神科医の私もここにいる。なにを問題視する必要が？　ねえ、外山警部補」

外山はため息をついた。「その人格交代とやらをおこせるのなら、拝見したいですな」

嵯峨は困惑した。

たしかに暗示によってそれは可能になるかもしれない。実際に多重人格障害の相談者を相手にしたことは、これまで経験がないが……。

けれども、ためらってばかりもいられない。下元の考えを改めさせなければ、由香はろくに検査も受けさせてもらえず、アルコール中毒として片付けられてしまうだろう。警察は彼女の立件を急いでいる。この状況は打開せねばならない。

「わかりました」と嵯峨はいった。

ゆっくりと由香の近くに歩み寄る。

由香は無反応だった。あいかわらず虚空を眺めたままだ。

「入絵由香さん、きこえますか」嵯峨は問いかけた。「なにも心配することはありませんよ。これから、私のいうとおりにしてください。まずは、ゆっくりと深呼吸をして」

由香は反応しなかった。嵯峨はそっと由香の手に触れた。

びくっとその手が震える。

嵯峨は穏やかに告げた。「落ち着いて。さあ、ゆっくりと深呼吸して」

おなじ言葉を何度か繰り返した。

かすかな呼吸がきこえる。由香の胸もとが波うちだした。

警察の介入以来、由香と初めてとることができたコミュニケーション。それは催眠だった。

「さあ」嵯峨は静かにいった。「少しだけ、まぶたに気持ちを向けて。それが重くなる、と想像してください。むりに想像する必要はありません。ゆったりとしたまま、まぶたが重くなる、重くなる、と思ってください」

やがて、由香のまばたきが増えはじめた。予想したよりもすなおに暗示に反応している。少なくとも、嵯峨に対してはさほど警戒心をもたないらしい。さらに暗示を繰り返すと、由香は目を閉じた。

「では、そのままやすらかに呼吸をしながら、私の言葉に耳を傾けていてください」

「はい……」由香がつぶやきを漏らした。

いま、本来の目的は多重人格の立証ということになっている。しかしそれよりも、由香にリラクゼーションを充分に与えたい。緊張を解くことによって、あの夜、おでんの匂いを嗅ぐ前の状態まで戻れば、快復も期待できるだろう。

ところがそのとき、いきなり下元が由香に問いかけた。「どうですか？　あなたいま、催眠にかかってる実感がありますか？」

嵯峨は、背すじに冷たいものが走るのを覚えた。

邪魔するつもりはなかったのだろう。ただ会話に入ろうとしただけに違いない。だが、この場合は致命的だった。

「催眠？」由香が目を閉じたまま、震える声でいった。

すぐに指先も震えだした。

できるだけ穏やかな口調をつとめながら、嵯峨は由香に話しかけた。「心配しなくてもいいんです。なんでもありませんよ、ゆっくり呼吸してください」

「催眠？」由香はその言葉を反復し、目を開けた。

その表情に恐怖のいろがひろがった。

いきなり、由香は耳をつんざくような悲鳴をあげた。「いやああ！」

嵯峨は由香を落ち着かせようとしたが、もう彼女は嵯峨の言葉をきいていなかった。叫びつづけ、髪をふりみだし、椅子から転げ落ちそうになった。

夫の昭二が駆け寄って、由香の身体を抱きとめた。

下元が面食らったようすでつぶやいた。「こりゃいったい、どうしたことですかな」

その呑気《のんき》な言い草が頭にくる。嵯峨は下元に怒りをぶつけた。「なぜ、催眠誘導中に話しかけるんです。黙って見ているべきだったんですよ、あなたは！」

「どうして」下元は当惑とともに、苛立《いらだ》ちを隠さずにいった。「私はなにもしていないぞ」

部屋じゅうに響きわたる由香の絶叫のなかで、嵯峨は歯ぎしりした。僕の説明不足に起因しているのだろうか。いや、下元も精神科医だ。理解していて当然のはずだ。

由香の絶叫に掻《か》き消されまいと、嵯峨は声を張りあげた。「下元先生。催眠はかかるものでなく、誘導されるものでしょう。プロなら正しい言い方を努めてください。催眠にかかってますかと尋ねるなんて。まるで魔法にでもかかっているかのような物言いだ」

「俗な言い方をしたことがそんなに問題かね？　この場は学会じゃないだろう」

「問題は大ありですよ。彼女は緑色の猿に催眠術をかけられたといってました。解離性遁《とん》走《そう》に前後して起きるドリトル現象をそうとらえているのだと思いますが、彼女にとっては催眠は恐怖以外のなにものでもないんです」

「非科学的な話だ。催眠は言葉の暗示によるトランス状態への誘導法でしかないだろう」

「事実はそうですが、彼女は催眠とはすなわち人を意のままに操る、通俗的かつオカルト的なわざと認識しています。緑色の猿による催眠に怯《おび》えている彼女に、いま施されていることが催眠だと伝えるべきじゃなかったんです」

下元はむきになったようすで、大声でいった。「さっきは平気だったじゃないか！　きみと私は何度も催眠という言葉を口にした。彼女はなんの反応も示さなかった！」

「それは彼女に向けられた言葉じゃなかったからです！　いまあなたは、彼女がいわゆる催眠術をかけられていると認識させてしまった！　だから恐怖が喚起されてしまったんだ！」

「そんなことを私にいわれても困る！　きみが説明しておくべきだったんだ。だいいち、なぜいま宇宙人とやらに人格交代しない！　恐怖を感じたら宇宙人に替わって笑いだすんじゃなかったのかね!?」

「警察に連行されたときも人格交代は起きませんでした。なにかもっと異常な状態にまで追い詰められているのかもしれない。こんな状況は彼女を苦しめるだけです！」

「いずれにしても私が悪いわけではない！　きみが前もって説明してくれれば、こんなことには……」

「いい加減にしてください！」

怒鳴ったのは入絵昭二だった。

夫の昭二は、由香を抱き寄せた。

由香はまだ泣き叫んでいたが、入絵昭二が子供をあやすように小声で話しかけるうちに、少しずつ落ち着きを取り戻していった。

やがて、夫は静かにきいた。「外山さん。きょうはもういいですか」

外山は腰が退《ひ》けたようすでいった。「ええ、どうぞ。自宅に帰れば少しは落ち着くでしょう。またあとで連絡します」

さあ立って。家に帰ろう。夫が妻に語りかける。

由香は身体を支えられ、ふらつきながらも戸口から廊下にでていった。

室内に静寂が戻った。

全員が沈黙していた。

下元はやれやれというように首を横に振って、空いた椅子に腰をおろした。

「嵯峨先生」外山は憤りのいろを浮かべていった。「いまのはなんの真似です」

「というと?」

「あなたに説明の機会を与えたのに、入絵由香を混乱に導いた。きょうはもう、事情を聞くこともできやしない」

「それは……トラブルのようなもので……」

「もういい」外山が語気を強めた。「あなたはなんの証明もできなかった。その事実を胸に抱いて、お帰りになることです」

財津や、官僚たちも無言のまま、じっと嵯峨を見つめてきた。咎《とが》めるような視線。全員が外山に同意をしめしているようだった。

「待ってください」嵯峨は外山に歩み寄った。「彼女の症例を定義づける以前の問題として、あのような混乱状態を起こすようでは、重大犯罪に手を染めることはできないでしょう。会社のコンピュータを操作して二億もの金を横領するなんて……」

「嵯峨先生。あんた、私たちを見くびってはいないか。すべてを知っているのはあんただけで、我々はみんな無知で愚かだとでも？」

「いえ。そんなつもりは……」

「いいかね、嵯峨先生。横領の動機はあきらかだ」外山は真顔で告げた。「彼女の実家には莫大《ばくだい》な借金があった。総額で一億三千万円ものな」

「借金……」嵯峨はつぶやいた。

周りの誰も、驚きのいろを浮かべなかった。その事実を知らされていないのは、嵯峨だけのようだった。

外山はため息まじりにいった。「あなたが知らなくても無理はない。部外者には関係のないことだからな」

「それが……今回の件とどう関わりがあるんです。なにかそれ以上の裏付けが？」

「バブル末期、入絵由香の両親が経営していた近松屋が地上げにあった。店の立地に目をつけた土地ブローカーが、言葉巧みに資産運用をもちかけ契約書にサインさせた。表向きは資産運用をまかせるという名目だったが、それは実質的には土地の譲渡契約書だったんだ。土地は他人に転売された。ところが、彼女の両親は土地を明け渡そうとせず、バブル崩壊後も知らんぷりで営業をつづけてね。転売の仲介をした業者や弁護士が何度となく訪ねたが、そんな契約をした覚えはないといい張った。彼らが契約にサインしたのは事実なんだがね」

「それは、あの両親の性格をみれば仕方のないことです。地上げ屋の言葉を鵜呑《うの》みにして契約書も読まずにサインしたんでしょう。地上げ屋はそこにつけこんだにちがいありません」

「ともかく、確かに契約は交わされていた。裁判沙汰《ざた》になり、入絵由香の両親は敗訴した。三年前のことだ。十八か月以内に土地を明け渡すことと、それまでの土地の違法使用に対して三億円近い賠償が請求された。資産を売却して一億七千万円は返済できたが、あとは借金となって残った。その直後、入絵由香は日正証券に入社した」

「でも、由香さんは両親とずっと音信不通……」

「あやしいもんだ。真実を嗅《か》ぎつけられることを恐れて、口裏をあわせて反目しあっているふりをしている可能性がある」

「彼女がそんなストレスに耐えられる精神状態だとは……」

「くどい！」外山は声を張りあげた。「我々を見損なうなといったただろ。入絵由香の両親は、最近になって突然、借金の全額を返済したんだ。一億三千万もの金を、働きもせずに捻出《ねんしゅつ》したんだぞ。これをどう説明するんだね！」

　嵯峨は絶句した。

　もうなにもいえない。状況は、僕の想像するより明白なものだった。ただ僕が知らずにいた、それだけのことだ。

　下元がいった。「アルコール中毒患者にブラックアウトが発生したときにも、複雑な行動は可能です。長距離旅行などをおこなった患者の記録もあります。ただしその記憶は、事後きれいさっぱりなくなっている。私の主張する症例なら、横領のためのコンピュータ操作も行ないえたということです」

　まただ。下元がアルコール中毒という症例を主張するのは、すなわち由香を有罪にするためだろう。先天的あるいは突発性の症状と違って、飲酒に端を発した中毒は彼女の責任とみなすことができるからだ。

警察のために精神鑑定を捏造《ねつぞう》する嘱託の医師。しかし、その行為を告発することはできない。

彼の見立てをひっくり返す決め手が見つからないからだ……。

そのとき、上層部らしき三人が立ちあがった。ひとりが外山に告げた。「失礼する」

外山が敬礼すると、三人は黙って退室していった。

嵯峨はきいた。「あの三人は……」

ふんと外山が鼻を鳴らした。「捜査二課長、捜査二課の管理官。それに刑事部長」

「刑事部長……?」

「ああ、刑事部の最高責任者だ。大手の金融機関を舞台に、オンラインの横領着服事件がこのところ頻発している。今回は精神鑑定という異例の事態も加わったので、刑事部長がわざわざ視察にお出ましになったんだ」

すべては、想像していたよりもずっと深刻な問題だった。

由香ばかりか、あの純朴そうな両親にさえ、疑惑が存在していたなんて……。

「よろしいかな」外山が嵯峨を見据えてきた。「あなたが本庁で講義をしていたり、私も少々、あなたに対し過ぎた行為があった。だからあなたに関しては大目に見てきた。しかし、もう限界だ。これ以上捜査の邪魔をされたくはない。私の立場も考えてくれ。今後いっさい、この件に関わらないでもらいたい。我々はいずれ、入絵由香の両親からも事情をきくことになるだろう。従って入絵由香および、その家族にも、会わないでいただきたい。私に法的な措置をとらせないでくれ。いいね」

外山、財津、そして下元が、揃って冷ややかな視線を向けてきている。

嵯峨は打ちのめされた気分でうつむくしかなかった。

けれども、状況は彼らに分がある。納得できるはずはない。入絵由香はアルコール中毒などではない……。

インベーダー

午後十時すぎ。愛子はコートの襟もとを引き寄せて歩きながら〈東京カウンセリング心理センター〉のエントランスに向かった。

きょうも職場に戻るのが遅くなった。竹下みきのことを考えたいのに、なかなか自由になる時間がない。

嵯峨からは、とにかく催眠誘導法と療法のテキストを読み進めろという言伝《ことづて》が届くばかりだった。相談者のことについて具体的に相談したいのに、ここ数日顔をあわせる機会もない。

正面の自動ドアは閉まっていた。

遅い時間のカウンセリングのために、夜間通用口にも受付がある。そちらに向かおうとしたとき、ふいに男の声が呼びとめた。「あのう」

愛子は振り返った。

竹下みきの父、篤志が立っていた。

いつも緩んでいるネクタイが、きょうはきちんと結ばれている。

「ああ、竹下さん……。なんでしょうか、こんな時刻に」

なぜか竹下は恐縮したような態度で頭をさげた。「先日はどうも。じつは、お話ししたいことがありまして」

「……はあ、いいですよ。中に入られますか?」

「いえ。ここで結構です」

「どんなお話ですか」

「じつは、みきのことなんです」

「なにかあったんですか?」

「はあ」竹下はいいにくそうに咳《せき》ばらいをした。「先日あなたが家に来たあと、私は家内と娘にきつくいいきかせまして。あなたが家に来ても、居留守を使えと。でもその後、みきの態度がどうも反抗的になりまして」

「それは……」

「まあきいてください。それ以来、みきは部屋に閉じこもってテレビゲームばかりするようになりました。このあいだ学校の先生から電話があって、最近みきが登校するようになったのはいいことだけれども、宿題をやってこないという話をきかされたので、ゲームも制限するようにしたんです。あの子の部屋にあったテレビを、下の居間に移動させましてね。そうすれば、自室で延々とゲームばかりやることもなくなるだろうと思ったんです」

「でも、そうならなかったでしょう？」

「ええ……。あの子は夕食さえとらずに、居間でゲームをしてました。だから、宿題はやったのかと私はたずねました。宿題をさぼって遊んでばかりいるのなら、ゲーム機を処分するぞといったんです。するとみきは部屋に逃げるように戻っていき、以後はまったくゲームをやるところを見かけなくなりました」

「ふうん……。でもみきちゃんは、強い不満を抱いたでしょうね」

「そうかもしれませんが、その時点では私は気にしてませんでした。ところがきのう、私の職場の後輩たちが家に遊びに来ましてね。私は現場をやってるんで、後輩といえば下は十七、八の連中もいるんです。みんなでメシを食ってたところ、わりと若い連中が、ゲームのつないであるテレビに目をつけたんです。はじめのうちはその若い連中だけがやっていて、私は同世代の者と一緒に飲んでたんですが、やがて、そのう、画面にゴルフコースが映ってましてね」

「ああ。『Wii スポーツ』ですね」

「ほかにボウリングなどもあって、これが映像も立体的で、現実味があったので、知らず知らずのうちに嵌《はま》ってしまって……。気づいたときには歓声をあげたり、悪態をついたりしてました」

「楽しんでおられたわけですね」

「いや、別に、そういうわけでは……。ただ場の雰囲気を盛りあげようと、後輩たちの遊びにつきあってやっただけです。ところがそのとき、半開きになったドアの向こうに視線を感じましてね……。みきが居間を覗《のぞ》きこんでいたんです。見たこともないぐらい、冷ややかな視線でした」

「ゲームを禁じたお父さんが、ゲームに熱中してハシャいでたら、冷めた気分にもなるでしょうね。みきちゃんは怒ったり、泣いたりしましたか？」

「それが、何もいわずに二階に戻っていきました。翌日、会社から帰ったとき、私はゲーム機がなくなっているのに気づきました。どうしたのかと家内にたずねたら、みきが壁に投げつけて壊してしまったというんです。家内が修理にだそうかといったら、もういらないといったらしいんです」

「なるほど……」

「みきがなぜ、ああまで腹を立てたのかわかりません。ゲームといっても、あれはゴルフやボウリングを題材にしていましたし、大人のつきあいで盛りあがらねばならないことも……」

「いえ。そこは違います。ゴルフだろうがボウリングだろうが、あなたのいうテレビゲームという括《くく》りからは外れていないはずです」

「……そうでしょうね、やはり」

「竹下さん。あなたも子供のころ、ゲームに夢中になったことがあるでしょう？　みきちゃんの気持ちが理解できませんか？」

「私は、あまりゲームをやらなかったんです。クラスの同級生らが熱中していても、私は乗りませんでした。受験勉強のほうが大事だったので」

「真面目な方だったんですね」

「せいぜい小学生のころ、インベーダーに熱をあげたぐらいですよ。そのころは一時的に、親に百円のこづかいをいくらせびっても足りないという気分でしたが」

「なら、お解《わか》りのはずですよ。あなたがそうであったように、子供はトランス状態に入りやすいんです。なにかに集中するとすぐに理性の意識水準が低下し、心地よいトランス状態に身をまかせてしまう。世にいうインベーダーブームにはそういう心理作用があったんです」

「心理作用？」

「親の財布からお金を盗んだり、ゲーム機ごと店から盗みだす中学生がいたりして社会問題になったと、当時の新聞記事にあります。理性の働いていない人々が続出した証拠です」

「私は不正などしませんでしたよ」

「ええ。反社会的行動にまで及ぶのはほんのひと握りの人たちだけだったでしょう。インベーダーがプレイヤーの理性を鎮めるメカニズムについては、多くの論文が書かれています。インベーダーの攻略法はヒット・アンド・アウェイ、単調な動きに合わせてリズミカルな動作を繰り返すだけなので、踊りと同じく自律神経系の交感神経が刺激され、トランス状態に陥りやすかったんです。やっているうちに我を忘れて大声をあげたり、知らないうちに時間が経過していたという経験がおありなら、それはトランス状態に入っていたことを意味します」

「すると、私はいつの間にか、その状態にあったわけか……」

「そうです。なにも恥じることはありません。ただ、みきちゃんにとってはそういう父親の姿を見るのはショックだったんでしょう。みきちゃんはお父さんを信じていたんです。怖いけれども、世の中をよく知っていて、自分を育ててくれている父親の存在は大きかったんです。それが初めて疑わざるを得ない状況になった。自分の父親のいうことは、正しくないのかもしれないという事実に直面し、幻滅してしまったんです」

竹下は戸惑いのいろを浮かべた。「私はそんなつもりじゃなかった。みきにとって、よかれと思うことだけをやってきたんだ。どうすればいいというんだ」

愛子はため息をついた。自分が絶対だと思っていた人間は、挫折《ざせつ》に弱い。竹下篤志はまさにそのタイプだった。

玄関の明かりが消えた。最後まで残っていた職員が退館する時間だ。

「竹下さん」愛子は静かにいった。「彼女の心をひらかせる方法はあります」

「どんな？」

「まず、彼女に会わせてください。話はそれからです」

暴露

「では」実相寺は咳払《せきばら》いをした。「この百円玉を左右どちらかの手に握ってください」

きょう夕方になって原宿のマンションの一室を訪ねてきた、桑原翔一《くわばらしょういち》というテレビ局の若いディレクターを相手に、実相寺はぶっつけで実演を開始した。

「はあ。握ればいいんですか」と桑原は両手を後ろにまわした。

人気番組の敏腕ディレクターとして知られる男が訪ねてきたのだ、これはチャンスだ。読心術の達人として売りだしてもらえれば、いまよりはステップアップできる。

桑原は握った両手を突きだしてきた。

ところが、どちらも肌のいろの濃さは同じに見える。血の気がひいているようすはない。

「あのう」実相寺は桑原の顔を上目づかいに見た。「本当に握りました？」

「ええ、握ってますよ。どちらかにね」

まったくわからない……。

ええい、どうせ五分の確率だ。当たれば儲《もう》けものだ。実相寺は左手を指差した。「こっちだ」

きょとんとした顔で見返した桑原が、手を開いた。硬貨は左手ではなく、右手のなかにあった。

実相寺はあわてていった。「まあ、たまにはうまくいかないこともあります。ジャンケンをしましょう」

「はい……」

「いくぞ。ジャン、ケン、ポン」

桑原はパー。実相寺はグーをだしていた。こちらの負けだった。

口もとだなんて。そんなもの、観察している暇なんかあるのか。

怪訝《けげん》な面持ちで桑原がきいた。「いまのはなにか、練習中の新しいネタなんですか」

「いや。なんでもありませんよ。で、きょうは何の御用ですか」

「きょうお伺いしたのは、例の入絵由香さんの件でしてね」

どうせそうだろう。

「はあ」と実相寺は気のない返事をした。

「うちの番組でも、いろいろ情報を集めてまわっています。昼のワイドショーの時間帯は激戦区でしてね。裏と同じニュースをやっても意味がない。そこで、なにか新しい情報はないかと思いまして」

「私はなにも知りませんよ。きのう刑事が来たんですが、追っぱらいました。警視庁に来てくれという電話もありましたが、こっちにはわざわざ出向く義理もない。だから、なにがどうなってるかさっぱりわかりません」

「そうですか。なにしろ、まだ正式に容疑者として発表されていないので、実名を公表することもできないんでね。過去の取材VTRをみせるにしても、顔にモザイクをかけなければいけない。テレビ的に、映像で見せるものがなくて辛《つら》いんですよ。ま、実家に巨額の借金があったっていう事実は、明日あたりどこの局も放送するでしょうけどね」

実相寺はぴくっと緊張が走る気がした。「借金だって？」

「ええ、そうです。ご存じなかったんですか。彼女の実家には一億円以上の借金があったんです。まあ横領の件と直接関係があるのかどうかはわかりませんが、視聴者にはとっつきやすくて、インパクトのある話ですからね。それで五分間ぐらいはVTR《ブイ》がもたせられるでしょう。当時関わりがあった不動産屋のインタビューとか、実家や警視庁前からのレポートをつなげばそれくらいにはなります。ただねえ、どこの局も同じことをしたんではね。どうやらあなたのところには、まだどこからも取材が来ていないらしいので、こうしてうかがったんです。なにか新事実はありませんか」

実相寺はぼんやりと床のカーペットに目を向けていた。この踏みごこちのいい絨毯《じゅうたん》とも明日かぎりでお別れか。

由香が警察に連行されたことを知った社長は激怒した。社長は由香を各地のイベントに貸しだそうと、全国の業者と契約を交わしていた。多額のキャンセル料が発生したため、社長は実相寺に責任をとってもらうといいだした。

俺はもうボロボロだ。

だが、由香の身の上も同様だったらしい。借金地獄か。あれは奇妙な女だった。多少でも金になるうちは利用価値があるが、どうせ長くはもたなかっただろう。店が流行《はや》らなくなったら終わりだ。しかも警察沙汰《ざた》になった。深入りしないうちに終止符が打たれたのはむしろ幸運だった。そう、俺は幸運だったのだ。

「実相寺さん」桑原はきいてきた。「ひとつお願いしますよ。まだ誰も知らない事実が、ひとつやふたつはあるでしょう。なんでもいいから教えてください」

「くどいですね。私はなにも知らないんです。ほかを当たってください」

「弱ったな。……催眠術のコーナーについてもお願いしようと思ってたところだけど……」

実相寺は思わずぴくりと反応した。「なんですって?」

「いえ。なんでもないです。こちらの話でして」

そういうことなら話は別だ。テレビ局に情報のひとつやふたつ、献上するのをためらっている場合ではない。

「桑原さん。入絵由香がどこに勤めているのかは知ってますか」

「日正証券に勤めてたって話でしたら、当然……」

「過去でなく、現在ですよ。彼女のいまの勤め先です」

「勤め先? 彼女はチャネリングの店以外に、どこかへお勤めなんですか」

「ええ。しかも、だれもが知っている企業にね」

「どこです、それは」

由香の母親が電話にでたとき、ぼそりとこぼしたひとこと。それが頭の片隅に残っていた。

「彼女は」と実相寺はいった。「東和銀行につとめています。支店は不明ですが、都内のどこかでしょう」

「東銀に……。ほう、そりゃ初耳だ。これはとても面白いニュースですね。さっそく、裏をとってみることにします。ではこれで」

桑原は腰を浮かせた。

実相寺はきいた。「私の出演については、いつ打ち合わせます？」

「は？　ご出演とは？」

「……さっき言ったでしょう。催眠術コーナーがあると……」

「ああ。あれですか。実相寺さんにはあまり関わりのないことです。今度、催眠というものの実態について説明するコーナーを作ろうかと思ってまして」

「実態……？」

「ええ。私どもも馬鹿じゃないんで、数字だけのためにケレンを煽《あお》ってばかりいるわけじゃないんです。催眠はじつは人を眠らせるものでも操るものでもない。療法に用いられるものであり、いままで世間に思われてきたような印象は誤解である。そのあたりを徹底的に掘り下げようかなと」

「だ……だが、それでは私のやってきたことの全否定に……」

「否定というか……。まあ、実相寺さんはエンターテインメントとしてああいうパフォーマンスをしておられたわけでしょう？　そこは否定しませんよ」

そういいながら、桑原の方針は実相寺のようなプロ催眠術師にとっては死刑宣告に等しいものだった。

実相寺は腹を立てた。「だましたな。催眠術コーナーだなんて、思わせぶりにこぼしておいて」

「なんのことですか」

「とぼけるな。俺の気持ちを弄《もてあそ》んでおいて……」

するとそのとき、桑原は真顔になり、じっと実相寺を見つめてきた。

「ねえ、実相寺さん」桑原はいった。「あなた、ずいぶん甘えてますね。実社会がどんなところだと思っておられるんですか？」

「なんだと……？」

「自分を売りだせるのならどんな色物キャラにもなってみせるというのは、タレントとしての必死さという意味では同情しますが、決して感銘を受けるものではありません。私は入絵由香の情報を入手しようとし、あなたがその期待に応《こた》えてくれた。そこについては感謝します」

「よくいうぜ。俺をひっかけて情報を引きだしただけじゃねえか」

「あなたは世間を欺いてませんか？　魔法のような催眠術がこの世に存在しないことを、ほかならぬあなた自身が一番よくわかっているはずですが」

実相寺はぐうの音もでなかった。

この男、テレビマンにしては知りすぎている。なにもかもお見通しだ。

いや、あるいは、誰もがすでに判っていて、ただ故意に無知を装っていただけかもしれない。テレビ局のディレクターといえば一流大学をでている。とぼけたふりをしてこちらを油断させて、利用し、必要ないとわかれば切る。

俺は、その手の上で踊らされているにすぎないのか……。

その考えを察したかのように、桑原はいった。「ご理解いただけましたか？　マスコミはよく、事実を捻《ね》じ曲げると批判を受けますが、それは社会の実像をそのまま写し取ったものです。世の中が歪《ゆが》んでいると、番組もそう伝えざるをえない。あなたもそうですよ。肝に銘じておくことです。視聴者は馬鹿ではない。テレビに映りさえすればどうあっても人々が肯定してくれるなんて考え方は、過去のものです。では、失礼」

それだけいうと桑原は、さっさと玄関に立ち去っていった。

こいつめ、いまさら正論ぶったことを……。

だが、怒声ひとつ捻《ひね》りだせなかった。憤りのせいで頭に血が昇ってしまい、なにをどうすべきか見当もつかない。

バタンと玄関の扉が閉じる音がした。

実相寺はひとり、部屋に残された。

猛然と立ちあがると、棚のウィスキーのボトルをひったくり、一気にあおる。目が潤みだした。飲むことしかできないのか。あんなにコケにされて、ひとことも言い返せない。情けなさ過ぎる男、それが俺であるという事実。最悪だった。もう生きている意味がない。

ジャンケン

嵯峨は実相寺のマンションを訪ねた。

エレベーターを降りたとき、業界風の若い男とすれ違った。男は携帯電話でしきりに話しこんでいた。そう、東和銀行だ。至急洗ってほしい。

なんだろう。株でもやっているのだろうか。

実相寺の部屋の扉の前に立つ。チャイムを鳴らした。

いきなり扉が開いて、真っ赤な顔をした実相寺が怒鳴りつけてきた。「でてけ！　二度とくるな！」

呆気《あっけ》にとられながら嵯峨はいった。「あのう……」

「……なんだ、あんたか」

「どうされたんですか、いったい」

「なんでもない」実相寺は気まずそうに指先でひげをかいた。「あんたこそなんの用だ」

「入絵由香さんのことで、ご相談があってまいりました」

「またか。話すことなんてなにもない」

「いえ、こちらからお話ししたいことがあるんです。ほんの五分ほどで済みます。なかでお話ししませんか」

「……勝手にしろ」

酒臭い息を漂わせているが、また酩酊《めいてい》にまで至っていない。いま飲みだしたところだろう。酔っ払うより前に話し合わねばならない。

部屋に入ると、薄暗かった。窓の外に黄昏《たそがれ》の空が広がっている。

嵯峨はきいた。「明かりをつけましょうか」

「電気はとまってるんだ」実相寺はソファにうずくまるように座ると、ボトルを手にとった。「暗くても話はできるだろ」

「まあ、そうですね」

実相寺はウィスキーをひと口含んで、飲み下した。「おまえのいうことは嘘ばっかりだ」

「なんのことです?」

「読心術だよ。おまえがいったとおりにやったのに、ちっともうまくいかない」

「申しあげたとおり、別にそれらは臨床心理士の技能じゃありませんから……」

ふいに実相寺がこぶしを振りあげた。「ジャン、ケン……」

ほとんど反射的に、嵯峨は実相寺の口もとを一瞥《いちべつ》した。酔いだしたせいもあって理性の働きが鈍っているらしい。薄暗くてもはっきり判る。奥歯を嚙《か》み締め、唇をぎゅっと結んでいる。

「ポン」

嵯峨はパーをだしていた。実相寺はグーだった。

愕然《がくぜん》とした表情の実相寺がまた挑んでくる。ジャン、ケン……。

ポン。嵯峨はチョキをだした。実相寺はパーだった。

実相寺は意地になったようすで繰り返した。ジャン、ケン、ポン。ジャン、ケン、ポン。

嵯峨はいちども負けなかった。むしろ反復するほどに、実相寺の口もとも読みやすくなってきた。

ジャン、ケン。実相寺の声には涙声がまじっていた。ポン。嵯峨がグー、実相寺がチョキ。

「ジャンケン……」実相寺はこぶしを宙にとめたまま、こらえきれなくなったらしく、むせび泣いた。うつむいて顔を手で覆い、肩を震わせて泣きだした。

なにがあったのか、嵯峨にはわからなかった。しかし、部屋の電気をとめられたことから察するに、実相寺は仕事を失ったのだろう。

「実相寺さん……。なにかお力になれることがありましたら」

「ふん。哀れな俺の悩みをきいてやるってのか。偉大なカウンセラーの先生が」

「私は別に、親切の押し売りにやってきたのではありません。ただ、お伝えしたいことと、お願いしたいことがあってまいりました」

「なんだ」

「入絵由香さんですが、いま警視庁で参考人として事情聴取を受けています。しかし、恐怖のせいか認知障害に似た反応をしめしています。せん妄、または錯乱に近いかもしれません。これでは彼女の口から真実がききだせないばかりか、警察によって勝手に犯罪者に仕立てられてしまいます」

「自業自得だ。あいつの実家には一億円以上の借金があったんだぞ」

「どこでそのことを……?」

「さあな。別にいいだろ。あいつには横領を働く理由があったんだ」

「証拠はありません。借金があったからといって、なぜ犯罪者扱いを受けなければならないんです。両親が地上げによって負債を抱えていた、それだけのことです。横領犯だと決まったわけじゃない」

「演説はほかでやれ」実相寺はボトルをあおった。

「とにかくこのままでは、入絵さんの精神が根底から崩壊することにもなりかねません。たとえ犯人だったとしても、彼女が人として生きる道を失わせる権限は誰にもないはずです」

「俺にどうしろというんだ。俺は部外者だぞ」

「いいえ。あなたは非公式にせよ入絵由香さんのマネージャーでした。最近の彼女と親しく、かつ長い時間にわたって一緒に過ごした唯一の人です。今回の件にもじゅうぶんに関わりがあります」

「たしかに警察には呼ばれた。だが、行く必要はなかったから断わった」

「行くべきです。捜査二課の刑事に事情を説明して、由香さんと話をしてください」

「話？　なぜだ」

「彼女は実家の両親と会うことさえできません。両親に対し極度に怯《おび》える傾向があるからです。ご主人と一緒にいても、まだ落ち着きを取り戻すことができません。彼女がリラックスして接することができたのはただひとり、ほかならぬあなたです」

「まさか、旦那《だんな》を放っておいて、この俺に……」

「いいえ。彼女に浮気願望があったとは思えません」

「……はっきり否定してくれるな」

「事実ですから。けれども、人にいえない精神的な苦しみから解放されたのは、あなたと会っていたときだけだったんです。たとえ商売上のことにせよ、あなたは彼女を気にかけ、一緒に食事をし、仕事のできる環境を与えた。ふつうなら、なんら特別な処遇ではないでしょうが、彼女にとっては違ったんです。自分を尊重してくれる人がいるという、普通の人間なら当たり前のことが実現しないまま、情に飢えていたんです。彼女がどんな振るまいをしても、奇異な目で見ることなく、ひとりの人間としてつきあった。人格交代がおきても、彼女の両親のように怒鳴りつけたり、夫のように距離を置こうとする態度をしめすことはなかった。それが彼女には嬉《うれ》しかったんです」

「そりゃ過大評価というもんだ。占い師の店では、インパクトのある人間のほうが雇い主に喜ばれる。だから占い師をあえて変人呼ばわりすることはないんだ」

「業界の慣例がどうであれ、彼女にとっては公平に扱われる場所だったんです。彼女の精神状態は、それまでよりもずいぶん安定しました。入絵由香さんがあなたと一緒に近くのフレンチレストランに向かったとき、彼女はごく自然な振る舞いをしていました。あなたも前にいったでしょう。あなたに対しては、きょうはお客さんが多くて嬉しかったとか、そういう話をすると。彼女のストレスがいかに軽減していたかがうかがえます」

「だが、それが……俺にどうしろと……」

「ですから、彼女の緊張を和らげることができる唯一の人間であるあなたから、彼女に話してあげてください。面会にいって、できればふつうに会話ができるくらいの状態にまでリラックスさせてあげてください」

「俺の声をひとことききけば、たちまち元通りになるってのか。催眠術みたいに」

「いいえ、それは望むべくもありません。精神病とは、一本の糸が複雑にからんでしまったようなものです。ゆっくりほぐしていかなければなりません。悪化した状態が一週間つづいたのなら、それをほぐすにも一週間かそれ以上かかるのです。決して慌てたり、苛立《いらだ》ったりして彼女に不安を与えてはいけません。穏やかに、子供に接するようにやさしく話しかけるんです」

「するとあんたは、俺に何日も警視庁に通えというのか。由香と話すために」

「そうです」

「何日通えばいいんだ」

「それはわかりません。数日、一週間、あるいは一か月。何年もかかるかもしれない」

「馬鹿をいうな。俺にそんな暇があるか。俺はな、明日から占いの店に住みついて仕事するんだ。ここじゃなくて、あの店にだぞ。店のなかに寝泊まりして、毎朝掃除をして、占い師の連中の食事を買ってきて……馬車馬のように働かなきゃいけないんだ」

「しかし、それでもわずかな時間はつくれるでしょう。毎日、ほんの五分ずつでもいい。会うのが面倒ならば電話でもいいんです。彼女の心の支えになってあげてください」

「なんで俺がそんなことをしなきゃいけないんだ！　俺はあいつの旦那でも親でもない」

「あなたは彼女のマネージャーです。事実上の経営者だと、あなた自身がいったじゃないですか」

「元だ。いまはもう関係ない。俺に、彼女を助ける義理はない！」

嵯峨はため息をついた。実相寺の言い分はまちがってはいない。彼に対して強制することはできない。

「仕方ないですね。では、社長さんにお願いしてみましょう」

ふいにあわてたようすの実相寺が、跳ね起きるように立ちあがった。「だめだ！　社長と話すことは許さん！」

「なぜです……？　入絵さんの本当の雇い主は、その社長さんでしょう。その人に警視庁へ行ってもらって、話をしてもらって……」

「だめだ。そんなことは、絶対に許さん！」

動揺しているようだ。それも尋常ではない。

不審に思って嵯峨はきいた。「社長さんが入絵さんと会われると、なにかまずいことでもあるんですか」

「いや、そんなものは、別にない」

「実相寺さん。お金の問題ですか」

「違う！」

「あなたはマネージャー、いわば中間管理職です。そのあなたをすっとばして、社長と入絵さんに会話を交わされては困る。となると、結論はひとつだけです。あなたが勝手に売り上げ金の上前をはねてたんです」

「違うといってるだろう！」

「いえ。事実です」

「なにを根拠にそんなことがいえるんだ」

「違っていれば、あなたは怒りを募らせているはずです。眉毛《まゆげ》が下がり、上まぶたが上がる表情が頻繁に表れる。ところがあなたはさっきから、下まぶたが緊張し痙攣《けいれん》している。これは怯えの感情によるものなんです。真実を暴かれたくないと思っているからに相違ありません」

「戯言《ざれごと》をほざけ。俺は怒っているんだ」

「いえ。怒りの表情がどんなものか、目の前にあるからよく観察することです。私は頭にきてます、実相寺さん。あなたが警視庁に呼ばれても行かなかった理由がはっきりしたからです。あなたは、彼女が正気を取り戻しては迷惑なんだ。口がきけなくなっているのなら、そのままにしておくほうが安全だと思ってるんです」

「そこまでは考えてない」

「……その言い草は、やはりピンハネは事実なんですね」

実相寺はしまったという表情を浮かべたが、もうどうにもならないと悟ったのか、悪態をついた。「くそったれが！」

「なんのことはない。横領犯はあなただったわけです」

「ちょ、ちょっと待て！　まるで俺が真犯人みたいな言い方じゃねえか。違う、断じて違うぞ。証券会社から二億もかっぱらったなら、こんな惨めな生活をしてるか？」

「入絵由香さんの給料を掠《かす》め取ったのは、揺るぎない事実でしょう」

「あいつが横領犯だとしたら、そんな女の金をすこしぐらい盗《と》ったからといって……」

「犯罪は犯罪です。でも、実相寺さん。私は警官じゃありません。あなたの横領を、警察や社長さんの耳に入れるつもりはありません。生きていれば、誰だってひとつやふたつの失態はあるものです。それより、入絵さんに力を貸してください。彼女のために協力することが、あなたの罪ほろぼしだと思ってください」

「……罪ほろぼしだと。馬鹿馬鹿しい。なぜそんな必要がある」

「まだそんなことをいうんですか。これには彼女の未来がかかってるんです。このままでは彼女のご主人さえも仕事を失うことになりかねません。彼女が幸せな家庭を築くためには、あなたの協力が必要なんです」

「幸せ？」酔いがまわってきたのか、実相寺は舌足らずにいった。「あいつにはもう幸せなんかあるものか。どうせいまの職場だってクビになっちまうんだ」

「いまの職場？　どういう意味ですか」

「あいつがつとめている会社だよ。知らなかったのか？　まあ、俺が偶然得た情報だからな。あいつはいま大手の銀行につとめてるんだ。それが公になったら、あいつの上司が黙っちゃいないだろうよ」

嵯峨は衝撃を受けた。

入絵由香がいまも勤め人だったなんて。

それが事実なら、彼女の家庭ばかりか職場までもが混乱に巻きこまれてしまう。

「それはどこの銀行です。すぐに連絡して、正しい情報をつたえないと」

「そんなことしなくても、明日にはおおっぴらになるさ。テレビのワイドジョーで報じられるんだ」

「テレビで？　でもなぜ……」

「俺が教えたからさ」実相寺はにやりとした。「情報を欲しがってたから、くれてやった」

怒りがこみあげてきた。嵯峨は思わず大声でいった。「なんてことをしたんですか！　どうして彼女の立場を悪くするような真似を……」

「知ったことか！　俺には関係のないことだ。あんな女、いなくなったほうがせいせいする！」

胸ぐらをつかみあげたい衝動に駆られる。だが嵯峨はそれをかろうじて抑えて、踵《きびす》をかえした。「あなたに期待したのが間違いでしたよ」

玄関に立ち去ろうとしたとき、実相寺の声を背後にきいた。「なにがわかるってんだ！　俺は被害者だぞ！」

廊下にでると、嵯峨はエレベーターに走った。開いた扉のなかに乗りこみ、壁にもたれかかる。

「くそ！」嵯峨は天井を見あげて悪態をついた。

これですべてが終わりだ。すべてが、終わってしまったんだ。

臆病者

きょうも日が暮れた。

倉石は重い気分で自分の執務室に戻った。

書棚の奥に隠してあるブランデーのボトルとグラスを取りだし、椅子に身をうずめる。憂鬱《ゆううつ》な気分だ。問題は解決できないまま、日増しに大きくなるばかりだ。

ふいにしわがれた声がした。「勤務中に酒など飲みおって」

あわてて身体を起こすと、戸口に宗方克次郎が立っていた。きょうは灰色の着物に身を包んでいる。

思わずため息が漏れる。倉石はいった。「あなたですか。勝手に立ち入ってはいけないといったでしょう」

「そろそろ仕事が終わるころだと思って、寄ってみたのだ。それがどうだ。のんきに一杯やりおって」

「のんきじゃありません。きょうの仕事はちゃんと終えました」

「ほう。それならなぜ、嫁のところへ行ってやらん」

「いまは嫁じゃありません。それに、お互いに忙しいんです。いろいろとね」

「そうか。わしは昼間、知可子の病院に行ってきたぞ」

また勝手なことを。

「それで」倉石はきいた。「なにかありましたか」

「なにかだと？」宗方は険しい顔つきになった。「おまえは女を苦しめておるんだぞ。少しは相手の身になったらどうだ」

「知可子がそういってたんですか？」

「いや。あれは外出中だった。事務室を訪ねたが誰もいなかった。だが、おまえの体たらくはよくわかっとる。おまえは自分の気持ちをちゃんと伝えなかったのだな」

「口うるさい親父みたいなことをいうのはよしてください。あなたは仲人《なこうど》でもなんでもないんです。私たちのことは、ほうっておいてください」

「困ったやつだな。おまえには感謝の気持ちというものがないのか」

「なにに対して感謝しろというんです？」

「頭の悪いやつだ。おまえがわしに感謝せねばならん理由はあきらかだろ」

「なんです」

「花束だ。おまえは嫁に花束を持っていったろ。わしのいったとおり、効きめがあったじゃないか」

「効きめって？」

「知可子の机の上に飾ってあった」

「……たしかに、話をするきっかけにはなりました。しかしそれは、それだけのことでしかありません」

「いや。おまえが台なしにしたのだ。せっかく花を贈ったにもかかわらず、おまえは知可子を怒らせてしまったんだろ」

「誰にきいたんです」

「誰にもきいとらん。ただ、これが机の上にあった」

宗方は指輪を取りだした。

倉石はそれを受けとった。知可子の結婚指輪だった。

落胆とともに倉石はつぶやいた。「これを、置いていったんですか」

「そうだ。おまえに愛想をつかした証拠だ」

「そうとはかぎりません。緊急の手術があったのかもしれない。手術室まで指輪をはめていくわけにはいかないでしょう」

「そうだな。あれはおまえと違って忙しいからな」

「私だってそうです。あなたの相手をしている時間はありません」

「老人の話は聞く耳持たんというわけか。それだからおまえはいかんのだ。女を泣かせることしかできん。一人前の男なら、どんな苦難に直面しようとも女をものにすることができる」

「私には仕事があるんです」

「仕事？　おまえの仕事は人の話をきくことだろう」

「誰の話でもいいというわけじゃありません。相談者の悩みをきくんです」

「悩みか」宗方はふんと鼻を鳴らした。「いちばん悩んでおるのは、おまえじゃないか。女とうまくいかずにしょげかえって、酒をくらっておる。そんなおまえに悩みを打ち明けるもの好きがどこにいる」

倉石は憤りを覚えた。「カウンセラーにだって悩みはあります。神様でも宗教家でもないんです」

「今度は泣きごとか。ここへ来る客にそういったらどうだ。私は悩んでます、女のことで悩んでますとな」

もうたくさんだ。倉石はグラスを置くと、立ちあがってカバンを手にした。宗方には視線もくれずに戸口に向かった。

「逃げる気か」

「逃げてなんかいません。ただ、無駄話をしている暇がないだけです」

「どこが無駄話だというんだ。わしの話に目を輝かせて花束を持ってったくせに」

「あれは私の判断です。あなたにいわれたからじゃない」

「期待はずれだったな。おまえはたんなる臆病者《おくびょう》者だ。女にふられてめそめそしている、女々しいやつだ」

「あなたの話なんか、ききたくない」

「逃げてばかりいるくせに、あんな立派な部屋におさまって偉そうにふんぞりかえってる。いったい何様のつもりだ。知可子の爪の垢《あか》でもせんじて飲め」

「なんとでもいってください。私には義務と責任がある。それを無視して勝手な行動をとることはできません」

「義務と責任か。うまい言い逃れだ。海千山千になると、口だけは達者になるものだ。おまえは女を裏切ったんだ」

「なんですって？」

「おまえは女を裏切った。口先だけで誘っておいて、じつは女がどうなろうと、おまえはかまわなかったんだ。女が辛《つら》い思いをしようが、おまえの知ったことじゃなかったわけだ」

「ちがう」

「いや、ちがわん。おまえなんぞと出会ったあの女が気の毒だ。いっそのことほかの男と結婚しちまえばいいんだ。おまえみたいにこそこそ逃げまわってる卑怯《ひきょう》者と一緒になったら、人生はお先まっくらだ」

「ちがうといってるだろう！」倉石は宗方につかみかかった。「私は真剣に知可子のことを考えている！　仕事のことも、部下のことも考えているんだ！　いつでも全力をつくそうと努力している！　私は逃げてなんかいない！　卑怯者じゃない！」

胸ぐらをつかまれた宗方は微動だにせず、無表情のまま、じっと倉石を見返していた。

しばらくして、倉石は宗方の意図に気づいた。

そういうことだったのか……。先生はわざと私を怒らせて……。

思わず笑いが漏れる。倉石は手を放した。

「先生」倉石は穏やかにいった。「ありがとうございます。私の迷いを断ち切らせようとしたんですね」

宗方は着物の襟もとを正しながらいった。「迷いはふっきれたのか」

「ええ」

滑稽《こっけい》な話だ。カウンセラーが、こんな方法で悩みをきいてもらうなんて。

「なら」宗方は告げた。「行なうべきことを行なうがいい。それがおまえのつとめだ。それ以外に、おまえがとるべき道はない」

これで決心がついたと倉石は思った。岡江所長にいわれたことも気にする必要はない。いまさら体裁にとらわれて悩むことはない。

「さすがですね、先生」倉石はつぶやくようにいった。「あなたは私の動きを予期していた。怒ってつかみかかるのもわかってた。そうでなかったら、反射的に受け身の構えをとっていたはずです。先生は柔道もおやりですからね。しかし、そうなさらなかった。私の目が開くのがわかってたからでしょう？　私を信頼してくださったんですね」

倉石は感服して頭をさげた。

ところか、宗方は眉《まゆ》をひそめた。「なぜ頭をさげる？」

「いや、先生が私に手をあげなかったことに対してです。私が暴力を振るおうとしたのに、先生は黙って見返していた」

「ああ。うまくいかなかったからな」

「は？」倉石はわけがわからず、ききかえした。「どういうことですか？」

「おまえがふいに襲ってきたんで、わしは気のパワーを放った」

「気ですって⁉」

「そうだ。ところがおまえは飛ばなかった。おまえは気のパワーが足りんのだ。だからわしの気とぶつかりあっても、飛んでくところまではいかん。おまえのいったとおりだ、修業を積んでいない者は飛ばすことができんらしい」

「しかし、それは……」倉石は以前と同じ解説をしようとしたが、結局は口をつぐんだ。

「もういいです」

「では、わしは帰る」宗方は踵《きびす》をかえした。「忘れるな。やるべきことをやるんだぞ。それが男だ」

　宗方と会った後はいつも、呆気《あっけ》にとられながら見送ることになる。いまもそうだった。妙な人だ。倉石は思った。あれはすべて私の過大評価だったのだろうか。それとも、宗方の照れ隠しか。

　だが、宗方の意向がどうだったにせよ、もう決心が揺らぐことはない。私はやるべきことをやるだけだ。そう心にきめた。

一輪車

夜十時すぎ。日野市の竹下みきの実家近くにある公園は、当然ながらひとけがなかった。

それでも、街灯のせいで辺りは明るい。一輪車の練習をするには、申しぶんない。

愛子は、竹下家の親子三人とともに公園に来ていた。

きょうもこの時刻になって、ようやくここに来ることができた。ただし、遅い時刻まで待ったのにはもうひとつ理由がある。父親が立ち会ってくれることに、大きな意味があるからだ。

みきは一輪車にまったく乗れないわけではなかった。愛子がみきの片手を握っている状態では、直立してペダルをこぐことができた。

ここまでは誰でもできることだという。問題はその次だ。片手だけでもなにかにつかまっていられる状態と、完全なる手放しとのあいだには大きな差がある。

ベンチで並んで座りながら、愛子はみきにいった。「もうずいぶん乗れるじゃない」

「手を持ってくれるのなら、誰でも乗れるもん」みきはそういいながら、地面につかない足をばたつかせた。

「ねえ、みきちゃん。一輪車に乗れるようになったら、学校でお友達ができるかな？」

「わかんない。でも、できると思う」

「ほんとに？」

「うん」

やはり、友達づきあいが悪化するのにはれっきとした理由がある。彼女の場合は一輪車のせいだ。どんな心理療法を施したとしても、一輪車に乗れないかぎりは、クラスメートたちの輪に溶けこむことはできないだろう。

「みきちゃん。いまからしばらくのあいだ、先生のいうとおりにしてくれるかな。なにも怖いことなんかないし、痛かったりとか、そんなことは絶対に起きないから。一輪車に乗れるようにしてあげるよ。手放しで」

「……どれくらいで、できるようになるの？」

「そうね。お陽さまが昇ってくるころには、確実に絶対に乗れるようになってる」

「ほんとに？」

「うん、ほんと。だから、ちゃんといわれたとおりにしてね。約束よ」

みきは大きくうなずいた。

「じゃあこっちに来て」

愛子はみきを連れて、近くに停めてある自転車に歩み寄った。これはみきの母親のものだった。みきを抱きあげて、サドルの上にまたがらせる。自転車は、リアスタンドを立てて、倒れないようにしてあった。

「足が届かない」みきがいった。

「だいじょうぶ。ペダルを踏む必要はないから。それから、ハンドルも持っちゃだめよ。ちゃんと倒れないようにおさえてるから、心配しないで」

前輪が動かないように手で支えながら、愛子は告げた。「じゃあ、そのまま背すじをしっかりと伸ばして。いい？　目を軽く閉じて、ゆっくりと息を吸いこんで。それから、またゆっくりと吐くの。そう。もう一回くりかえしましょうね」

みきはいわれたとおり、目を閉じたまま深呼吸している。

竹下篤志と香織は、近くに寄ってきて、不安そうな顔で見守っていた。

愛子の予想通り、目を閉じたみきの表情はやわらいでいた。十歳以下の子供は暗示によって容易にリラクゼーションを深めることができる。これで浅いトランス状態には入ったといえるだろう。

　さて、問題はここからだ。

　脚をあざだらけにして、みずから一輪車に乗る練習を積んだ愛子は、そのコツを暗示にできないか研究しつづけた。

　嵯峨の指示に従い、催眠誘導法のテキストを読みあさって、暗示というものがどのように本能に作用するか、ひととおり理解したつもりだった。

　基礎は身についた。次は応用だった。

　いわゆるイメージトレーニングを、トランス状態において体感的につたえる。それがこのやり方の骨子だった。うまくいくかどうかは、やってみなければわからない。

「まず、想像して」と愛子はいった。「みきちゃんはいま、一輪車に乗っています。自転車じゃなく、一輪車に乗っている。そう思いこんで。もちろん、支えもなにもなく、両手を放したまま、バランスをうまくとって一輪車の上に乗っている。そう思い浮かべて」

　みきの表情は変わらなかった。奥歯を噛《か》み締めるようすもない。それはつまり、リラクゼーションが保たれていることの証《あかし》だった。

「じゃあ今度は、金属のかたーい棒を思い浮かべて。長さは三メートルぐらい。それが、真上にあると思って」

　愛子はみきの頭の上を、軽く指先でおさえた。

「その棒が、ここからまっすぐ下へ、身体のなかを通っていく。刺さるわけじゃなくて、すんなりと通っていくの。なんにも痛くないのよ。その金属の棒は、とても冷たいの。冷たい金属の棒。ひんやりとしてる。それがまっすぐ身体のなかを通ってくる。首のなかも、胸のなかも、お腹のなかも通って、一輪車のサドルも突き抜けて、地面にまで突き刺さっちゃう」

みきの背すじが、徐々に伸びていくのがわかる。全身に力が入ってきたのは、棒の冷たいというイメージがうまく作用しているからだ。

「両腕を水平にあげて。鳥みたいに」

いわれたとおり、みきは両手を左右に伸ばした。

「鉄の棒はしっかりと身体のなかを通ってる。一輪車の上で、棒がしっかりと支えてくれてる。だから倒れる心配がないの。今度はペダルをこいでいると思い浮かべて。想像しながら、足を動かしてごらん。ペダルをこいで、その分だけ前に進んでいると思い浮かべるの」

小さな足が宙をこいだ。きれいな円を描いていた。適切にイメージを想起しているようだ。

「いまから私が、はいといったら、その棒がさっと頭の上に引き抜かれる。終わったら目を開けてね。はい」

一瞬の間をおいてから、みきは目をあけた。

「どう?」愛子はきいた。「なにも変な気はしないでしょう?」

「うん、ちっとも」

浅いトランス状態では意識はわりとはっきりしている。いわれたことはわかっているし、自分がトランス状態に入ったという自覚もあまりない。けれども、これで暗示は無意識の領域に働きかけているはずだ。

愛子はみきを自転車から降ろし、一輪車のもとに連れていった。一輪車を立て、サドルの上に座らせた。片手を持ちながら、バランスをとらせた。

片手を支えてはいるが、あきらかにそこに加わる力が軽減されている。暗示を行なう前は寄りかかるようにして立っていたのに、いまは自分の力で立っている。

「ペダルをこいで」と愛子はいった。

みきは愛子の手を握ったまま、そろそろとペダルをこいで、前に進みはじめた。

「そうそう、じょうず。じゃ、あとはひとりで頑張って」

手を放した。愛子にとって、勝負の瞬間だった。

みきはふらついた。しかし、すぐバランスをとった。両手を水平にあげ、自力でまっすぐに立ちなおった。そのままペダルをこいだ。最初のうちはおぼつかなかったが、やがてスピードが安定してきた。

両親が驚きの声をあげた。

しばらくして、愛子は走って追いかけ、みきの前にまわりこんだ。抱きかかえるようにして身体を支えながら、愛子はいった。「乗れたじゃない、みきちゃん」

腕のなかで、みきは明るく笑った。「うん、乗れた！」

みきの両親が駆け寄ってきた。笑いあう家族の姿があった。

「すごい」竹下篤志がつぶやいた。「まるで奇跡だよ……。よかったな、みき」

うん、とみきがうなずいた。そして待ちきれないように、一輪車を引きずっていった。

「もう一回練習するね」

「どうです」愛子はみきの父に告げた。「心配いらなかったでしょう？」

「いや、圧倒されたよ……。ここまで画期的だなんて」

「いいえ。催眠状態そのものはただの生理作用みたいなものです。わたしはただ、一輪車に乗るためのコツを教えたにすぎません。ただ、普通の意識状態でアドバイスしたのでは、理性がすなおに聞きいれないんです。どうせわたしにはできない、と反発する意識が起こるんです。だからいったん理性の働きを鎮めた状態にして、イメージによって体感的にコツを暗示する。わたしがやったのは、それだけのことです」

香織がつぶやいた。「よかった……。本当に」

みきの一輪車の走行は、さっきよりもさらに安定していた。タイヤが雑草にさしかかっても、自分でバランスをとることができるようになった。まだ身体の向きを変えられないようだが、ここまでくればあとは時間の問題だろう。

竹下篤志が真顔で愛子につぶやいてきた。「あなたのいったとおりだ。私は不勉強だった。いろいろご迷惑をかけた。いい勉強になったよ。信頼というのが、どれだけたいせつかが、よくわかった」

愛子は笑顔でうなずいた。

みきはまだ一輪車に乗っていた。両親が、わが子のもとに歩み寄っていく。

その親子三人の集う姿を眺めながら、愛子はひとりごちた。約束を守れてよかった。

面会

実相寺は警視庁の庁舎内にある留置場を訪ねた。

外山という警部補に、面会に来たと話すと、まず夫の入絵昭二に引き合わせられた。彼によると、由香は夜には家に帰っているが、昼間は取り調べもあるので留置場内にいるのだという。依然として、なにを話しかけても無反応で、認知障害が疑われているらしい。

由香との面会の寸前、実相寺は入絵昭二にいった。「あの、ご主人。誤解されると困るんですが。私はただのマネージャーです。由香さんとは仕事でのつきあい以外、なにもなかったんですよ」

「……ええ」入絵昭二は微笑した。「わかっております」

彼女の夫との会話は、それだけだった。実相寺はひとりで由香と会うことになった。

十五分間、見張りつきの接見。ドラマで観るのと同じ、ガラス越しの対面だった。

ガラスには、会話用の穴があいていた。二枚重ねになったガラスの穴はずらされていて、ボールペン一本向こうに通すことはできなくなっている。

そんな透明の壁の向こう側に、由香が現れた。警官に支えられながら、おぼつかない足どりで入室してきた。

白いブラウスにベージュ色のジャケットを着た由香が、椅子に座らされた。

鉄格子の嵌《はま》った窓から差しこむ陽の光が、その白い顔におちている。由香はまばたきひとつしなかった。

なにを話したらいいのかわからない。実相寺はとりあえず、声をかけてみることにした。

「由香。だいじょうぶか」

なんの反応もない。人形を相手にしているかのようだ。

「そのう」実相寺はつぶやいた。「こんなことになってしまって、気の毒に思ってる。なにか協力できることはあるかね？」

由香が言葉に即答しないことには、実相寺も慣れていた。しかし、いまの由香の状態は以前とはまったく異なっていた。

以前は口もとに笑みを浮かべ、礼儀ただしく座り、妙に間のびしてもちゃんと言葉をかえしてくれた。いまはなにも答えようとしない。

実相寺は思いつくままに喋《しゃべ》った。「店のほうは、なんの心配もない。いまは休業中ってことになってる。社長も、なんにも気にすることはないといってたよ。つまらない誤解はすぐ解けるだろうって」

声が尻《しり》すぼみに小さくなる。それを自覚した。話しているうちに、ひどく情けなくなってきた。思わず深いため息をついた。

「寒くなってきたな」実相寺はひとりごとのようにつぶやいた。「冬が近づいてきた。こういう日は、家に帰って、こたつに入ってテレビを観るにかぎる」

沈黙している由香を直視するのが苦痛になってきた。実相寺は椅子ごと身体を横に向けた。

姿勢を崩し、脚を組んで、なにもない壁を見つめた。

「店は繁盛していたな」実相寺はぼそりといった。「おおぜいの客が長い列をつくってた。テレビの取材も来た。いまも、この建物の前に何人か記者が来てたよ。俺は、なにも答えなかったけどな」

というより、何も聞かれなかったというほうが正解だった。誰も実相寺を知らなかった。

マネージャーとしても、催眠術師としても、そしてもちろん、ミュージシャンとしても。

「正直なところ、俺は羨《うらや》ましかったよ。おまえが羨ましかった。店をだしたらたちまち人気者だもんな。こんなこともあるんだなと驚いた」

　小窓の外からセスナが飛ぶ音がきこえた。鉄格子の向こうにのぞく青空が、ずいぶん遠くにあるように思えた。囚人《しゅうじん》でもないのに、空が遠かった。

「宇宙人になったときもすごかった。覚えてるか、竹下通りの路上ではじめて会ったとき、きみはいきなり宇宙人になったんだ。俺は自販機でタバコを買おうとしてた。そのとき、きみが後ろに立ってた」

　こんな話をして由香の精神状態にどんな影響があるのか、まったくわからなかった。ひょっとしたら、嵯峨は顔を真っ赤にして怒りだすかもしれない。なんでそんな話をしたんですか。そう怒鳴りだすかもしれない。

だが、俺にはほかに話題がない。精神病の知識もない。

　由香と会話していたのは、いつもこんなことばかりだ。由香は、宇宙人といわれるたびに首をかしげていた。なんのこと。宇宙人って。実相寺はそれを芝居だと思っていた。変わった女だ、と思っていた。

「何度もメシを食いにいったよな。あんな、一食で何万円もするメシなんて、それまで食ったことがなかった。実際、うまいのかどうかもよくわからなかった」

　ふいに胸が苦しくなった。息が吸いこめない、そう感じた。たとえようのない激しい感情の波が押し寄せ、胸が詰まった。

「知らなかったんだ」視界がぼやけた。実相寺は、涙声になっている自分の言葉を聞いた。

「おまえが病気だったとは知らなかった」

　とても由香を正視できなかった。

　ある日、実相寺は食事中に由香にたずねた。この仕事は楽しいかと。いつものように間をおいてから、由香はにっこりと微笑んで、楽しいですと答えた。その笑顔が忘れられない。本当に嬉《うれ》しそうだった。

　だが、違った。彼女はなぜ自分が認められ、大勢の客がきて、金がもらえるのか、その意味を理解できていなかった。意味がわからないまま、疑うことさえないまま、ただ働いていた。客の目前で、病気のせいで奇妙な症状が現れるのを売り物にしていた。

　すべては俺が強制したことだ。

　まるで動物園で飼育されてる動物のような立場だった。由香は疑問すら抱かず、俺がうわべだけやさしく接しているのを、そのまま受けいれていた。動物園の動物が、飼育係を勝手に仲間だと思いこんでしまうように。

　やっぱり責任は俺にある。あんな仕事をさせちまった責任は、俺にある。

　実相寺はうつむいて、手で顔を覆った。なぜ、こんなことになっちまったのか。自分の名前を売りたかっただけなのに、いつの間にこんなことになっちまったんだ。

どれくらいの時間が過ぎたのか、見当もつかなかった。実相寺は顔をあげることさえできなかった。由香の姿を見ることはできなかった。この部屋をでていくこともできなかった。どうしようもなかった。

「俺のせいだ」実相寺はつぶやいた。「こんなことになったのは、俺のせいだ」

誰に話しているわけでもなかった。牧師に懺悔《ざんげ》をするっていうのはこんな気分なのだろうか。神にすがることができたらどんなに楽だろう。信仰だけで救われることがあるなら、どんなに有り難いだろう。

しばらく時間が流れた。

背後の扉が開いた。

「時間ですな」外山がいった。

実相寺は顔をあげた。

すると、そこには奇妙な光景があった。

外山がガラスの向こうを見つめたまま、目を丸くしている。

どうかしたのか。実相寺はその視線を追って、由香に視線を投げかけた。

由香は椅子に座ったままだった。しかし、姿勢が少しだけ変わっていた。顔をあげている。瞳《ひとみ》が実相寺をとらえていた。

表情がやわらいでいた。かすかな感情が浮かんでいるように思える。喜びとも悲しみともつかない、微妙な面持ちだった。

「実相寺さん」由香はささやくようにいった。

音声

ディレクターの桑原翔一は、テレビ局制作部のオフィスで、ADの吉本卓司《よしもとたかし》からの報告を受けていた。

「そういうわけで」と吉本はいった。「入絵由香が東和銀行で働いている事実はありません。都内ばかりか首都圏全域の支店の名簿を入手して調べましたが、どこにも彼女の名はありませんでした」

桑原は唸《うな》った。「ほかの名前を名乗っている可能性は？」

「まずもってゼロです。居酒屋のバイトじゃないんですから、就職の際には履歴書のほかに身分証明書や住民票、戸籍の写しなどいろんな書類が必要になります。偽名のまま採用になるなんて考えにくいですね」

「だが実相寺は自信満々だったぞ」

「それについてですが」吉本はICメモリーレコーダーを取りだした。「警察が初動捜査していところ、私たちはすでに取材に入ってましたよね？　入絵由香という女が怪しいと睨《にら》んで、下北沢のマンションに住んでいることを突きとめ、電話した」

「ああ。そうだったな」

吉本はメモリーレコーダーの再生ボタンを押した。

しわがれた女の声がきこえてきた。「入絵ですが」

「ええと」吉本の戸惑ったような声がたずねる。「由香さんおられますか」

「失礼ですが、どちらさまでしょう」

「申し遅れました。私、朝のワイドショー番組でADを務めている吉本といいます」

「それはどうも、ご苦労様です。由香の母の聡子です」

「あ、お母様ですか。由香さんはご在宅でしょうか？」

「いま勤め先で仕事をしてますが」

「どちらにお勤めなんですか」

「東和銀行です」

かちりと音をたてて、吉本がメモリーレコーダーを停止させた。

吉本は肩をすくめた。「てっきり母親の声だと思ってましたが、違うようです」

「まさか、入絵由香本人か？」

「ええ。夫婦ふたり暮らしのはずなのに、おかしいなとは感じたんです。戸籍を調べても、由香の母親の名は多恵子だし、声紋の鑑定を依頼したところ、入絵由香に間違いないってことです。母と娘なら声も似てて当然なので、なかなか疑えなかったんですが」

桑原は妙に思った。「なぜ母親のふりをしたんだろう？」

「多重人格だという噂もありましたよね？　それが本当なら、これは彼女のなかにある、理想の母親像でしょう」

「というと……」

「この電話インタビューで、入絵聡子なる由香の母親は美容師をしていて、夫は私鉄会社で重役を務めているとのことです。娘の由香さんは大学を卒業後、海外へ留学したのちに帰国し、東和銀行に勤めていると」

「単なるホラ吹きか、それとも……」

「本当に人格が入れ替わっているか。いずれにしても、虚言癖でもありそうな母親の話をこちらが取りあげることはありませんでした。入絵由香の勤め先にしても、実際には占いの店で働いているわけですから、事実を明かしたくないんだろうと思ってました。だからこの会話のことも忘れてたんですが、いまさら東和銀行なんて話が引っ張りだされるとはね」

「……ガセか。やれやれ。あのいんちき催眠術師め。奴もたぶん、電話にでたこの女が母親だと信じて、話を真に受けちまったんだろうな」

「おそらく。……ねえ、桑原さん」

「なんだ？」

「これが本物の多重人格だとすると、なんだかせつないですね。入絵由香の架空の母親は、家族みんなが揃って暮らしているといってます。夜七時には、みんな揃って食卓につく。月に一回は国内旅行にでかけ、年に一回は海外旅行へいく。理想の家族をつくりあげ、自分のなかに存在させているんですね」

「まあ……な。意識的にか無意識的にか、それが寂しさを紛らわす手段なのかもな」

「その気の毒な身の上にスポットを当てることで、視聴者の共感を呼ぶことを狙う手もありますけど」

「……いや。それはまずいだろ。入絵由香を悲劇のヒロインに仕立てたって、視聴者の食いつきがよくなるとは思えない。逮捕状がでないから匿名にせざるをえない状況だし、顔にモザイクもかけなきゃならんしな。事件性がないんじゃ、扱っても意味はない」

「同感ですね」と吉本がうなずいた。

「うーん」桑原は頭をかきむしった。「ほかにニュースになりそうなことでもないのか」

「今回の件で臨床心理士会のほうをあたったところ、ちょっと面白い噂を聞きましてね。東京晴海医科大付属病院、友里佐知子院長のほうで、変り種の臨床心理士を雇うことになったそうです」

「変り種？」

「すでにマスコミに名を知られている国家公務員の若い女性が臨床心理士に転職したということですが」

「国家公務員というと、具体的にはどんな職種だ？」

「さあ。そこまではまだ……。可能性のある名前を調べあげているんですが、まだ絞りこめてません」

「ふうん……。そいつは面白いな。この件はこれまでにして、そっちに興味を移してみるか」

「入絵由香を追いかけるのは、やめにしますか」

「ああ、そうだな」桑原は腕組みをした。「その新しい話のほうが、数字が稼げそうだ」

結婚指輪

根岸知可子は高見沢病院のなかを突き進んだ。

ナースステーションで看護師にたずねる。「高瀬先生はどこ？」

看護師は面食らいながら応じた。「先生はいま二階の病室をまわっています」

階段を二階に降りて廊下に歩を進めると、白衣を着た若い医師と立ち話している高瀬の姿が目に入った。

知可子はつかつかと歩みよった。

高瀬がこちらに顔を向けた。「おや、根岸先生。おはようございます」

「お話があるんですが」知可子はぶっきらぼうにいった。

「いいですよ」高瀬は肩をすくめた。

若い医師はなにもいわずひきさがった。

苛立《いらだ》ちを抑えながら、知可子は高瀬にたずねた。「いったいどういうことですか、手術に踏みきるなんて」

「はて、手術？　どの手術のことですか」

「浜名典子さんに決まってるでしょう。さっき開頭手術をするという通知がきたわ」

「ああ、あれですか。ご心配なく。今度は私が執刀することになりました。先生のお手をわずらわせることにはなりません」

「そんなことはきいてないわ。彼女は一か月前に手術を受けたばかりなのよ。なぜもういちど手術をする必要があるんです」

「……あの後、いろいろ検査をしてみたんですがね。患者の顔面神経麻痺《まひ》をおさめるには、再手術を行なうしかないという結論に達しまして」

「あなたが院長にそう進言したんでしょう。わたしの執刀ミスで神経に傷がついた可能性があると」

「ああ」高瀬は悪びれたようすもなくいった。「もうお聞きおよびでしたか。それなら申しあげてもさしつかえないでしょう。ほかに原因は考えられないんです。もし腫瘍《しゅよう》でもできているのなら、ＭＲＩやＣＴ検査であきらかになるはずです。それでひょっとしたら、手術時に見落としがあったのではないかと思いましてね」

「ひょっとしたらですって？　仮説をあたかも実証されたかのごとく院長に報告して、しかも手術を実施する気なの？」

「患者のためです」

「ちがうわ。あなたのためよ。あなたは手術で功績をあげたいだけなんだわ」

高瀬は口もとをゆがめて笑った。「なにをおっしゃるんです。それはあなたも同じでしょう。医者ならだれでも手柄を立てたいと思うものです」

「手術というのは、ほかならぬ患者のために行なうものよ。確たる証拠もないのに手術をするのは無謀だわ」

「神経の麻痺症状がなによりの証拠じゃないですか。原因は脳にある。以前にはなかった症状が、手術後に顕著にあらわれている。ほかにどんな理由が考えられるんです」

「開頭をしてからあれこれ考えるつもりなの？　ただでさえ彼女の骨折部は無数の細かい骨片に砕けていたのよ。それをまた開けるなんて……」

「その無数の骨片が問題なんです。ほんの小さな骨片でも、脳組織を傷つけないとはかぎりません。はたしてすべて除去されたかどうか疑わしいものですな」

「除去したわ。間違いなくすべて取り除いた。きちんと固定して元に戻した。絶対に見落としてなんかいないわ」

「まあ、手術をすればわかることです」高瀬は背を向けて立ちさろうとした。

知可子は高瀬の腕をつかんだ。「待って。いま手術したら、彼女の身を危険にさらすことになることぐらい、あなたにもわかるでしょう。もっと時間をおいてからにしないと」

「くどいですね」高瀬は知可子の手をふりほどいた。「もう決まったことです。ここはあなたの病院じゃないんですよ」

「わたしの病院でなくても、患者の身を案じるのは医師のつとめです！」

「困りますね。ここは病院ですよ。騒ぎたてないでください」

思わず言葉に詰まる。なにもいえなくなっている自分がいた。

この男が、わたしから患者を奪おうとしているのはあきらかだ。しかし、どうすることもできなかった。院長が決定したことである以上、部外者に口出しはできない。

高瀬はにやりと笑った。「おわかりいただけたようですね。ではいろいろと準備もありますので、失礼しますよ」

そのとき、廊下を駆けてくる足音がした。

「先生！」看護師が高瀬に告げた。「たいへんです！」

「どうかしたのかね」と高瀬がきいた。

「すぐ、浜名さんの病室に行ってください」

知可子は口をさしはさんだ。「なにかあったの？」

看護師は戸惑いの表情を浮かべた。ふたりの医師のどちらに話すべきか迷っているのだろう。

やがて看護師は、身を翻しながらいった。「とにかく、おふたりともこちらへ。急いでください」

高瀬の舌打ちする声がきこえた。知可子は黙って廊下を歩きだした。患者の容態の変化に苛立ちを覚える感覚なんて、わたしのなかにはない。

知可子は病室に足を踏みいれた。

浜名典子はベッドに寝ていた。だが、そのわきにひとりの男が座っている。

面食らって知可子はつぶやいた。「勝正さん……」

倉石が顔をあげたとき、高瀬が駆けこんできた。

高瀬は倉石にきいた。「あなた、誰です。まだ面会時間ではありませんよ」

「私は倉石勝正といいます。臨床心理士でして」

「臨床心理士？　手配した覚えはないですが」

「こちらの患者さんのことを根岸先生からききましてね。力になれればと思いまして」

「申し出はありがたいんですが、その患者は外科手術を受けることになっているんです。

カウンセリングとは、おかどちがいです」

「そうでしょうか」と倉石は、患者に目を向けた。

その視線を追って典子の顔を見たとき、知可子は思わず息を呑《の》んだ。

典子のごく自然なまなざしがこちらに向けられていた。

顔面神経麻痺はもはや消えうせている。右脚にも痙攣《けいれん》はなかった。

「先生」典子がいった。「どうも、おはようございます」

高瀬も衝撃を受けたらしい。震える声でつぶやいた。「これはいったい、どういうことだ」

知可子は倉石を見つめた。「勝……いいえ、倉石さん。これはどういうことなんです」

「まあ、ちょっとお待ちください。ここで話をするのはなんですから、廊下へでましょう」

そういいながら倉石はベッドのわきの電話に手を伸ばし、受話器をとってダイヤルした。

しばらく間があって、倉石はいった。こちら、高見沢病院です。浜名大輔君の病室につなげますか。ええ、母親がすぐ近くにいますので。

わが子の名をきいて、典子ははっと目を瞠《みは》った。

倉石は受話器を手渡しながらいった。「冴島病院につながってます。いま大輔くんがでますよ」

典子は嬉《うれ》しそうに電話にでた。

「さあ、行きましょう」倉石が先に部屋をでた。

唖然《あぜん》としたようすの高瀬が、それにつづく。知可子は最後に退室し、静かにドアを閉めた。

廊下で高瀬が声を張りあげた。「説明してください。どういうことなんです」

倉石は片方の眉《まゆ》を吊《つ》りあげた。「ここは病院ですよ。もっとお静かに。説明は簡単です。根岸先生の執刀された手術は完璧《かんぺき》だったんです。彼女は完治していたのです」

「しかし」高瀬がたどたどしくいった。「あの麻痺症状は……右足の痙攣は……」

「それらはすべて暗示によるものです」

「暗示？」

「彼女はパチンコに夢中になって子供を置き去りにした。つまり世にいうところのパチンコ依存症ですが、私はそれによって、彼女はもともと催眠状態に入りやすく、暗示を受けやすい資質があるのではないかと考えました。私の職場には同じような相談がたくさん寄せられています。最近のパチンコ店では〈ハイパー波物語〉という機種が人気を呼んでいるんですが、これはほかのパチンコ台よりもさらに深いトランス状態へ陥りやすい機種なのです。電飾がほかの機種にくらべて二倍以上あること、液晶画面が大きいので注意集中を喚起しやすいことなどがその理由です」

「浜名さんはその台で打っていたんですか」

「そうです。このパチンコ台では理性の意識水準がかなり下がってしまうので、時間感覚を喪失したり金銭感覚が麻痺《まひ》したりします。報告では、依存症になった人々の二十パーセント以上が、手もとに残っている一万円札が一枚少なく感じるという共通の体験をしています。これはそれだけ理性のはたらきが鈍っていたことを意味しています」

「で、それと今回のことと、どう関係があるんです」

「勝手ながら、私はけさ彼女の被暗示性テストを行ないました。といっても、特殊なことをしたわけではなく、ごく簡単な設問にイエスかノーかで答えてもらっただけです。彼女は顔の筋肉をひどく痙攣させてましたが、イエスの場合は声を発してもらうということで、テストを実施しました。一時間以上の長電話を月に二回以上するかとか、ボウリングに夢中になったことがあるかとか、単純な設問ですがね。その結果、やはり彼女の被暗示性はきわめて高いことがわかりました」

知可子は倉石にきいた。「すると、あの麻痺症状はなんらかの暗示による反応だったわけ？」

倉石はうなずいた。「そう思って、私はあらゆる暗示効果を調べてみた。彼女はお子さんとふたりきりで暮らしていたし、特別な施設に出入りしていた形跡もない。家にいることが多かった彼女に対し、最も暗示の影響を与えやすい媒体、それはテレビです。二か月前、脳外科手術の失敗によってああいう麻痺症状が起きることが、テレビのニュース番組で放送されたことをご存じですか？」

「ええ」高瀬がうなずいた。「NHKの七時のニュースですよね」

「正確には、七時二十分ごろに放送された取材VTRで、医療の最前線を特集しているものでした。私は観なかったのですが、私の職場の関連病院に問いあわせて調べたところ、この番組をみた医師が少なからずいました。彼らの話によると、それはこの半年間に顔面神経麻痺を扱ったおそらく唯一の番組だったということです。いい時間帯に放送されていたわけですし、視聴率もよかったそうですから、典子さんがみていた可能性もある。そう思ってたずねたところ、イエスという返事でした」

「番組を観たからそうなったってことですか？」

「暗示の効力です。この番組では脳の手術の失敗によって顔面神経が麻痺し、右脚が痙攣するという症状が映像によってショッキングに伝えられました。彼女はそれを観ていた。そして一か月後、脳の手術を受けた。術後しばらくのあいだは精神状態も安定していたのですが、やがて自分が脳の手術を受けたのだという認識が深まるにつれて、私もそうなるのかもしれないという疑念が無意識のうちに募り、あの番組で観た映像が暗示となって心理に働きかけた。暗示を受けてしばらくのちに反応が表われることを後催眠暗示といいますが、それと同様のことが起きたんです」

「信じられない」高瀬がつぶやいた。「そんなことがありうるのか？」

「被催眠性がきわめて高いのならじゅうぶんにありえます。あなたがた医師も偽薬《ぎやく》によって患者の心を鎮めるプラセボ効果を用いているじゃありませんか。あれと同じですよ」

「な……すると、その……私は……」

「そう落胆されることはないでしょう。手術はまったく問題なかった。問題がありそうに見えたことも、心理的要因にすぎなかった。病院にはなんの落ち度もありませんよ」

高瀬はうつむいたまま、ちらと知可子を見た。

そして深々と頭をさげると、力のない足どりで立ち去っていった。

知可子は倉石を見つめた。倉石も知可子を見返した。

「彼女」知可子はきいた。「これからもう問題はないの？」

「ああ。被催眠性が高いというのは精神病理ではないのだし、世の中にそういう人は大勢いるからね。画家や建築家などのクリエイティブな職種につく人は、みんなそういうタイプの人たちなんだよ。だからべつに危険なわけじゃない。ただ今回は、たまたまパチンコによってそういうトラブルが引き起こされたに過ぎない」

扉の覗《のぞ》き窓のなかに見える典子は、瞳《ひとみ》を潤ませていた。電話の声に何度もうなずきながら、指先でそっと目頭をおさえている。

彼女の幼い息子は、なにが起きたのかはよく覚えていないだろう。つまり、それだけ再出発のチャンスがあるわけだ。

羨《うらや》ましい、と知可子は思った。彼女はすべてをとりもどした。自分の未来も、わが子の将来も。

ため息とともに、知可子は倉石に向き直った。「ありがとう、勝正さん。助かったわ」

「いや、当然のことをしたまでさ。ところで、その……。忘れ物だよ」

倉石は指輪をとりだした。知可子の手をとり、薬指にはめた。

「どこでこれを?」知可子は面食らってたずねた。「きのう病院の執務室でなくしちゃったのよ。探したのに見つからなかった」

「……それなら、仲人《なこうど》の老人が持ち去ったんだろう。宗方先生が私のもとに届けにきたからな」

知可子は笑った。ひさしぶりに、何年ぶりかに心から笑った。

ありがとう、と知可子は告げた。こみあげてくる嬉《うれ》しさのなかに、これまでの苦悩がゆっくりと溶けて消えていくような気がした。

「それで」知可子はきいた。「これから、どうする？」

「そうだな。まだ食事の約束も果たせていないんだ。週末ぐらいにどうかな。きみさえよければだが」

「ええ。喜んで。もっと早くてもいいのよ。わたし、いつでも予定をあけられるから」

「忙しいんじゃなかったのか？」

「いいの」

「わかった。できるだけ早くするよ」倉石は遠くを見るような視線でいった。「もうひとつ、やるべきことをやったらね」

インターセプト

嵯峨はカローラのアクセルをめいっぱいに踏みこんでいた。

クラッチがいかれてしまおうが、ブレーキが磨耗してしまおうが、きょうばかりは構わなかった。

午前十時、桜田《さくらだ》通りから内堀《うちぼり》通りに入って全速力で走る。官庁街のこの辺りはそこかしこに警官が立っているが、かまいはしなかった。彼らは交通警らではない。

「おいおい」助手席の実相寺が顔をひきつらせていった。「そんなに飛ばすな。フェラーリを気どったところで、この車じゃ無理があるぞ」

はるか彼方《かなた》に点のような青い光が見えた。

「青ですね。黄色に変わる前に通過してみせます」嵯峨はギアを入れ替えた。一〇〇キロまでしかないメーターが振りきれている。

交差点を突破した。クラクションがはるか後方に消えていく。

実相寺がつぶやいた。「あれだけ常識人ぶってたのが嘘みたいだな。それとも、俺の勘違いか。あんた、けっこう無茶をやらかす性格みたいだな」

嵯峨はステアリングを切りながらたずねた。「入絵由香さんは、本当に快復したんですか」

「ああ。細かいことはわからないが、とにかくふつうに受け答えはできるようになった。その後も何日か話したんだが、俺が見るかぎりでは最初に店に来たときと大差ないようだ」

それが本当なら、催眠も受けつけるはずだ。人格交代も引き起こせる。

「きょう、警視庁から都内の精神病院に身柄を移されるってのは、たしかな話なんですか」

「ああ。そう聞いた」

「移送される精神病院がどこかはわからないんですね？」

「わからん。警察がそんなことまでぺらぺら喋《しゃべ》ってくれるわけないだろ。ただ、病院で精密検査をするから、今後は面会できないときかされただけだ」

それなら、この道でまちがいないはずだ。都内のおもだった精神病院は警視庁からみて西に集中している。由香をそのうちのいずれかに移送するなら、この国道を下る以外にない。

「実相寺さん」嵯峨はいった。「感謝してますよ」

「なにをだ？」

「入絵さんに面会してくれた。それに、きょうのことを知らせてくれた」

「また文句をつけられちゃかなわないからな」

「入絵さんとは、どんなことを話したんです？」

「……いいじゃねえか、たんなる世間話だ」

靖国《やすくに》通りに入ったとき、前方にパトランプを灯《とも》したセダンを見つけた。

「あれか？」と実相寺がつぶやいた。

目を凝らすと、後部座席には三人乗っていることがわかる。左右は男で、中央は女だ。入絵由香だろうか。

接近したとき、奇妙な声が小さく耳をかすめた。

笑い声だ。聞き覚えのある、ひきつった甲高い笑い声。

「おい」実相寺がいった。「前のパトカー、なんだかようすが変だぞ」

パトカーはしきりに速度を上げ下げして、不安定な走行をつづけている。無理もない。

宇宙人に人格交代した由香を乗せていたのでは、さすがの警視庁の精鋭たちも動揺せざるを得まい。

　嵯峨は速度をあげてパトカーを追い越し、前方にまわりこんで急停車した。

　ブレーキ音が響きわたる。パトカーが突っこんでくる。衝突の衝撃に備えたが、車体が揺れることはなかった。ぎりぎりで停まったらしい。

　実相寺が怒鳴った。「正気かよ、おい！　パトカーの進路を塞《ふさ》ぐなんて……」

　嵯峨はかまわず、車外に駆けだした。

　パトカーの運転席にいる制服警官が、こちらを油断なく見つめている。

　話しかけるべきか迷っていると、助手席からコート姿の太った男が降りた。

　外山だった。

「またあんたか！」外山はいった。「どういうつもりなんだね、いったい！」

　答えるよりも先に、やるべきことがある。嵯峨はつかつかとパトカーの後部ドアに近づき、なかを覗《のぞ》きこんだ。

　けたたましい笑い声が耳に飛びこんできた。後部座席に由香の姿があった。無表情に、ただ口をぽかんとあけて笑いつづけている。

　嵯峨はできるだけ穏やかな声でいった。「こんにちは。アンドリアさん」

　由香の笑い声がぴたりとやんだ。

日常のあいさつのような口調を心がけて、嵯峨はいった。「ファティマ第七星雲、ミナクス座のアンドリアさんですよね。以前にもお会いしているんですが、そのときは私は自己紹介してませんでした。嵯峨敏也といいます、よろしく」

嵯峨が名前を告げたのは入絵由香の人格のときだけだ。アンドリアに対しては名乗っていない。

アンドリアの由香はにっこり笑って、機械的に一音ずつ区切ってしゃべった。「コンニチハ。嵯峨サン」

辺りはしんと静まりかえっていた。

背後にたたずむ外山も、呆然《ぼうぜん》とした面持ちでこちらを眺めている。駆けつけた実相寺も、面食らったようすだった。

外国人と話すときのように、ゆっくりとしたペースで嵯峨は由香に話しかけた。「きょうはいい天気ですね。こんな晴れた日は、外出したくなりますね」

由香はまだ大きく目を見開いて、顔の筋肉をぴくぴくと痙攣《けいれん》させている。

嵯峨はつづけた。「このへんの道路には枯れ葉が積もっているんです。晴れた日に散歩すると、とても気持ちがいいんですよ」

意味のある言葉ではなかったが、リラクゼーションにつながるイメージならばなんでもよかった。

しばらくそのまま語りかけた。並木道は特にいいんです。こもれびを浴びていると、なんだか全身を洗われたような気分になるんです。そよ風がふいていて、とてもおだやかなんですよ。

「そうですね」と由香がいった。

表情は入絵由香にもどっていた。背すじをのばし、口もとにかすかな笑みを浮かべている。

「ど」外山の動揺した声がした。「どういうことかね、これは」

「静かに。黙って見ててください」嵯峨は由香に向きなおり、わざと快活な声で告げた。「そう、晴れた日はスポーツがいちばんです。ゴルフもいいですし、野球もね」

由香は不思議そうな顔をして嵯峨を見かえした。

嵯峨は返事を待たずに、早口にいった。「スポーツで汗をかいたあとはビールでも飲むのがいちばんです。いや、ブランデーがいいかな。V.S.O.Pのブランデーがいいですよね。カラオケを歌うには、ブランデーがいちばんです。〈ムーン〉のママも賛同してくれるでしょう」

ふいに由香がまた笑い声をあげた。宇宙人の笑いとは違っていた。手を口にあて、いかにも楽しそうに、肩をふるわせて笑っている。

「理恵子さん」と嵯峨は呼びかけた。「なにがそんなにおかしいんですか」

「だって、あなた」由香は笑いころげながらいった。「ほかに知ってる歌はなかったの？　レパートリー古すぎ」

「最近のアーティストは知らなくてね」

「でもじょうずだったわよ。もういっぺん、歌ってくれる？」

「ええ、できればそうしたいんですが、ここにはカラオケがなくて」

理恵子になった由香は、眉《まゆ》をひそめて辺りを見まわした。「あら、やだ。なんであたしクルマになんか乗ってるの？」

「あなたと私は〈ムーン〉を出たじゃないですか。それから、どうされたんです」

「さあねえ。家に帰ろうとしてたんじゃないかしら。でもなんでこんなところにいるのかな。あたし、スナック以外で人と話すのは苦手なのよ」

「ええ、よくわかりますよ。でもまあ、気持ちを楽にしてください。息を大きく吸いこむと、落ち着きますよ」

理恵子はいわれたとおりにした。嵯峨はそれにあわせて静かに声をかけた。そう、ゆっくりと吐いて。もういちど吸って、吐いて。

表情の微妙な変化を感じとり、嵯峨はいった。「入絵さん、気持ちはどうですか」

由香はきょとんとして嵯峨を見返した。しばらく間があったのち、入絵由香の口調でいった。「ええ、べつに」

「私が誰だか、ご存じですよね？」

「……たしか、嵯峨敏也さまとおっしゃいましたよね。〈東京カウンセリング心理センター〉の」

「初めてお会いした場所がどこだったか、覚えておいでですか」

「地下鉄のホーム」

たいした記憶力だ。しかし、もうひとつ確かめたいことがある。

嵯峨は語気を強めた。「それは忘れましょう。きっぱりと忘れてしまいましょう。いいですね」

「……はい」

「では」嵯峨は咳《せき》ばらいをした。「私がだれだか知ってますか？」

「いいえ」

「嵯峨敏也という名に聞き覚えがありますか？」

「……いいえ」

間違いない。嵯峨は確信を深めた。ずっと考えてきた仮説とぴったり一致する。

身体を起こすと、嵯峨は外山を振り返った。

外山は目を丸くして、嵯峨と車内の由香とを、かわるがわる見つめている。

「さて」と嵯峨はいった。「外山警部補。道路交通法違反と公務執行妨害で、私を逮捕しますか？」

「ああ。だが」外山は戸惑いがちにこぼした。「その前に……どういうことなのか説明してくれ」

緑色の猿

「非常識だ！」精神科医の下元は、ぎょろりと目をむいて叫んだ。「まったくもって、言語道断だ！」

倉石が腕組みしながらきいた。「具体的に、どういう点が非常識だというんです」

「きくまでもないだろう！　重要参考人を移送中に妨害するなんて、まっとうな人間のやることかね。きみはいったい、部下にどんな教育をしてきたんだね」

「職場におけるカウンセラーとしての指導と、今回のケースとは別ものだと思いますが」

「いいや。臨床心理士ならば、いつ何時も節度ある行動を心がけるべきだ！」

〈東京カウンセリング心理センター〉、十五階の大会議室。

嵯峨はテーブルについている列席者らを見た。所長の岡江粧子、倉石勝正、外山警部補、実相寺則之、それに日正証券の財津。さらには警視庁の会議室で見かけた捜査二課長と管理官も出向いてきていた。

これだけのメンツが一堂に会したからには、もう責任を免れる余地はどこにもない。嵯峨はそう思った。運命はこの場に託された。

会議が始まって五分と経たないうちから、下元と倉石が激論を交わしはじめた。嵯峨は両者の関係を知らなかったが、どうやら過去の因縁があるらしかった。さっきから論点はあちこちにずれている。

下元がいった。「きみは昔からそうだったな。大学紛争のときに周囲の反対を押し切って過激派に加わって……」

倉石が声を張りあげる。「そんな話は関係ないでしょう。あなたこそ大学時代から教条主義的で、人の情というものを理解しようとしない……」

「待ってください」外山がさすがにうんざりしたようすで口をはさんだ。「職場教育がどうとか、こちらの上司のかたがどういう人格であられるとか、そんなことはいま議論すべきことじゃありません。私たちは非常に大きな問題を抱えているんです」

悪びれるようすもなく、下元はうなずいた。「そのとおりだ。臨床心理士が、いわば警察に対して挑発的行為に及んだわけだ」

外山はため息をついた。「まあ、我々としては、今度の件について各自のお考えをおきかせ願いたいわけです」

「さあね」岡江粧子がしかめっ面でいった。「私たちは組織的にそんな行動をとるように計画した覚えはありません」

「というと、嵯峨先生の個人的な行動ですかな」

「そういうことになるでしょうね」

一同の視線がこちらに向けられる。

嵯峨は告げた。「おっしゃるとおりです。すべての責任は私にあります。いかなる処罰も覚悟のうえです」

下元が苛立《いらだ》たしげに尋ねてきた。「では、どういう理由でそのようなことをなさったのか、おきかせねがえますかな」

「入絵由香さんと面会された実相寺氏から、由香さんがあるていど快復したという知らせを受けました。少なくとも会話ができる程度にまでは戻ったというのです。これは実相寺氏の面会で由香さんに安堵《あんど》がもたらされたことが原因だと思われます。しかし、彼女がきょうの午前中、精神病院に移送されることになっていることを知りました。不安や緊張が生じる新しい環境では、ふたたび病状が悪化することが懸念されます」

むっとして下元がいった。「なぜ精神病院に移送されると、病状が悪化するというんですかな。病院は病気を治すところですぞ」

「精神疾患はウィルスに感染するのとは違います。隔離の必要はありません。おそらく、ここ数日で快復した由香さんが人格交代を起こすのを見て、ショックを受けた警察の方々が、いきなり精神病院送りを決定したんでしょう。しかし、彼女にはもっと穏やかな治療を行なうべきなんです」

「また多重人格ですか。嵯峨先生、あなたはすべてを直感だけで判断している。あなたのいう、穏やかな治療法とやらで彼女が快復すると、どうして断言できるんです？」

外山が身を乗りだした。「それについては、私がこの目で見たことを証言しなければなりません。けさ移送中のパトカーのなかで手がつけられなくなっていた入絵由香さんを、嵯峨さんはほんのひとことで、落ち着かせてしまったんです。しかも、その……にわかには信じがたいことですが、確かに彼女は次々と違う名前を名乗って……そう、人格が交代したんです。正直なところ、茶番みたいにも思えたのですが、あんな状況で狂言をはたらくとも思えませんしね……」

下元は白髪に手をやった。「あなたがた素人はこれだから困る。ちょっと目の前で奇異な精神状態を見せられると、すぐ圧倒されてしまう。お話から察するかぎりでは、たしかになんらかの精神的な混乱症状はあったんでしょう。こちらの嵯峨さんによって、それがいくらか快復したのも確かでしょう。しかし前にもいったように、私は多重人格というのは……」

倉石が下元を制していった。「DSMにも記載されている症例です」

「きみの欧米かぶれも変わっていないみたいだな。アメリカの団体が新しい説を唱えるとすぐ飛びつく」

「正しいことを受け入れているだけです」

「そのアメリカかぶれは、いつから始まったのかね？　安保闘争に参加してたころは違ったんだろう？　やはり、新婚の相手にアメリカへ逃げられてからかね？」

「そんなことは関係ない」

「ご静粛に」管理官がいった。「話をもとへ戻そう。そちらの嵯峨さんという方は、つまり入絵由香さんを多重人格と見立てていて、下元さんはそれに反対なわけだね？」

嵯峨はうなずいてみせた。「そうです。取り調べ中に認知障害が疑われるほどにまでコミュニケーションが困難になったんですが、現在は多重人格障害にまでは快復したということです。今後、さらなる適切な療法が必要です」

下元が苦い顔でいった。「さっき、外山さんがいった人格交代についてききたい。嵯峨先生。あなたはパトカーのなかで、彼女の人格を交代させることができたのかね？」

「はい。環境によって、精神面の緊張と弛緩《しかん》の度合いが変化し、それによって人格交代が起きます」

捜査二課長がきいた。「理恵子とか、その、アンドリアというような名前は、だれがつけたのかね」

「それは彼女の無意識のなかで決定されたことでしょう。私たちが夢をみているときに、自在に多様なイメージが浮かんでくるのと同様のことです。また、彼女のなかにある複数の人格は、いずれも彼女が不安や恐怖にかられるたびに、いまの自分以外のものになりたいと願い、自然に浮かんだものです。ですから彼女が故意に考えたものではありませんし、彼女自身も自分のなかに別の人格があることは知りません。人格交代しているあいだのことは忘れてしまっています」

「しかし、由香さんは占い師をしていたんでしょう？　それも、占いの最中に宇宙人に変身するのが売りものだったらしいじゃないですか。それを自分でも気づいていなかったというんですか」

「ええ、問題はそこです。実相寺氏の話では、彼女は自分からチャネラーとして売りこみに来たそうです。ということは、自分の人格交代を認識していたことになる。しかしながら、私はそうは思いません」

実相寺は視線を落としたまま沈黙している。

嵯峨は実相寺にきいた。「実相寺さん、彼女と初めて会ったときのことを話してください」

「……竹下通りで会った。彼女が私を呼びとめて、話しかけてきた。テレビで観たといってた。その日の昼間、私はテレビにでたんだ。あまりいい思い出じゃないがね。そのあと突然、彼女は宇宙人に変身してしまった」

「そのときなにか、人格交代のきっかけになったことがあったはずです。彼女に対して恐怖をもたらした、なにかが」

「……そうだ、稲妻だ。あのとき雷が鳴っていた。彼女は稲光と同時に宇宙人になったんだ」

「それが彼女には恐怖に感じられたんでしょう。で、その後どうしました？」

「店に迎えいれた。私の店だ。当時私は、催眠術の店を開いていた。客に催眠をかける店だ。彼女はテレビでその店のことを知ったといっていた。……ああ、そうだ。思いだした。私に催眠術を解いてもらいたいといってたんだ。緑色の猿にかけられた催眠術を」

「そうです。入絵由香さんは自分が多重人格だとは知りませんでした。しかし、たびたび意識を喪失しては、知らぬ間に時間が経過していたり、別の場所へ移動していることがあるのは気づいていた。また、解離性遁走《とんそう》に前後して緑色の猿という幻視があらわれる。それが現れると、自分が意識を失ってしまう。どうやら意識をなくしていたあいだも、自分はなにか行動していたようだとわかる。それが繰り返された結果、彼女は緑色の猿に意のままに操られているという結論に達した。猿に催眠術をかけられていると解釈した。だからテレビで見かけた催眠術師の実相寺氏のもとを訪ね、術を解いてもらおうとしたのです」

「猿ね」下元が首を横に振った。「どこから猿なんて発想が？」

「夫の入絵昭二さんの話によると、新婚旅行はバリ島だったそうです。旅行中は由香さんの精神状態はそれほど不安定にならなかったようですが、帰国後、由香さんはひどく怯《おび》えるような反応をたびたびしめしだした。彼女自身によれば、バリでヒンドゥー教の寺院を訪ねたとき、そこに緑色の猿《グリーンモンキー》の像が祭ってあって、その像が語りかけてきたというんです」

「語りかけてきた？」

「正確には非言語的メッセージを送ってきているように感じたらしいんです」

「ありうる」と倉石がいった。「いわゆる憑依《ひょうい》体験は、統合失調症の患者にみられるものだが、入絵由香の場合もその病状が下地にあって、緑色の猿の像を見たときに解離性障害を発症した可能性がある」

下元は眉間《みけん》に皺《しわ》を寄せた。「非言語的メッセージを受け取ったということはドリトル現象ですな？　たしかに人間と動物との境界線が不明瞭になることはあるでしょうが……」

「それで解離性同一性障害の複数の人格が生じることに拍車がかかった。可能性は否定できんでしょう」

「倉石君。そう私の言葉尻《じり》ばかりひったくらんでくれたまえ。で、嵯峨先生。そのヒンドゥー寺院によくあるグリーンモンキーの像が、幻視になって定着したというんですか」

「はい」と嵯峨はうなずいた。「その緑色の猿に操られていると解釈した由香さんは、実相寺氏に催眠術を解いてもらおうとした。実相寺さん。それからどうなったか説明してください」

「私はいちおう、彼女の催眠を解いてやった」

「どんなふうにやったんです」

「まあ、そのう……三つ数えたら目が覚める。ひとつ、ふたつ、みっつ。そんなふうに言っただけだが」

「その結果、彼女は？」

「いきなり勝気な喋《しゃべ》り方になって、わたしは理恵子、由香なんて知らないといいだした」

「きびきびとした口調の実相寺氏に対応すべく、勝気で元気な人格が顔をのぞかせた。理恵子に変身するのがいちばん適切だったんでしょう。しかしその時点で、入絵由香としての記憶はなくなっていたはずです」

「そうだった。それはよく覚えている。私が代金をもらおうといったら、なんのこと、警察を呼ぶわよといいだした」

「それで？」

「私が怒鳴りつけると、呆然《ぼうぜん》とした目つきになって、猿とかなんとかつぶやいた。それからまた、宇宙人になったんだ」

「恐怖から逃れるために宇宙人になった……。それで、実相寺さん。宇宙人のアンドリアさんはどんなことを話したんですか」

「自分に予知能力がそなわっているといいだした。その能力を人類のために役立てたいといいだしたから、私はここで働きたいのかとたずねた。すると彼女はうなずいた」

「つまり、実相寺氏に会おうとして〈占いの城〉に行ったのは入絵由香さんの人格であり、宇宙人のアンドリアはそこが占いの店なのかどうかも知らなかったんです。自分の売りこみにきたわけでもなかった。ただ、人類のために役立ちたいと申しでた。アンドリアは友好的な宇宙人ですと自己紹介していましたから、そう申しでることが自然なことだったんでしょう。それを実相寺氏はチャネラーとして売りこみにきたのだと早合点した。働きたいのかという問いに、友好的で人類のために役立ちたいと考えているアンドリアはうなずいた。ですから彼女は、なにも知らないうちに占い師として雇われることになってしまったのです」

実相寺は愕然《がくぜん》とした面持ちでつぶやいた。「そうだったのか……。宇宙人から入絵由香の人格に戻ってから、俺は彼女を送りかえした。翌日、電話で彼女に話すときにも、社長が会いたがっているから来てくれといって呼びつけた。入絵由香の人格のほうは、なぜ呼ばれてるかもわからないまま、それに従っていたんだ」

「そうです。彼女はもともと緑色の猿にかけられた催眠術を解いてもらうのが目的だった。しかし依然として猿の幻視は現れつづけ、記憶喪失も起こりつづけたので、まだ完全に解いてもらっていないと彼女は考えた。だから、実相寺氏から面接のために呼びだされても、営業時間を決められて店に勤務することを義務づけられても、すべては催眠術を解くためめの治療のつづきだと解釈したんでしょう。ふつうの入絵由香さんの人格はすなおで従順であると同時に、社会的な常識に疎いところもありますから」

「俺に催眠術を解いてもらうためには、なんでもいわれたとおりにしようと思っていたわけか」

「ええ。彼女はなぜ自分が〈占いの城〉の店で大勢の客を相手にしているかもわからなかったんです。店の客は彼女に会うと、彼女の返事の遅れや的はずれに思えるような返答にいらだって声を荒らげる。それで恐怖を感じた彼女は宇宙人に人格交代した。宇宙人のまま客と会話したのち、いったん客が帰れば恐怖は鎮まるので入絵由香さんの人格に戻る。また次の客がきて、同じように苛立《いらだ》って声を荒らげる……その繰り返しです」

室内はしんと静まりかえった。

誰もが実相寺に咎《とが》めるような視線を向けていた。実相寺は小さくなっていた。

やがて、下元がためらいがちにいった。「そのへんの筋は通っているようですな。しかし、どうも腑《ふ》に落ちないところがある。いまの実相寺氏の話では、宇宙人になった彼女が自分には予知能力があるといってたんでしょう。それは、占い師として売りこむ意志があったから口にしたのではないのかね？」

「実相寺さん」嵯峨はきいた。「その予知能力がどんなものか、あなたはアンドリアにたずねましたか」

「ああ。社長と一緒に彼女の面接をしたときにな。ふつうの入絵由香のときには、予知能力だとか宇宙人だとかいわれても、まったく理解できないようすだった。それで社長がかっとなって怒鳴ったら、宇宙人になった。その宇宙人になった彼女に、どんな予知能力があるのかとたずねた。たしか最初は、自分の家の電話が鳴る寸前に、それがわかるとかいってた」

「なるほど」下元はため息まじりに告げた。「そのようなことを口にする患者には何度も会った。統合失調症患者でしたがね。電話の音に驚いて、一時的な混乱に陥り、妄想が始まるのだと思います。あたかも事前にそのことがわかっていたかのように感じるという……」

「おや」倉石が冷ややかにいった。「下元先生がお認めになったようだ」

下元は憤りのいろを浮かべた。「私は事実関係を整理しているだけだ」

外山が嵯峨を見つめてきた。「その入絵由香の予知能力についてなんだが、要するに彼女は電話が鳴るのを予知できるとか、自分で勝手にそう思いこんでいたにすぎないわけだな？　それでは占い師として雇われても、役に立たないはずだ」

「そうなんですが、ここでもまた、彼女が新人占い師として売り込みにきたかに思える事態が生じたんです。そうですよね、実相寺さん？」

実相寺がうなずいた。「宇宙人になった彼女は異常な勘を発揮した。硬貨が相手の左右どっちの手に握られているかを当てたり、顔色からいろんなことを読みとったりした」

嵯峨は列席者たちに告げた。「それらは宇宙人になったときだけ発揮される力のようです。彼女は意識的にそうした直感を働かせているのではなくて、無意識のうちに察知していただけと考えられます。精神疾患は複雑なものであり、五感が鋭敏になったり、記憶力が高まることとの因果関係はまだ証明されてはいませんが、彼女にはあきらかにその兆候がみられました」

「……すると」外山が腕組みをした。「彼女は、まったく嘘をついていなかったわけか。周りが理解できなかっただけで、すべては事実だった。そういうことか」

「嵯峨」倉石がいった。「多重人格というのは幼児期に発生するという報告しかなされていない。七歳以上で多重人格になったという症例はないはずだ」

「はい。欧米の研究者によると多重人格は、まだ人生経験の浅い幼児ゆえに、恐怖からの逃避の方法として別の人間になりかわるという発想が生じると分析されています」

「なら、幼少のころから十代、二十代に至るまで、彼女の多重人格は問題視されなかったのか?」

「両親が問題に無頓着《むとんちゃく》なばかりか、完全に目をそむけていましたから……。けれども、頻繁に人格が分かれるようになったのは最近のことだと思います。しかも、少々わかりにくく複雑な人格分離が起きるようになりました」

「というと?」

「元の名前と同じ、入絵由香という名の別の人格を作ってしまうんです。実相寺さん。私は店を訪ねたとき、入絵由香さんに自分の名刺を渡しました。あれはどうなりましたか」

「あれは……きみが商売の邪魔をしに来たと思ったので、さっさと彼女の手からとりあげた。ところが類稀《たぐいまれ》な記憶力のせいで、名前から肩書まですべて覚えていた。だから、彼女に忘れるようにいった」

「そうです。その瞬間に彼女は、私の顔も名前も忘れてしまったんです。さっきパトカーで彼女と話したとき、私に初めて会ったのは駅のホームだったといってました。地下鉄の明治神宮前駅です。そのとき私は彼女に声をかけたのですが、彼女はきょとんとして見返すばかりでした。知らないふりをしているようには思えませんでした。そしてさっき、パトカーに乗った彼女に私の名前を忘れてくれといったら、またしてもその記憶をなくしてしまいました」

倉石がうなずいた。「なにかを忘れろと強制されるたびに、入絵由香という名前の別人格をつくりだしているというんだな」

「ええ。クローンのように入絵由香という名前の、もうひとつの人格を即座につくりだすんです。名前も性格もまったく同じ、ただ、その忘れなければいけない部分の記憶だけがすっぽりと抜け落ちた、もうひとりの自分になりかわってしまうんです」

「どうしてそんなことに……」

「ある特定のことを忘れろと強要された。だからそれに従った。そうとしか思えません」

「その複雑な人格交代はいつごろ発症した？　宇宙人や理恵子のような、判別しやすい人格交代よりも後年だろう？」

「ええ。ご主人の話でも、それが起きるようになったのは三年前。日正証券の経理部につとめていたころです」

嵯峨は財津を見つめた。財津も真顔で見かえした。

外山がいった。「横領を働いたせいで、その罪を忘れたいと思ったんじゃないのかね」

「いえ」嵯峨は否定した。「それはありません。衝動的に人を殺してしまったというのなら別ですが、彼女が知能犯的に二億円もの金を横領できたのなら、その記憶をなくしたいとは思わないはずです」

下元がふんと鼻を鳴らした。「百歩譲って多重人格障害だったのなら、彼女が横領を働くには支障はなかったわけだ。多重人格になり、恐れを知らぬ別の人格に変貌《へんぼう》したために罪をおかしたとも考えられる」

「なるほど」捜査二課長がいった。「真犯人はその人格ということですな」

管理官がうなずいた。「どう裁くのかという問題も、ひんぱんに取り沙汰《ざた》されています。多重人格者が別の人格になっていたときにおかした罪を裁けるのかどうか。まあ多重人格ともいわれる連続幼児殺害の犯人も検察から死刑が求刑されましたしね。それに、アメリカにはすでに判例があるようです。容疑者のなかにある別の人格がおかした罪も含めて、すべてがその容疑者個人の責任だとみなした判例です。つまり、多重人格者も裁けるんです」

おかしな空気が漂いだした。多重人格であるがゆえに、由香が犯罪者だった可能性も高いと見なされている。

「お待ちください」嵯峨はあわてて告げた。「多重人格障害の人が犯罪者になりやすいわけではありません。世間では、別の人格に替わることと、凶悪な面が顔をのぞかせることを同一のようにとらえる傾向があります。しかし、さきほどもいったように多重人格とは、不安から逃避したり周囲に適応するために人格を分離するものでしかありません。本来はひとつの人格なのです。大元の人格に犯罪を平気で実行できる側面がなければ、そのような人格は発生しません」

外山が反発した。「入絵由香の元の人格に犯罪者としての素質がなかったと、どうして断言できるんだね。私も宇宙人や理恵子の人格にしか出会っていない。ほかに犯罪者としての人格が潜んでいるかもしれないじゃないか」

「あるかもしれないし、ないかもしれないと言ってるんです。多重人格障害だから即、犯罪者の可能性ありと決めつけてはいけないんです」

「それでも」管理官はいった。「このケースにおいては、ほかの正常な人間よりも、被疑者の可能性があることは否定できないんじゃないのかね」

捜査二課長が首を縦に振った。「ほかに被疑者がいない以上、入絵由香のなかに秘められた人格こそが怪しい。そう思っても仕方がないことだ」

倉石が顔をしかめた。「なんらかの精神病理をもつ人を、常識的な判断のできない人間と決めつけ、なにをしでかすかわからないと考えるのはまちがっている」

「そんなことは言っていない。われわれは……」

「いいえ!」嵯峨はまくしたてた。「口にしないだけでみんな思ってるはずです。というより、あなたたちはずっとその偏見にとらわれている。宇宙人の笑い声をあげる彼女をまのあたりにして、常軌を逸したとてもおそろしいことが起きているように思いがちになる。いまの社会において、人々はまだ精神疾患に詳しくなく、どうしても自分が正常であることを再確認したがるせいで、差別的な衝動が生じることもあるでしょう。けれども、それは人としての誤りであり、欠点です。その欠点をみとめ、正しい認識を得ようと努力せねばなりません。でもその前段階で、目をそむけてしまう人が多すぎるんです。形ばかりの思いやりをもっているふりをして、じつは精神病の人々と関わりあいにならないように遠ざけてしまう。差別的な言葉を口にするのをタブー視するだけで、依然として差別の概念は暗黙のもとに生きつづける。だから精神病の本質が理解できず、彼らは自分とは異質の存在で、平気で嘘をついたり罪をおかしたりできるのだと決めつけてしまう。でも私たちも毎日、苛立《いらだ》って我を忘れたり、不安で眠れなくなったりするじゃないですか。これはある意味で、軽度の精神疾患なんです。生きているかぎり、人は誰でも精神病の入り口に足を踏みいれているんです」

「でも、あんなふうに幻覚が起きたり、記憶喪失が起きるまでに至ったら……」

「それらが何だというんです。意識の喪失？　幻覚？　発生する原因は違っても、私たちは毎晩のように経験しているじゃないですか。睡眠によって意識を失い、レム睡眠時に夢という幻覚を見て、ノンレム睡眠時にその記憶をなくす。奇異で恐るべきことなんか起きてやしないんです。人間にならだれにでも起こりうることなんです」

「正常な人間に起きることと、そうでない人間に起きることとは違うだろう」

「違いません。正常と異常という区別自体、間違っているんです。人間は、生きているかぎりは正常でもあり異常でもあるんです。先天的あるいは後天的に精神障害が目立つことがあったとしても、その人だけが異常ではないんです。彼女は精神異常だ、精神異常なら犯罪をおかす、そんなことを考えるのは、いますぐやめるべきなんです。彼女を犯罪者扱いするのなら、彼女の精神病理をすべて理解してからにしてください！」

室内はしんと静まりかえった。誰も話そうとしなかった。

永遠とも思えるほどの、長い沈黙があった。

「……嵯峨君」岡江粧子が静かにいった。「演説はもう充分よ」

真意

会議室から廊下にはきだされていく人々のなかで、倉石は財津に声をかけた。「すみません。ちょっといいですか」

「はい？」と財津が足をとめた。

「ふたりきりでお話があるんですが」

「……いいですよ」

「こちらへどうぞ」倉石は、会議室の隣りの扉を開けた。

そこは客間だった。倉石は先に部屋に入り、財津にソファをすすめた。「どうぞ、おかけください」

「いえ、結構」財津は神経質そうに、戸口の近くに立った。「話というのは、なんですか」

「いまの嵯峨の分析ですけどね。気になりませんか？　入絵由香さんはあなたの会社の経理部につとめていたときに、ある特定のことを忘れろと強要された。もともと多重人格障害だった彼女は、それに従うために、その記憶だけが抜け落ちた同姓同名の別人格を作りだし、成り変わった。嵯峨はそういってました」

「それが間違っていると仰《おっしゃ》るんですか？」

「いえ。私もあの意見には賛成です。しかし入絵さんは、ただ忘れろといわれただけでそうなったとは思えない」

「でも嵯峨先生のご説明では、実相寺さんの名刺の件といい、名前といい……」

「ええ。いまでは、忘れろと命じられるだけで人格分離が起きてしまいます。けれどもそれは、そもそもなんらかの強い恐怖が与えられるのと同時に、忘れろという強制を受けたからでしょう。だからいま彼女にとって、なにかを忘れろという命令は解離性遁走《とんそう》の起きるきっかけになってしまった。よほどの恐怖を味わったんでしょう」

「……そうですか。でもいったい誰がそんなことを？」

倉石は、その問いに答えるつもりはなかった。私が答えずとも、この男には判っているだろう。

「それともうひとつ」倉石はいった。「私の専門以外の領域ですけどね。あなたの会社の経理部では、横領着服がおこなわれたにも拘《かか》わらず、二年ものあいだ発覚しなかった。よほどずさんなチェック体制だったんでしょう。でも捜査二課が被害届を受理したのだから、データ自体は信用に足るものだったはずです」

「ええ」

「どうも不自然ですよね。日正証券さんの経理部はどんな管理をおこなっているんでしょう。横領には気づかなかったのに、いまは警察にすべての証拠を耳を揃えて提出できる。データが吹き飛んでいたなら、横領されたことをしめす痕跡《こんせき》もなくなっているはずです。いったい、どうやって被害届を出したのですか？」

「それは、金融の専門家でないあなたにご説明申しあげるのは、大変難しいことですが……」

「いえ。そうでもありません。見当はつきます。あなたは二億円の横領に絡んでいたんです。というより、あなた自身が横領したのでしょう」

財津の表情が、かすかにこわばった。

「……なにをおっしゃるんです」

「あくまで私の意見ですけどね。あなたは会社の金を横領しようとしたが、経理部のコンピュータからメインバンクにアクセスしたデータはすべて残ってしまう。たとえオペレーターに共犯をもちかけても、金の動きはすべて記録されてしまう。そのとき、近松屋の主人と奥さんから娘を面接してくれともちかけられた。というより、彼らが地上げで多額の借金があることを知っていたあなたのほうから故意に近づいて、そうなるように仕向けたんでしょう。いくら記憶力がよかったとはいえ、日正証券のような大手企業が三十歳前後のパートタイマーの女性をいきなり採用するはずがない」

「差別的な物言いですね。臨床心理士としては問題では?」

「そうは思いません。あなたについて推測している話なのでね。あなたは彼女の精神疾患にも気づいていた。多重人格障害とまではわからなくても、彼女の精神状態が正常に機能していないことはわかったはずです。しかもやたらとすなおで、従順な性格で、人を疑うことを知らなかった。ふつうのオペレーターなら、あなたの指示を不審に思うだろうが、彼女には横領工作に気づく能力はないと考えた。そこで彼女をオペレーターに採用し、あたかも仕事の取引のひとつであるかのように指示して、総額で二億円にものぼる金を架空名義の口座へ振り込ませた。いざとなったら彼女およびその両親のせいにできるからです」

財津の顔が紅潮しだした。頰がわずかに痙攣《けいれん》している。

「そんなことが」財津がきいた。「可能になるとでも?」

「なります。ところが、あなたにも誤算があった。何があったのかは判りませんが、とにかく横領した後、彼女がその二億円を動かしたことを克明に覚えているのを知った。それも振り込み先の銀行名も口座番号も正確に記憶していた。あなたはそのとき、初めて彼女の並外れた記憶力に気づいた。……忘れろという命令は、あなたが彼女に与えた。強烈な、彼女の病状を急速に悪化させるほどの恐怖とともにね」

「馬鹿なことを……。いったい何を根拠におっしゃってるんです」

「あなたにも意外だったでしょうが、彼女は人格分離で本当に横領の記憶をなくしてしまった。だからそのことをぴたりと口にしなくなった。しかも精神疾患が悪化し、半年で退社した。よって、それ以上の口封じは必要なかった」

「私が横領したのだとしたら、どうして警察に捜査の依頼をする必要があったというんです」

「あなた自身が仰ったでしょう？　最近になって、経理部のコンピュータが入れ替えられてデータが整理された。それまでのチェックがずさんだったというより、あなたが横領の事実を他の取り引きデータのなかに埋もれさせていただけでしょうが、そのことが明るみにでてきた。だから被害届をださざるをえなかった。入絵由香さんを犯人に仕立てあげようとしたんです。それを確固たるものにするため、あなたは手元に残っていた金を使うことにした。すなわち、彼女の両親の実家を訪ねて、一億三千万円を現金で渡した」

「手渡しで？　入絵さんのご両親が、黙ってそれを受け取ったとでも？」

「ええ。あなたは彼女の両親にこういったんです。負債に苦しむあなた方を見ていられない、私が捻出《ねんしゅつ》したこの金を無期限、無利子でお貸しする。ただし、このことは誰にもいわないでくれと。情にほだされた老夫妻は約束を守り、その金で借金を清算したうえで、金の出所については固く口を閉ざした。それがあなたの策略とも知らずにです。おかげで、あなたの狙いどおり警察は入絵由香さんと両親をきわめて疑わしい存在としてマークするようになった」

「嘘だ!」財津は怒りの感情をあらわにした。「でたらめだ! 名誉毀損《きそん》で訴えられてもいいのか。老夫婦がなにを証言したか知らないが……」

「いいえ。入絵さんのご両親は、そんなことはひとこともいっていません」

「なに?」

「あのおふたりは、いまだにあなたの行為が善意からなるものだと固く信じているんです。純朴なご夫婦です。金の出所についても、なにも答えてくれませんでした」

「結局、憶測ばかりか。あなたはなにをもってそのような、こじつけばかりの推論を打ち立てようとしたんだね?」

「……きっかけは、あなたに初めてお会いしたときです。外山警部補が入絵由香さんを容疑者扱いする発言を吐くたびに、あなたの眼輪筋は収縮しているように見えたので」

「眼輪筋……？」

「喜びの感情があるとき、眼輪筋は自然に収縮するのです。これは意図的にはおこなえません。自分から疑いの目が逸《そ》れていると実感するたび、あなたは嬉《うれ》しさを噛《か》み締めていたわけです」

「……たしかなことなのかね」

「残念ながら、裁判に証拠として提出できる部類のものではありません。感情の表出は四分の一秒から二分の一秒ぐらいで消えてしまうものですし、あなたの顔が動画で撮影してあったわけでもありません。F1レーサーや戦闘機パイロット並みの動体視力でも持っていれば別でしょうが、私も確実にそうだったとはいえない。それに、感情と表情の因果関係の研究は、私たちのあいだではポピュラーですが、臨床心理士や精神科医に普遍的かつ必須《ひっす》の分野ではないのでね」

「戯言《ざれごと》にすぎなかったわけだな」財津は踵《きびす》をかえした。「いまの話は、聞かなかったことにしておこう」

「財津さん」

ぴたりと動きをとめた財津が、倉石を振りかえった。

「……失礼」倉石はあっさりといった。「眼輪筋が収縮したように見えたもので」

むっとした財津が、背を向け、あわただしく退室していった。

倉石は、深く長いため息を漏らした。

ソファに座り、身体を投げだす。ようやく、ひと区切りがついた。

ドアをノックする音がした。

「どうぞ」と倉石はいった。

開いたドアから、嵯峨が入ってきた。

「ああ、嵯峨」

「倉石さん。財津さんとは何を……」

「確証のない仮説をいくつか申し伝えた。彼にいわせれば戯言だがね。真の犯罪者が裁かれないことは嘆かわしい」

「犯罪者というと……」

「これでもう、財津は入絵由香さんに手出しはできないだろう」

「すると、やはり倉石さんも彼が横領犯だと考えていたわけですね」

「まず間違いないな。でも私たちは警察じゃない。入絵由香さんの安全が確保されたのなら、それで充分だ。心に悩みを持つ人々の助けになることが、カウンセラーの務めなのだからね」

嵯峨はしばし黙りこくっていたが、やがて硬い顔で告げてきた。「倉石さん。入絵由香さんは、ちゃんと自分の口で無実を主張しなきゃなりません。完治は無理でも、多重人格障害をあるていど快復し、自発的に警察の捜査に協力できるようにならないと……」

「たしかに、そうならない限りは疑惑は常についてまわる。でもそれは望むべくもないだろう」

「いいえ。方法はあります」

「……何？」

「彼女を快復させることについては、あるていどのメドが立っています」

信じられない話だった。倉石はきいた。「あれほど重度の症状をどうやって治していくというんだ？」

「解離性同一性障害に催眠療法が有効だという例は、枚挙にいとまがありません」

「しかし、入絵さんは催眠と聞くだけで恐怖にとらわれるんだろう？　一般的に、精神病患者は注意集中が困難であり、催眠誘導を受けること自体が難しい。まして、療法に有効なほどの深い催眠状態まで入れるとなると、まずもって不可能だ。そこまで長時間、カウンセラーの言葉に耳を傾けることもできない。催眠に関する理解を求めるのも無理だろうしな」

それでも、嵯峨の目の輝きは失《う》せることがなかった。

「彼女は快復します」と嵯峨はいった。「彼女自身の力で」

催眠

夕方五時。〈東京カウンセリング心理センター〉のロビーは、窓から差しこむ夕陽によって赤く染まっていた。

小宮愛子は、エントランスをくぐってロビーに歩を進めていった。この時刻に職場に戻ったのは、ひさしぶりだ。

ひっそりとしている。待合のソファに人の姿はなかったが、受付にはいつものように朝比奈宏美がいた。

にっこりと笑って、朝比奈は告げてきた。「こんばんは」

「こんばんは」愛子はサインをして、入館証を受けとった。「嵯峨先生はお戻りですか?」

「ええ。すぐにまいりますよ」

どうも、といって愛子はエレベーターホールに向かった。

竹下みきの不登校になりがちな日々は終わりを告げた。一輪車に乗れるようになった彼女は、すすんで学校に行きたがっているという。問題を根本的に解決してこそ、真の原因療法となる。その療法だけがすべてではない。

そのことを教えてくれたのは、嵯峨先生だった。

ポーンとエレベーターが到着した音がした。扉が開き、嵯峨が姿を現した。

「あ、嵯峨先生」愛子はいった。「いま上がっていこうと思ってたところです」

「そう」嵯峨は微笑した。「元気そうだね。気分はどう?」

「おかげさまですこぶる順調です。みきちゃんも緘黙《かんもく》症が快復傾向にあるし」

「みきちゃん?」

「ええ。竹下みきちゃん。一輪車に乗れなかった……」

「ああ。さっきご両親から電話があったよ。すごく喜んでたけど……きみが会いにいったのかい?」

「はい」

「一輪車に乗れるようになったってことは、催眠暗示でイメージトレーニングでもしたの?」

「その通りです。嵯峨先生に与えられたヒントのとおりにやってみました」

「……そう」嵯峨は、なぜか少しばかり暗い顔をして、エレベーターホールのソファに腰を下ろした。

「嵯峨先生？　どうかしましたか？」

「いや……。勝手にみきちゃんの自宅に行くなんて」

「あ……。ごめんなさい。でもどうしても、ほうっておけなくて」

「きみとみきちゃんが話し合う機会を用意したのは僕だけど、向こうの都合も聞かずに押しかけるのはよくないな」

「……そうですね」

「それに、催眠療法のテキストを熟読して理解するように言ったけど、それはみきちゃんのためにすべきことじゃないよ」

「え？　どういうことですか？」

「相談者を相手にするのは、僕たちカウンセラーにまかせておけばいいってことだよ」

「……何をおっしゃってるんですか、嵯峨先生？　わたしも現に……」

「きみの職業は？　この施設では、臨床心理士の資格がなくてはカウンセラーになれないよ。心理相談員の朝比奈さんも現に、受付じゃないか」

愛子は息を呑《の》んだ。

受付に目をやる。

そして、視線がなぜか自然に、嵯峨の胸もとに向いた。

職員バッジが光っている。

指先で、自分の胸に触れた。

そこにあるのは、入館証……。

この施設で働いているのなら、職員バッジを持っているはずだった。わたしはいつも、受付でサインをして、入館証を受け取る。

相談者たちがそうするように……。

嵯峨がじっと見つめてきた。「小宮愛子さん。いえ、入絵由香さん。元の人格に戻るときが来たようだね……」

時間が静止したかのようだった。

愛子のなかに、ここでのさまざまな記憶が去来した。

みきちゃんと初めて会話を交わし、このエレベーターホールで別れたとき。

嵯峨と会話をしていると、倉石がやってきた。

おはよう。朝早くから精がでるな。と倉石はいった。

あれは、嵯峨に向けられた言葉だったのだ。わたしは一緒にいる相談者と見なされていた。

いや、現にそうだった。わたしは、嵯峨先生の相談者だった……。

愛子はロビーの受付カウンターを見た。

朝比奈が呆気《あっけ》にとられたようすで、こちらを振り返っている。

ある朝、彼女はわたしにいった。おはようございます、小宮さん。きょうもお早いですね。朝からカウンセリングですか？

あれも、わたしを相談者と見なしてのことだったんだ……。

鹿内先生が、こんなに夜遅くにどうしたの、そうたずねてきたときも……。そして、竹下みきの父や母が、あんなにわたしの訪問に驚いていたのも……。

わたしはこのところ、夜にしかここに来られなかった。

臨床心理士だったはずなのに、いまさら催眠療法のテキストを読んで学んでいた。

そして、かつての記憶もない。

存在する時間が、限られていたからだ。

視界が揺らぎ、胸の奥からこみあげてきたものが、涙になって頬をつたう。その感触があった。

震える自分の声を、愛子はきいた。「わたしは、架空の人格なのね」

嵯峨が静かに告げた。「みきちゃんを助けられるほど、催眠療法に対する理解を深めたあなたなら、知っているはずです。解離性同一性障害、すなわち多重人格障害の快復のためには、催眠療法が有効だと」

「入絵由香さんの噂なら聞きました。催眠を恐れているとか。他人事《ひとごと》だと思ってたけど……。わたしだったのね」

「そう。ドリトル現象の幻覚で発生した緑色の猿に、催眠術をかけられたと思いこんでいたから……。オカルト的な魔術と誤解している以上、あなたが催眠を受けいれてくれる可能性はゼロに等しかった。ただでさえ、精神病の人には暗示が効きにくい。注意集中やイメージの想起が苦手だし、なによりそれが快復につながるものであると理解できない」

「それでわたしに……勉強させたんですね。催眠のテキストを読ませて、理解を深めさせたんですね……」

嵯峨はゆっくりと立ちあがった。「あなたは、僕が店で渡した名刺の電話番号に連絡をくださいました。でもここに来たあなたは、また別の人格になった。小宮愛子と名乗って、カウンセラーとして振る舞いだした」

「知識もないのに、そんなことが……」

「あなたは催眠療法科のフロアまであがってきて、僕ら職員用の図書室でＤＳＭを熟読した。持ち前の記憶力と、自分がカウンセラーだと思いこんでいるせいもあって、精神疾患の症例や治療法にどんどん詳しくなっていった。そのとき、僕は思ったんです。小宮愛子さんに催眠を学んでもらえれば、入絵由香さんは催眠の実態を理解できると……。元はひとつの人格なのですから」

「わたしが……みきちゃんと話してたのは……」

「あなたもみきちゃんも、集団療法の小グループに属していたからです。みきちゃんのほうは、あなたを先生と見ていたわけではない。同じ相談者どうしだったんです」

相談者どうし。

みきちゃんがわたしを友達と見なしたのは、そういうことだったのか。

涙がとまらなくなった。膝《ひざ》が震え、立っているのもやっとだった。

そんな愛子に、嵯峨が手を差し伸べてきた。

「さあ、座って」嵯峨は穏やかにいった。「催眠状態に入ることを理解したあなたなら、快復する日はすぐそこまできている」

いわれるまま、愛子はソファに腰をおろした。

「楽にして」と嵯峨は告げてきた。「なにも心配せずに、心を落ち着かせて。身体の重みを感じる。まぶたも重くなって……しだいに目が閉じたくなってくる」

嵯峨の暗示は、愛子の付け焼刃の技能とはまるで違っていた。たちまち暗示の通りに身体が反応する。全身がだるくなり、瞬《まばた》きが増えてきた。

いや、それは、わたしが自己催眠を体得しているからだ。わたしはすべてを学んだ。だから受けいれられる。なにもかも。

目を閉じないうちから、トランス状態の深まりを感じる。

涙に揺らぐ視界の向こうに、おぼろげに浮かんでくる過去があった。

「思いだしてきた……」愛子はつぶやいた。

「急がなくてもいいよ」と嵯峨がいった。「少しずつでいいんです」

「いえ。思いだすというより、わかってきた。わたしのほかの人生が……。たしかに経験した、ほかの人格での暮らしが……。わたしは入絵由香だった」

「なにが、頭に浮かびましたか?」

「お父さんが……」

愛子は絶句した。

あまりに過酷で、残酷な幼少の日々。無意識の彼方《かなた》にあった心の傷が、意識の表層に浮かびあがってくる。

浮かびあがった記憶を言葉にする代わりに、愛子は知識を口にした。「解離性同一性障害。いわゆる抑圧されたトラウマ論とは別に、幼児期の深刻な性的もしくは心理的虐待で発症する……」

「そういう経験が、あったんですね」

「ええ……」

とめどなく涙が流れおちる。胸が引き裂かれるような苦悩が全身を支配していく。

それでも、どこか温かい。

嵯峨がいてくれるからだろうか。いや、ほかにも、大勢の人がいる。

わたしのなかの人格たちが……。もうすぐ、ひとつにまとまる。一箇所に集う。完治することはなくとも、理解を深め合える……。

「不安がらないで」嵯峨はいった。「快復すれば、真実を追求できる。僕は臨床心理士として、いつまでもあなたを支えつづけます」

「ありがとう。嵯峨先生……。先生に会えてよかった。学べてよかった……」

じゃあ、僕の言葉に耳を傾けてください。嵯峨の言葉が、心のなかに響いてくる。

身体の重みとともに、深いところに沈んでいきます。そしてゆっくりと、心地よさのなかに身をゆだねられます……。

まぶたが重くなり、目が閉じていく。

涙ににじんだ視界が、フェードアウトしていく。

次に目が開くころ、わたしは小宮愛子でなく、入絵由香に戻っていることだろう。

カウンセラーとして見た景色。この人格がなくなっても、誰かのために努力した喜びは、永遠に胸に刻んでおきたい。

わたしは忘れない、温かさとやさしさに満ちた、充実した日々のことを。

本作の背景と経緯

T・S

『催眠』は一九九七年晩秋、ハードカバー版が発売された。書評家の北上次郎氏により「本の雑誌」の日本ミステリーベスト10の四位に選出されたほか、人の死なない新しい切り口の心理ミステリー、あるいはサスペンスとして各方面からの賞賛を集めた。

一九九九年春に文庫化され、ハードカバーと合わせた売り上げは百万部を突破する。著者の松岡圭祐は、小説デビュー作にしてミリオンセラー達成という華々しい記録を残した。

本作が支持されたのは、それまでフィクションの世界で「人を意のままに操る」という、オカルトめいた観点からのみ扱われていた〝催眠術〟に、科学的な視点を持ちこんだからで、臨床心理学の実際を素材として心の闇、心のケアという現代に通ずるテーマをいち早く描いたことにあった。

ただし当時出版された『催眠』は、著者にいわせれば学術的な正しさに徹する作風でなく、あくまで現実から遊離した登場人物たちの活躍を描く、いわばカウンセラーを主人公に据えた「警察もの」であり、意図的に未来的な臨床心理士およびその組織の理想形を読者に提示するものであった。

臨床心理士なる職業が馴染《なじ》みあるものとなった現在、その職域はより具体化すると同時に、超党派議連の働きかけで厚生労働省の推進する医療心理師が、カウンセラーの国家資格化をめぐり臨床心理士資格と事実上、競合関係になるなど、立場が複雑化する様相を呈している。

また、十年という時の流れにおいて、心理学に対する世間一般の理解が深まるとともに、オカルト的心理学占いや魔法じみた催眠術の類《たぐい》は駆逐され、心の問題とのみされた幾多の症例も、認知心理学的見地から脳医学と結びつけた、より現実的な解釈が求められるようになった。

松岡圭祐は、これらを踏まえて『催眠』の全面的改稿を行い、リアリティと現代性を念頭に置いた作品として書き直しを進めた。それが本書『催眠　完全版』である。

例として、旧作『催眠』の刊行当時、いわゆる「催眠にかかる」こと、すなわち事実を期せば「人為的にトランス状態に誘導される」ことは、心理学としての理論は打ち立てられていても、脳医学としてはまだ解明に至ってはいなかった。現在では、脳のなかでどのような作用が起きているのか、かなり具体的なことまでが判明しており、これも「完全版」に取り入れられている。

視線の向きで相手の考えていることがわかる、という旧作にあった仮説を、すでに廃《すた》れた俗説と片付けているのも興味深い。これらの理論は、最近になってドラマや漫画などでまことしやかに語られているものだが、そのムーブメントに先鞭《せんべん》をつけた『催眠』が、「完全版」になって真っ先に否定したことになる。

同時に「書き込みが細かすぎてクセがありすぎた（著者談）」旧作についてまわった一種の読みにくさを払拭《ふっしょく》し、より簡潔に、判りやすく、速いテンポで読める工夫が全編に適用され、改稿というよりはリメイク版と呼ぶべき、ほぼ新作に近い出来栄えとなった。

なお、一九九九年に映画化された「催眠」は、原作とは正反対の方向性のB級ホラーであり、本書にある心温まるヒューマニズムや科学的視点に立脚した面白さは皆無である。この映画版「催眠」につなげるかたちで、より娯楽性を加味した冒険小説である「千里眼」シリーズが開始されるのであるが、これは本質的に「催眠」シリーズとは別作品である。

「千里眼」シリーズの第二作『ミドリの猿』に嵯峨敏也は登場するが、角川文庫における「完全版」では本書との継続性に配慮されているものの、やはり実質は世界観の異なる作品で、「催眠」は現実性重視の心理ミステリー、「千里眼」は荒唐無稽《むけい》さを売りにしたヒロイン活劇物ということになる。

本書『催眠 完全版』で初めて松岡作品に接し、この世界観を継続されたいと願う読者には「催眠」シリーズの続編である『カウンセラー』などの作品が推奨されるし、嵯峨の一風変わった冒険を読んでみたいと思う向きには、番外編と割り切って「千里眼」シリーズでの活躍に目を移してみるのも一興と思う。

なお本作は、旧作を知っている人々こそがあっと驚くであろう、大胆なストーリーの改変がある。旧作とはまったく異なる結末によって、物語のテーマがより深く読者に訴えかけるものになったことは、誠に興味深い。

解説

関口苑生

文豪と言われた井伏鱒二《いぶせますじ》は、晩年になってからも自分の小説が作品集や文学全集に収録されるたびに、必ずどこかしら加筆訂正をほどこし、自分の作品のブラッシュアップに努めていたという。作品というのは、一度作家の手を離れてしまうと、それはもう読者のものであるから修正など加えるべきではないとの意見もあろう。だが、作家とて日々成長していくものであろうし、その成長、成熟のさまを自分の子供である作品に反映させ、より完成形に近づけたくなる……と、素人考えながらそんなことも思ってしまうので、事の是非は何とも言えないというのが実感だ。

けれど、これは余談になるが、文壇ゴシップにこんな話がある。あるとき、いつものように井伏先生が原稿に手を加えたものを編集者がチェックしていると、中に一カ所だけどうしても不可解な箇所があったという。いわゆる「てにをは」の部分で、これは「を」ではなく「が」ではないかとの疑問が出てきたのである。しかし、かの井伏先生がそんな単純な間違いをするはずもなく、何か深い意味があるに違いない云々《うんぬん》かんぬんと鳩首《きゅうしゅ》会談が続いたあげく、とにかく一度お話しに伺おうとなったのだった。だが、今度はさて誰が大先生の首に鈴をつけにいくかでまた会議。結局は、社の重役が直接訪れて、緊張しながらその疑問を指摘すると、井伏先生曰《いわ》く「あ、それは僕の勘違いだね」とのひと言で終わったのだという。

この話から学びとれる教訓はいくつもあるのだが、とりあえず今はそのことはさておいておこう。それよりもここで言いたいのは、作家が自分の作品に対して抱く愛着と、一字一句たりともおろそかにしたくないという執念にも似たこだわりの姿勢である。

雑誌連載時から単行本化するときに大幅な修正をする作家もいれば、文庫化のときにまた手を加える作家もいる（髙村薫などはその典型だろう）。皆それぞれに理由はあると思う。先にも書いたがそのことの是非を問う意見もある。とはいえ、いずれにせよそれらは良きにつけ悪しきにつけ、作家の良心をまっとうする行為であろうと信じたい。

松岡圭祐も間違いなくそんな作家のひとりである。しかし、彼の場合はもう少し複雑な要因も重なっていたと思われる。ことに「千里眼　クラシックシリーズ」として全面改稿するような形で始まった「完全版」のシリーズは、巻を追うごとに改稿などという生易しい代物ではなくなって、二巻目の『千里眼　ミドリの猿　完全版』以降はもはや新作と言っていいほどストーリーも設定も新たなものとなっている。だが、これは最初の成立過程にも要因があった。著者自身もいくつかの作品のあとがきで述べておられるように、そもそも『千里眼』は執筆段階から映画化を前提としたものであった。それも先行公開された映画《催眠》に繋《つな》がる物語として生まれた作品であったのだ。言ってはナンだが、ここに最初の誤算があったように思う。というのも映画と小説とではやはり微妙に違ったものとなっていたからだ。それでも著者は、小説とはおよそ異なる出来の悪いB級ホラー映画となっていた《催眠》のあとを受け継ぐ内容で小説版「千里眼」シリーズを開始する。この時点ですでに小説『催眠』と『千里眼』は別の世界の物語となっていたわけだが、さらにその距離を広げたのが、映画《千里眼》の公開三ヵ月前に出版された旧『ミドリの猿』であった。松岡圭祐はここで『催眠』の主人公・嵯峨敏也と入絵由香を登場させ、ふたつの物語が同一線上にあることを知らしめ、読者の度肝を抜こうとしたのだった。いや、より正確を期して言うと『催眠』の世界も、実は「千里眼」シリーズの中の枝葉となる一話であったことを伝えようとしたのである。ところが、その後公開された映画は……これについては何も語りたくない。

ともかく、そういう形で無理に無理を重ねて「千里眼」シリーズは滑り出していったのである。特に『ミドリの猿』は映画《催眠》を意識するあまりに、小説『催眠』の内容を否定する作品のようにもなっていた。そうしたことを著者が不満に感じていなかったはずはない。

そこで生まれたのが、現在刊行中の「完全版」シリーズであったわけだ。しかしこれは一方を直せばそれで済むという問題ではなかった。互いにリンクしている作品は、その両方に手を入れなければ完全形には近づいていかない。かくして松岡圭祐は、「千里眼」に関係するすべての作品の完全版を書き上げるという、壮大なるプロジェクトをスタートさせたのである。本書『催眠　完全版』も当然例外ではなかった。

いや、だが、しかし……それにしても、かつてこのような形で自作と真っ向から向き合い、真摯《しんし》に取り組んだ作家がいただろうか。それもすでに累計で五百万部を突破しているシリーズなのである。黙っていても売れ続けている作品なのだ。そんな美味《おい》しい商品に、わざわざ手を入れてもう一度読者に問い直すものだろうか。底意地の悪い見方をするならば、だったら今までの作品は欠陥商品だったと認めているも同然ではないか、といった意見も出てこよう。あるいはまた、松岡はもう書くネタが無くなったから、夢をもう一度で昔の話にすがりついているにすぎない、などというバカな話も出てくるかもしれない。

しかし、彼はそういった意見を承知したうえですべて飲み込み、あえてこのような「無謀な」ことをやっちまう男なのである。それが松岡圭祐という作家なのだった。そうすることが、彼が信ずる読者への誠意の表れなのだった。わたしが、デビュー作以来この人の小説を読み続けている理由の一端がそこにある。

さて、本書『催眠 完全版』はその彼が一九九七年に発表した小説デビュー作の全面改稿作品である。ではあるのだが、どこがどう変わっているのか、それを指摘するのは難しい。というか、説明しようとするとネタを割ることにもなりかねないのだ。もちろん、細かい点での——時代が二十一世紀となり、東京の急激な開発状況や、人々がWiiで遊んでいるなどの描写は別としても、肝心の部分はとにかく驚くぞとしか言いようがない。しかも、伏線をしっかりと張りめぐらした衝撃のミステリーともなっているのだった。

にしても、改めてこのデビュー作には後の「千里眼」で描かれる、ほとんどの要素が詰まっていたのだなという思いを強くした。いわゆる〝千里眼〟の秘密もそのひとつだ。ただし、旧版では眼球の動きによって人の心を推測するという技術が使われていたが、これは新シリーズの『千里眼 The Start』でもすでに描かれているように、今では疑似科学にすぎないものであると一蹴《いっしゅう》され、否定の方向に進んでいる。その代わりに登場するのが、カリフォルニア大学の医学部精神医学科元教授、ポール・エクマン博士の感情研究理論だ。彼の著書は日本でも『表情分析入門』『暴かれる嘘』（いずれも誠信書房）等が出ているので、興味のある方はぜひそちらも参考になさるとよろしいかと思う。きわめて簡単に言うと、顔の表情と感情の起伏にどのような関係性があるのかをチャート化し、体系づけたものである。特に人間が嘘をつくときには、どんな表情、声、言葉、動作、筋肉の動きになるのかを調べたのだ。

興味深いのは、博士がこうした研究を始める動機のひとつとなったのが、一九三八年に行われたドイツのヒトラーと、イギリス首相チェンバレンの会談だというのである。このとき、すでにヒトラーはチェコスロヴァキア侵攻の準備をしていたが、それを露ほども感じさせず、計画完了の時間稼ぎのため和平への嘘八百を並べ立てたのだった。会談後、チェンバレンは妹にこう書き送っている。「……彼の顔の中に看《み》て取れた冷酷かつ無慈悲な人間性にもかかわらず、この男こそ約束したことは必ず守る信頼に足る人物であるとの印象を得た」。さらには五日後の国会演説で、チェンバレンはヒトラーを評して有言実行の人間であるとまで弁明したのだった。しかし、ヒトラーが話したことはすべてが嘘だった。役人と政治家は嘘をついてもいいと言われるが、それを見抜けなかったがゆえに、世界全体を危機に陥れる結果となったのである。偶然かもしれないが、この話は何か「千里眼」シリーズのテーマにも繋がっているような気がしてならない。

また近年では、おそらくエクマン博士の理論を継承、発展させたものであろうが、ジェフリー・ディーヴァー『ウォッチメイカー』（文藝春秋）のなかで、キネシクスという科学の専門家が登場する。これは、証人や容疑者のボディランゲージや言葉遣いを観察し、分析する科学で、要するに供述が真実であるか否か、嘘があるならどの部分がそうなのかといったことを見きわめ、その情報を捜査に役立てるエキスパートである。

松岡圭祐はこれらの理論、技術をいち早く取り入れた、まさに先見性のある希有《けう》な作家であったのだ。

ほかにも、ここには臨床心理士の役割と危険性を丁寧に説明し、一方に傾くことがないような配慮がなされている。何より、具体的な事例として、嵯峨敏也と入絵由香、脳外科医の根岸知可子とその患者、小宮愛子と竹下みきという三組の懊悩《おうのう》が事細かに描かれているそれぞれのパートは、ときに身につまされるほどの切なさもあって心にしみてきたものだ。それらの根底にあるのが、いずれも深い人間愛だからだろう。この人間愛こそが、松岡圭祐の根幹を貫いている終生のテーマなのだとわたしは信じる。

やっぱり、この作家は凄《すご》い。

二〇〇七年十二月

（ミステリ評論家）

本書は一九九九年五月、小学館文庫より刊行された作品に大幅な修正を加えたものです。

この物語はフィクションです。登場する個人・団体等はフィクションであり、現実とは一切関係がありません。

催眠《さいみん》 完全版《かんぜんばん》

松岡圭祐《まつおかけいすけ》

平成20年 1月25日 初版発行
令和6年 11月25日 14版発行

発行者●山下直久

発行●株式会社KADOKAWA
〒102-8177 東京都千代田区富士見2-13-3
電話 0570-002-301（ナビダイヤル）

角川文庫 14995

印刷所●株式会社KADOKAWA
製本所●株式会社KADOKAWA

表紙画●和田三造

●お問い合わせ
https://www.kadokawa.co.jp/（「お問い合わせ」へお進みください）
※内容によっては、お答えできない場合があります。
※サポートは日本国内のみとさせていただきます。
※Japanese text only

ISBN978-4-04-383617-8 C0193

角川文庫発刊に際して

角川源義

第二次世界大戦の敗北は、軍事力の敗北であった以上に、私たちの若い文化力の敗退であった。私たちの文化が戦争に対して如何に無力であり、単なるあだ花に過ぎなかったかを、私たちは身を以て体験し痛感した。西洋近代文化の摂取にとって、明治以後八十年の歳月は決して短かすぎたとは言えない。にもかかわらず、近代文化の伝統を確立し、自由な批判と柔軟な良識に富む文化層として自らを形成することに私たちは失敗して来た。そしてこれは、各層への文化の普及滲透を任務とする出版人の責任でもあった。

一九四五年以来、私たちは再び振出しに戻り、第一歩から踏み出すことを余儀なくされた。これは大きな不幸ではあるが、反面、これまでの混沌・未熟・歪曲の中にあった我が国の文化に秩序と確たる基礎を齎らすためには絶好の機会でもある。角川書店は、このような祖国の文化的危機にあたり、微力をも顧みず再建の礎石たるべき抱負と決意とをもって出発したが、ここに創立以来の念願を果すべく角川文庫を発刊する。これまで刊行されたあらゆる全集叢書文庫類の長所と短所とを検討し、古今東西の不朽の典籍を、良心的編集のもとに、廉価に、そして書架にふさわしい美本として、多くのひとびとに提供しようとする。しかし私たちは徒らに百科全書的な知識のジレッタントを作ることを目的とせず、あくまで祖国の文化に秩序と再建への道を示し、この文庫を角川書店の栄ある事業として、今後永久に継続発展せしめ、学芸と教養との殿堂として大成せんことを期したい。多くの読書子の愛情ある忠言と支持とによって、この希望と抱負とを完遂せしめられんことを願う。

一九四九年五月三日

角川文庫ベストセラー

カウンセラー完全版　松岡圭祐

有名な女性音楽教師の家族を突然の惨劇が襲う。家族を殺したのは13歳の少年だった……彼女の胸に一匹の怪物が宿る。臨床心理士・嵯峨敏也の活躍を描く「催眠」シリーズ。サイコサスペンスの大傑作!!

後催眠完全版　松岡圭祐

「精神科医・深崎透の失踪を木村絵美子という患者に伝えろ」。嵯峨敏也は謎の女から一方的な電話を受ける。二人の間には驚くべき真実が!!「催眠」シリーズ第3弾にして『催眠』を超える感動作。

ジェームズ・ボンドは来ない　松岡圭祐

2003年、瀬戸内海の直島が登場する007を主人公とした小説が刊行された。島が映画の舞台になるかもしれない！　島民は熱狂し本格的な誘致活動につながっていくが……直島を揺るがした感動実話！

ヒトラーの試写室　松岡圭祐

第2次世界大戦下、円谷英二の下で特撮を担当していた柴田彰は戦意高揚映画の完成度を上げたいナチスに招聘されベルリンへ。だが宣伝大臣ゲッベルスは、柴田の技術で全世界を欺く陰謀を計画していた！

クラシックシリーズ
千里眼完全版　全十二巻　松岡圭祐

戦うカウンセラー、岬美由紀の活躍の原点を描く『千里眼』シリーズが、大幅な加筆修正を得て角川文庫で生まれ変わった。完全書き下ろしの巻まである、究極のエディション。旧シリーズの完全版を手に入れろ!!

角川文庫ベストセラー

万能鑑定士Qの事件簿（全12巻）　松岡圭祐

万能鑑定士Qの推理劇 Ⅰ　松岡圭祐

万能鑑定士Qの推理劇 Ⅱ　松岡圭祐

万能鑑定士Qの推理劇 Ⅲ　松岡圭祐

万能鑑定士Qの推理劇 Ⅳ　松岡圭祐

23歳、凜田莉子の事務所の看板に刻まれるのは「万能鑑定士Q」。喜怒哀楽を伴う記憶術で広範囲な知識を有す莉子は、瞬時に万物の真価・真贋・真相を見破る！ 日本を変える頭脳派新ヒロイン誕生!!

天然少女だった凜田莉子は、その感受性を役立てるすべを知り、わずか5年で驚異の頭脳派に成長する。次々と難事件を解決する莉子に謎の招待状が……面白くて知恵がつく、人の死なないミステリの決定版。

ホームズの未発表原稿と『不思議の国のアリス』史上初の和訳本。2つの古書が莉子に「万能鑑定士Q」閉店を決意させる。オークションハウスに転職した莉子が2冊の秘密に出会った時、過去最大の衝撃が襲う!!

「あなたの過去を帳消しにします」。全国の腕利き贋作師に届いた、謎のツアー招待状。凜田莉子に更生を約束した錦織英樹も参加を決める。不可解な旅程に潜む巧妙なる罠を、莉子は暴けるのか!?

「万能鑑定士Q」に不審者が侵入した。変わり果てた事務所には、かつて東京23区を覆った〝因縁のシール〟が何百何千も貼られていた！ 公私ともに凜田莉子を激震が襲う中、小笠原悠斗は彼女を守れるのか!?

角川文庫ベストセラー

万能鑑定士Qの探偵譚　松岡圭祐

波照間に戻った凜田莉子と小笠原悠斗を待ち受ける新たな事件。悠斗への想いと自らの進む道を確かめるため、莉子は再び「万能鑑定士Q」として事件に立ち向かい、羽ばたくことができるのか？

万能鑑定士Qの謎解き　松岡圭祐

幾多の人の死なないミステリに挑んできた凜田莉子。彼女が直面した最大の謎は大陸からの複製品の山だった。しかもその製造元、首謀者は不明。仏像、陶器、絵画にまつわる新たな不可解を莉子は解明できるか。

万能鑑定士Qの短編集 I　松岡圭祐

一つのエピソードでは物足りない方へ、そしてシリーズ初読の貴方へ送る傑作群！　第1話 凜田莉子登場／第2話 水晶に秘めし詭計／第3話 バスケットの長い旅／第4話 絵画泥棒と添乗員／第5話 長いお別れ。

万能鑑定士Qの短編集 II　松岡圭祐

「面白くて知恵がつく 人の死なないミステリ」、夢中で楽しめる至福の読書！　第1話 物理的不可能／第2話 雨森華蓮の出所／第3話 見えない人間／第4話 賢者の贈り物／第5話 チェリー・ブロッサムの憂鬱。

グアムの探偵　松岡圭祐

グアムでは探偵の権限は日本と大きく異なる。政府公認の私立調査官であり拳銃も携帯可能。基地の島でもあるグアムで、日本人観光客、移住者、そして米国軍人からの謎めいた依頼に日系人3世代探偵が挑む。

角川文庫ベストセラー

グアムの探偵　2　松岡圭祐

職業も年齢も異なる5人の男女が監禁された。その場所は地上100メートルに浮かぶ船の中！（「天国へ向かう船」）難事件の数々に日系人3世代探偵が挑む、全5話収録のミステリ短編集第2弾！

グアムの探偵　3　松岡圭祐

スカイダイビング中の2人の男が空中で溶けるように混ざり合い消失した！　スパイ事件も発生するグアムで日系人3世代探偵が数々の謎に挑む。結末が全く予想できない知的ミステリの短編シリーズ第3弾！

高校事変　松岡圭祐

武蔵小杉高校に通う優莉結衣は、平成最大のテロ事件を起こした主犯格の次女。この学校を突然、総理大臣が訪問することに。そこに武装勢力が侵入。結衣は、化学や銃器の知識や機転で武装勢力と対峙していく。

高校事変　II　松岡圭祐

女子高生の結衣は、大規模テロ事件を起こし死刑になった男の次女。ある日、結衣と同じ養護施設の女子高生が行方不明に。彼女の妹に懇願された結衣が調査を進めると暗躍するJKビジネスと巨悪にたどり着く。

高校事変　III　松岡圭祐

平成最悪のテロリストを父に持つ優莉結衣を武装集団が拉致。結衣が目覚めると熱帯林の奥地にある奇妙な〈学校村落〉に身を置いていた。この施設の目的は？日本社会の「闇」を暴くバイオレンス文学第3弾！